Franz Josef Weißenböck

Mord
im Parlament

Ein konstruktivistischer Kriminalroman

EDITION VA BENE

Der Verlag legt großen Wert darauf, daß seine Bücher der alten Rechtschreibung folgen. Die Entscheidung bezieht sich auf die Sinnwidrigkeit der meisten neuen Regeln und darauf, daß sie sich gegen die deutsche Sprache selbst richten.

Gedruckt mit Unterstützung der Kulturabteilung der Stadt Wien,
des Bundesministeriums für Unterricht, Kunst und Kultur
sowie der Abteilung Kultur und Wissenschaft der NÖ-Landesregierung

Die Deutsche Bibliothek – CIP-Einheitsaufnahme

Weißenböck, Franz Josef
Mord im Parlament – ein konstruktivistischer Kriminalroman /
Franz Josef Weißenböck. –

Wien ; Klosterneuburg : EDITION VA bENE, 2011.
(Eine Ungeheuerlichkeit)

ISBN 978-3-85167-252-7

E-Mail: edition@vabene.at
Homepage: vabene.at

Satz und Druckvorlage: b&R-satzstudio, Graz
Covergestaltung:
Konzept: Thomas Holzinger & Franz Josef Weißenböck
Umsetzung: Bernhard Kollmann, kollmanndesign.at
Fotos: Parlamentsdirektion/Mike Ranz
Druck und Bindung: CPI Moravia Books s. r. o., CZ-Pohořelice

Printed in the Czech Republic

ISBN 978-3-85167-252-7

Wollen wir also feststellen, daß alle Dichter, von Homer an, nur Nachbildner von Schattenbildern der Tugend sind und der anderen Dinge, worüber sie dichten, die Wahrheit aber gar nicht berühren.

Platon, Politeia

Inhalt

Samstag danach

Am Anfang am Ende am Anfang

Es war ein Samstagmorgen, wie ihn Scherzer liebte. Die spätsommerlich kühle Morgenluft versprach einen warmen, aber nicht heißen Tag, das Licht war nicht mehr so grell, bald würde der Sommer unmerklich in den Nachsommer hinübergleiten. Kurt Tucholsky nannte das die „fünfte Jahreszeit", wenn „es ruht". Für Scherzer war das die Zeit, in der er die Wochenenden am liebsten auf dem Land verbrachte, im Süden von Niederösterreich. Wenn es ihm irgendwie möglich war, machte er um diese Zeit auch Urlaub, seit die Kinder aus der Schule waren und er nicht mehr an ihre Ferien gebunden war. Mitte September bis Ende Oktober – das war seine Zeit für Wanderungen und Ausflugsfahrten rund um den Hochwechsel.

Eigentlich wäre heute genau so ein Wochenende nach seinem Geschmack gewesen. Aber der große Kongreß war für ihn erst spät am Freitagabend zu Ende gegangen. Die Teilnehmer hatten sich zwar schon am Nachmittag nach und nach davongemacht, die Schlußveranstaltung im Abgeordneten-Sprechzimmer des Parlaments war schon recht spärlich besucht gewesen. Aber da war ja noch dieser ermordete Politiker. Beides, der Kongreß und der Mord, füllten immer noch die Zeitungen. Scherzer hatte es mit einem Blick gesehen, als er sich seine Auswahl für den Frühstückstisch aus der Trafik holte.

Er warf die Zeitungen auf den Tisch, legte die Jacke ab und setzte sich. Während seines kleinen Ausflugs hatte seine Frau das Frühstück vorbereitet. Wenn schon nicht ein Wochenende in seinem Haus auf dem Land, dann war das immerhin das Zweitbeste: ein ruhiges, langes Frühstück mit seiner Frau, bei gemeinsamer Lektüre der Zeitungen. Es war noch nicht einmal acht Uhr, Scherzer würde sich wenigstens zwei Stunden der Lektüre widmen können.

Die Fanfare, die ihm sein Sohn als Anrufsignal auf seinem Handy programmiert hatte, riß Scherzer aus seiner Beschaulichkeit. Er stand auf, ging ins Vorzimmer, wo er das Handy neben Schlüsselbund und Geldbörse deponiert hatte, den Zuruf seiner Frau aus der Küche ignorierend, es doch „läuten zu lassen", es habe auch „vorher" schon geläutet.

„Frosch“, verriet ihm das Display seines Handys. Wenn ihn sein Mitarbeiter Froschauer an einem Samstagvormittag knapp nach halb acht Uhr anrief, bedeutete das selten etwas Gutes. Er hatte weder Geburtstag noch irgendeine Art von Jubiläum zu feiern. Der Anruf konnte also nur dienstlicher Natur sein. „Ja“ meldete sich Scherzer, mit einem kaum hörbaren Fragezeichen am Ende.

„Nein“, hörte ihn seine Frau sagen, und ihr war im Augenblick klar, daß sie beim Frühstück allein sein würde.

* * *

Scherzer parkte seinen Golf auf dem Parkplatz hinter dem Parlament. An einem Samstagvormittag war die Benutzung der Parlamentsparkplätze sogar gewöhnlichen Sterblichen erlaubt, und genaugenommen war er ja kein gewöhnlicher Sterblicher, sondern Polizist im Einsatz.

Vor dem Haus Reichsratsstraße 9 standen einige Polizeifahrzeuge, ihr Blaulicht in krassem Gegensatz zu dem friedlichen Samstagmorgen.

„Brauch ma des, Herr Kollege?“ Seine Frage an einen von mehreren Polizisten, die bei den Fahrzeugen standen, veranlaßte diesen, das Alarmsignal abzuschalten.

Scherzer kannte sich seit kurzem aus im Parlament und in den Nebengebäuden, in die hinein das Hohe Haus seit Jahren metastasierte. Er betrat das Haus. „Erster Stock“, wies ihm ein weiterer Beamter den Weg. Scherzer hatte das Schild „Außer Betrieb“ zwischen den beiden Aufzügen schon beim Eintreten gesehen und ging zu Fuß in den ersten Stock.

Eine Gruppe von Menschen stand um die geöffnete Aufzugtür. Ihr Zentrum bildete eine Figur, deren Beine in den Lift ragten, während der Oberkörper auf den Steinfliesen des Vorraums lag, Gesicht nach unten, halb zur Seit gedreht. Aus dem Rücken ragte der schwarze Griff eines Messers, das Sakko war rund um den Griff dunkelrotbraun bis schwarz, offenbar vom Blut.

„Also alles von vorn“, ging es Scherzer durch den Kopf. Dieser neue Tote würde den Mord von Anfang der Woche mit

Sicherheit in einen Zusammenhang stellen, denn die Medien würden sogleich von „Serie“ schreiben – die Übertreibung war ja hoch entwickelt hierzulande, angesiedelt zwischen Nationalsport und Staatskunst. „Die Öffentlichkeit“ würde Druck machen, ihrem Konstrukt zu folgen. Im engen Zusammenhang von Politik und Medien zählte das Sein wenig, der Schein alles. Wer sich dem darauf gegründeten allgemeinen Glauben nicht anschloß, wurde rasch zum Außenseiter. Es genügte nicht, mit den Wölfen zu heulen, man mußte mit ihnen auch zu Mittag essen. Schon wieder – heute war wohl Tucholsky-Tag, dachte Scherzer.

Es galt also ab sofort, einen Serienmörder zu finden; jede andere Lösung oder auch nur Erklärung würde als ungenügend, ja als häretischer Verstoß gegen den allgemeinen Glauben verworfen werden, und mit ihr jeder maßgebliche Anhänger dieser Häresie. Er mochte seine Arbeit, im großen ganzen jedenfalls, aber seit kurzer Zeit gewann der Gedanke an seine Pensionierung an Anziehungskraft. Fern von all dem Getriebe. „Beatus ille, qui procul negotiis“ – war das nicht Horaz? Glücklich der Mann, der fern den Geschäften.

Scherzer trat näher, eine Gasse öffnete sich. „Weiß man schon, wer –“ Scherzer kannte diesen Toten. In den letzten Tagen hatte er viel mit dem Mann zu tun gehabt. Er ließ sich auf ein Knie nieder, um den offenbar seit Stunden toten Mann näher in Augenschein nehmen zu können. Daß er ihn lang gekannt und zuletzt noch näher kennengelernt hatte, in mehreren langen Gesprächen, tat nichts zur Sache. Er wußte als Profi zu handeln, auch wenn es ihn manchmal hart ankam – und diesmal kam es ihn verdammt hart an. Er beugte sich noch tiefer, um die Gesichtszüge des Toten lesen zu können. Er war sich ziemlich sicher, daß die Leiche lächelte, ein kaum merkliches, im Tod erstarrtes Lächeln. Das rechte Auge des Toten war fast ganz geschlossen – als wollte der Mann Scherzer zuzwinkern. Er würde seine Beobachtungen für sich behalten, denn er glaubte zu wissen, daß das Lächeln des Toten ihm allein galt.

Alles würde von vorn beginnen.

Montag

Zwischenfall und Wiedersehen

Thomas Thomas war ein ruhiger, beinah schon fad zu nennender Mensch. Große Gefühle, gar Gefühlsausbrüche, waren ihm fremd. Er liebte es nüchtern und direkt, Herumgerede konnte er nicht leiden. Zu hassen war er nicht fähig – mit einer Ausnahme: Er haßte Montage. Früher, in jungen Jahren, hatte er gelegentlich auch gegenüber seinen Eltern etwas empfunden, was sich wie Haß anfühlte. Welcher Teufel mochte sie geritten haben, daß sie zu ihrem und seinem Familiennamen den identischen Vornamen ausgewählt hatten? Thomas Thomas – was war er dafür in der Schule gehänselt worden und nicht nur von den Schülern! Er hatte sich mit den Jahren damit abgefunden. Gelegentlich machte er selbst Scherze, zeichnete minder wichtige Aktenstücke mit $(Th)_2$ ab oder stellte sich als „Doppelthomas" vor; das biblische „Didymus", Zwilling, verstanden die meisten nicht, also verwendete er diese Selbstbezeichnung nur in Ausnahmefällen – gegenüber Gesprächspartnern, die er für gebildet hielt, und dann gebrauchte er den Ausdruck wie eine Auszeichnung für sein Gegenüber.

Thomas – eigentlich war es ja praktisch, denn so konnten ihn Fremde und Vorgesetzte wie Freunde ansprechen – fühlte sich nicht besonders wach und noch viel weniger tatendurstig, als er an diesem Montagmorgen unterwegs ins Büro war. Das angenehme spätsommerliche Wetter vermochte seine Laune nicht zu heben; seit einiger Zeit lag ein melancholischer Schatten über allem, wie vor einem unerbittlich näherrückenden Abschied. Kurz hatte er sogar überlegt, sich krank zu melden. Aber in dem pflichtbewußten Beamten war auch an diesem Morgen diese Versuchung ohne Chance.

Er hatte, neben seinem Pflichtbewußtsein, einen zweiten Grund, die Woche mit Arbeit zu beginnen: Er war für den Abend zu einer Lesung im Rahmen des Krimi-Marathons vor dem Rathaus verabredet. Ein Kollege aus der Parlamentsdirektion, der sich in seiner Freizeit als eifriger Buchautor profilierte, war am Abend an der Reihe, und Thomas hatte sich mit Freunden verabredet hinzugehen.

Schon als er gegen halb acht in die Nähe des Parlaments kam, sprang ihm ein ungewöhnliches Bild ins Auge. Vor dem Tor IV –

dem „sozialistischen Eingang", wie man gemeinhin sagte, als könnte ein Eingang Parteimitglied sein, bloß weil die Klubräume der Sozialdemokraten in dieser Gegend des weitläufigen Gebäudes liegen – stand eine Gruppe Fremder; Thomas vermutete, daß es Fahrer der dort geparkten Limousinen sein mochten. Aufseufzend betrat er das schräg gegenüber gelegene Haus Reichsratsstraße 9, wo sich im 4. Stock sein Büro befand.

„N'Morgen, Dokta", begrüßte ihn der Portier, von seinem Frühstück aufblickend. „Auch Ihnen, Herr Schaar", dankte Thomas, mit einer leichten, kaum hörbaren Betonung des Wortes „Herr". Die Herren Schaar und Wenzel pflegten sich im Portierdienst des „Neunerhauses" abzuwechseln, und nebenher trieben sie einen schwungvollen Handel mit Landeiern, frischem Spargel, Kirschen, Sturm und Wer-könnte-sagen-was-noch, teils ganzjährig, teils der Saison entsprechend. Der zuständige Parlamentsvizedirektor Schauer bekam mit schöner Regelmäßigkeit milde Anfälle von Tobsucht, wenn ihm wieder einmal zu Ohren kam oder zugetragen wurde, daß die Portierloge voll mit Eierkartons war oder penetrant nach Selbstgebranntem und Selchfleisch duftete. Genau besehen, waren Schaar und Wenzel im „Neunerhaus" im Exil, in dem dieser Handel geduldet war; aus dem sogenannten Haupthaus, dem historischen Parlamentsgebäude, hatte der Parlamentsdirektor auf Betreiben seines auf das Image des Hohen Hauses bedachten Vizedirektors die beiden verbannt.

Thomas Sekretärin – „Frau Sakristeidirektor" pflegte Thomas sie mit mildem Spott zu nennen – stürzte auf ihn los, kaum daß sie seine Schritte auf dem Gang vernommen hatte. Ihr karottenrotes Haar leuchtete an diesem Montag besonders eindrucksvoll, wahrscheinlich das Resultat spezieller Pflege am Wochenende. Tamara Tilly war eine hervorragende Sekretärin, wiewohl noch jung an Jahren und gelegentlich ein wenig schrill, zum Glück für Thomas empfindliche Ohren eher optisch als akustisch. Thomas schätzte an ihr neben ihrer Verläßlichkeit und der leicht burgenländischen Färbung ihrer Sprache vor allem eine sonst im Haus nicht immer erwünschte Fähigkeit: Sie konnte mitdenken, und sie tat es auch, im Gegensatz zu den meisten im Haus und entgegen einer stets hochgehaltenen Tradition. „Sekretärin" war für Tamara Tilly nach Thomas' Überzeugung eine unzulängliche Beschreibung; sie war eine Managerin, die das Büro zu seiner vollen Zufriedenheit führte.

„Du sollst gleich zum Parlamentsdirektor kommen", fiel sie über ihn her, noch ehe er seine Tasche niederstellen konnte. „Man hat dich am Handy zu erreichen versucht, aber das hast du ja am Freitag im Büro vergessen, und außerdem" – hörte er in dem Wort „vergessen" ein geheimes Wissen, um nicht zu sagen Einverständnis, seiner Sekretärin? Er hatte sein Mobiltelefon mit voller Absicht im Büro liegen lassen, als Vorsichtsmaßnahme zur Sicherung eines ungestörten Wochenendes. Noch ehe sie weitersprechen konnte, versuchte Thomas den Redeschwall seiner Sekretärin in Richtung einer gewissen Übersichtlichkeit zu lenken: „Was ist denn ausgebrochen? Und der PD ist schon im Haus um diese Zeit? Das muß ja was sehr Ernstes sein. Also was gibt 's denn? Aber, bitte, eins nach dem andern, wenn 's geht!"

„Also", hob Tilly an, „heute Früh sollte eine große Konferenz beginnen, in der Hofburg, aber da ist irgendwas gewesen, der Saal, in dem die Eröffnung stattfinden sollte, ist unbrauchbar, ein Unfall, ein Bauschaden, was weiß ich. Jedenfalls soll jetzt die Konferenz im Parlament sein, und wir müssen sie organisieren, und seit halb acht ist deswegen eine Besprechung beim PD – oder beim Präsidenten, bei jedem Anruf von drüben hat man was anderes gesagt." „Drüben", so pflegten die Beamten im „Neunerhaus" das Hauptgebäude des Parlaments auf der anderen Seite der Reichsratsstraße distanzierend zu nennen.

Tatsächlich bestand ein tiefer Graben zwischen den Häusern und deren Bewohnern. Denn wer im „Haupthaus" sein Büro hatte, galt gemeinhin als wichtiger denn die Bewohner des „Neunerhauses". Die Wichtigkeit wurde nach der Nähe zum Präsidenten gemessen, und so mancher nahm dafür gern in Kauf, in einem kleinen, nicht besonders hellen Büro zu arbeiten.

„Und sonst gibt 's nichts, hoffe ich", stellte Thomas eher fest als daß er fragte. Falls es doch irgendwelche Änderungen gegenüber dem Stand von Freitagabend geben sollte, dann war es besser, sie zu wissen, ehe er sich auf den Weg zu der Besprechung machte.

Thomas griff zum Telefon und wählte Schwarzenbergers Nummer. Der Pressechef des Hauses, mit dem Thomas eine kollegiale Freundschaft verband, pflegte wie er selbst früh im Haus zu sein – vermutlich war er gerade mit der Lektüre der Zeitungen beschäftigt. Schwarzenberger hob sofort ab. „Servus, Tom. Was kann ich so früh gegen dich tun?"

Thomas hatte es eilig, wollte aber nicht auf das übliche Ritual verzichten und fragte wie gewohnt: „Heute schon geärgert? Welche Sünden gegen die deutsche Sprache und den guten Stil mutet man uns heute zu?" Franz Ferdinand Schwarzenberger litt unter dem Verfall der Sprache, den er seit Jahrzehnten beobachtete und beklagte. Was die Medien an sprachlichen Verheerungen anrichteten, reichte für ein paar Jahrhunderte Gefängnis, wegen Verderben der Jugend, war seine oft geäußerte und mit Beispielen gestützte Ansicht. Mit Thomas verband ihn darüber hinaus die Liebe zur Antike und ihren Autoren, wobei Schwarzenberger die Griechen, Thomas hingegen die Lateiner bevorzugte. Schwarzenberger verfügte nicht nur über ein loses Mundwerk, sondern auch über einen schier unerschöpflich wirkenden Zitatenschatz. Allerdings konnte man nie sicher sein, ob ein von ihm angeführtes Zitat echt oder bloß täuschend echt und im Augenblick erfunden war.

„Du mußt viel Zeit haben, wenn du das fragst", gab Schwarzenberger zurück. „Hol dir eine fette Jause und mach dir 's gemütlich, dann kann ich mit dem Sündenregister des Tages und des verwichenen Wochenendes anfangen. Irgendwann gegen Abend können wir damit zu Ende sein."

„So viel Zeit hab' ich jetzt nicht. Ich muß zum Parlamentsdirektor, es ist irgendwas passiert. Weißt du etwas?"

„Weißt du nicht, was mein Job in diesem Hohen Hause ist? Ich bin der Presseheini, der Schasverwachler der Damen und Herren, die dieses Haus und unsere Republik führen oder das jedenfalls glauben. Daher bin ich der letzte, der etwas erfährt, wenn 's etwas zu erfahren gibt. Aber sei so gut und halt mich auf dem Laufenden, ich lege Wert auf gute Unterhaltung."

Thomas machte sich gezwungenermaßen unvorbereitet auf den Weg „hinüber". Obwohl es noch nicht einmal acht Uhr war, war das Vorzimmer des Parlamentsdirektors bereits besetzt. Die „höchste Sekretärin der Republik", wie er Lydia Schmölzer gern nannte, war mit dem Einordnen von Schriftstücken in einen Aktenordner beschäftigt. Für Thomas als eingefleischten Anhänger des Parlamentarismus konnte nur der Parlamentsdirektor der protokollarisch höchstrangige Beamte des Landes sein, nicht der Kabinettschef des Bundespräsidenten, selbst wenn der sich auch als „Direktor" titulierte. Alle Gewalt geht vom Volk aus, und im Parlament sitzen die Vertreter dieses Volks. Folgerichtig konnte die Sekretärin des hiesigen Direktors mit Fug die „höchste" Sekretärin genannt werden. Was nach dem Parlamentsdirektor an weiteren „Direktoren" den Amtskalender der Republik füllte, war unter „ferner liefen" einzuordnen, da gab es für Thomas keinen Zweifel. Der Parlamentsdirektor war so etwas wie ein „Direktor der Direktoren", ein „Oberdirektor", ein republikanischer König der Könige. Das war schon daran ablesbar, daß er der Vorgesetzte des „Bundesratsdirektors" war, der im Hohen Haus den in aller Regel stillen Schrebergarten der Zweiten Kammer des Parlaments pflegte.

In aller Regel; denn gelegentlich fiel das eine oder andere Mitglied der Zweiten Kammer durch eine politische Unkorrektheit, eine unsägliche Dummheit oder einen historisierenden Rülpser auf, was stets zu einer ebenso heftigen wie folgenlosen Debatte über die Sinnhaftigkeit des Bundesrats führte. Still oder schrill, zwischen diesen beiden Polen bewegte sich die Länderkammer in ihrer öffentlichen Wahrnehmung, zwischen unbemerkt und merkwürdig. Die in Zyklen auftretenden Debatten über die Abschaffung der Länderkammer blieben ohne greifbares Ergebnis; der Bundesrat und die Bundesländer hätten ja dieser Liquidation zustimmen müssen. Und so wurde im halbjährlichen Rhythmus, in dem der Vorsitz in der Länderkammer wechselte, mit ebensolcher Folgenlosigkeit von der neuen Leitung die Aufwertung des Bundesrats beschworen.

„Servus, Lydia – was soll die Aufregung? Meine Frau Sakristeidirektorin ist ganz aus dem Häuschen –"

„Servus – du, geh' bitte gleich hin, die Herren sitzen im Lokal III, mit dem Präsidenten, schon seit halb acht. Genaues weiß ich auch nicht. Einer Sekretärin sagt man ja nix. Aber wie 's ausschaut, ist das alles irgendwie geheim."

„Warum ist der Schwarzenberger nicht dabei?"

„Erstens eben deshalb. Und zweitens: Wann ist der schon dabei?"

Nationalratspräsident Antonius Schwärzlich war gerade am Wort, als Thomas das Sitzungszimmer betrat – er war immer am Wort, wenn er an einer Sitzung teilnahm. Er warf Thomas einen strafenden Blick zu, Vernichtung androhend wegen Störung durch zu spätes Erscheinen.

Thomas Vorgesetzter, Maximilian Zwirner, zu dessen Agenden auch Sicherheitsfragen gehörten, bedeutete ihm mit einer knappen Handbewegung, auf dem freien Sessel neben ihm Platz zu nehmen. Thomas folgte der Aufforderung mit größtem Widerstreben, sah aber keine andere Möglichkeit, wenn er einen Affront vermeiden wollte, weil nur der Sessel neben Zwirner frei war – abgesehen von der Reihe leerer Sessel entlang der Wand.

„Wo bleiben 's denn", knurrte Zwirner. „Die ganze Zeit über versuchen wir, Sie zu erreichen. So geht 's nicht, wie stehen wir denn vor dem Präsidenten da!"

Es war ein Fehler gewesen, das Handy nicht abzuhören, bevor er zu der Runde stieß, gestand sich Thomas ein. Er hätte sich vielleicht die eine oder andere Nachfrage ersparen können.

„Warum die Aufregung, ist es nicht ein wenig zu früh dafür", gab Thomas zurück. Zwirner pflegte, wie die meisten Spitzenbeamten im Raum, selten vor neun Uhr im Büro zu erscheinen, sehr im Gegensatz zu Thomas, der Schwarzenbergers Grundsatz „Morgenstund ist aller Laster Anfang" folgte.

„Wir müssen den großen internationalen Kriminologen- und Kriminalistenkongreß übernehmen. Die Hofburg kann nicht, da sind ein paar Luster von der Decke gestürzt, mehrere Räume sind für Tage nicht verwendbar", zischte ihm Zwirner zu.

„Warum ist der Schwarzenberger nicht da? Der ist doch immer früh im Haus."

„Geheim, keine Öffentlichkeit", beschied ihn Zwirner.

Das war typisch für dieses Haus. Da meinten ein paar Herren offenbar, die kurzfristige Verlegung eines internationalen Kongreßes mit beachtlichem öffentlichen Interesse vom Kongreßzentrum Hofburg in das Parlament könnte „geheim" von statten gehen.

Präsident Schwärzlich war gerade dabei, sich aus der Sitzung zurückzuziehen, gewiß zu „wichtigen terminlichen Verpflichtungen", und den Vorsitz dem Parlamentsdirektor zu übergeben. „Ich erwarte täglich zweimal Bericht", sagte Schwärzlich, zum Parlamentsdirektor gewandt, schon im Gehen. Mit einem Mal war mehr Platz im Raum – nicht allein physisch, weil mit dem Präsidenten auch drei Herren und eine Dame seines Büros gingen, sondern noch mehr psychisch. Thomas fühlte, daß er wieder Luft zum Atmen hatte.

Der Parlamentsdirektor wartete, bis sich die Tür hinter dem Präsidenten und seiner Entourage geschlossen hatte. „Ich möchte versuchen, ein wenig Systematik in unsere Besprechung zu bringen, damit wir nachher sinnvoll arbeiten können." Thomas entging das mokante Lächeln nicht, das um die Lippen der beiden Vizedirektoren Schauer und Grabner spielte. „Zuerst aber möchte ich allen danken, die zu so ungewohnt früher Stunde gekommen sind, ganz besonders Kollegen Johann Scherzer und seinen Kolleginnen und Kollegen von der Sicherheitsdirektion."

Thomas versuchte erfolglos, den Mann in der Runde ausfindig zu machen, zu dem dieser Name gehörte; er saß offenbar auf der gleichen Seite der langen Tafel wie Thomas, und allzuweit wollte er sich nicht vorbeugen. Ein kleiner Abteilungsleiter hält sich in der Runde hoher Tiere besser bedeckt. Nur nicht auffallen, das war im Minimum die Gewähr eines erträglichen Beamtenlebens und im Maximum erste Voraussetzung einer Karriere. Thomas erinnerte sich an die erstaunliche Karriere eines ihm früher näher bekannten Journalisten. Eines Tages wurde er zum Chefredakteur einer ehemals großen Tageszeitung berufen, und ein Kollege hatte das so kommentiert: Viele sind schon Chefredakteur geworden für das, was sie geschrieben haben. Der ist es für das geworden, was er nicht geschrieben hat.

„Ich fasse zunächst die bekannten Fakten zusammen", fuhr Parlamentsdirektor Czernin fort, jede Geste und jedes Wort ganz Diplomat. Der höchste Beamte der Republik wollte seine erlernte, wenn auch nur kurz ausgeübte Profession nicht verheimlichen, und er hätte das auch nicht vermocht, selbst wenn er es mit aller Kraft gewollt hätte. Franz Xaver Czernin war sich bewußt, daß sein Habitus des Diplomaten für die Funktion des Parlamentsdirektors sowohl Vorteile wie Nachteile mit sich brachte. Seine Freunde, und die hatte er sogar in der Beamtenschaft der Parlamentsdirektion, strichen bei jeder passenden und unpassenden Gelegenheit die Vorteile dieser beruflichen Prägung heraus, seine Gegner naturgemäß die Nachteile. „Entscheidungsschwäche" maulten gerade jene am meisten, die kaum jemals in die Verlegenheit kamen, eine Entscheidung treffen zu müssen.

Am Abend dieses Tages, faßte der Parlamentsdirektor zusammen, hätte im Kongreßzentrum Hofburg der internationale Kriminologen- und Kriminalistenkongreß eröffnet werden sollen. Nun waren aber seit dem Vorabend zwei Säle des Kongreßzentrums unbenutzbar geworden – „unbespielbar", wie Czernin sich ausdrückte.

„Kriminologen und Kriminalisten?" Zwirner nickt bestätigend. Das war ganz nach Thomas Geschmack. Ein Kongreß in Wien, der sich mit „K und K" abkürzen ließ – dem Weltgeist schien es nicht an Ironie zu fehlen.

Zuerst waren im Großen Saal, in dem die feierliche Eröffnung durch den Bundespräsidenten hätte stattfinden sollen, zwei Luster zu Boden gekracht. Wie Czernin „gekracht" sagte, ließ auf eine gewisse klammheimliche Freude über den Vorgang schließen, auf anarchische Reste im Gemüt des obersten Beamten der Republik. Nicht nur, daß die Luster perdu waren, hatten sie noch dazu ein Stück der historischen Decke des Großen Saals mit auf ihre Reise genommen und, etliche Meter tiefer am Ziel angelangt, eine Reihe wertvoller historischer Sessel zertrümmert und den marmornen Boden beschädigt. Der Schaden war in der Kürze der Zeit nicht zu reparieren, zwei Wochen mußten dafür veranschlagt werden, im Minimum.

Das war aber noch nicht alles. In einem weiteren Saal, der als Ort für einen Workshop von Teilnehmerinnen und Teilnehmern vorgesehen war, waren – wer mochte da an Zufälle glauben? – ebenfalls zwei Kronleuchter von der Decke gestürzt. Nein, nicht zur gleichen Zeit, sondern etwa eineinhalb Stunden später, referierte Czernin. Der Schaden war dort zwar nicht so groß, aber immerhin wurden auch hier historische Möbel zertrümmert.

* * *

Thomas schaltete auf Standby.

Er sitzt im Nachtzug nach Venedig. Es ist November. Er muß fort, er hält es nicht mehr aus. Frau und Kindern hat er nur gesagt, daß er wegfährt – Montag würde er wieder da sein. Die Familie wollte wohl wissen, wohin er fahren müsse, so ohne Vorankündigung und so überfallartig, aber sie hatten nicht insistiert.

Der Zug ist schon auf der steirischen Seite des Semmerings. In Bruck an der Mur wird sie zusteigen, dann ist der Liegewagen voll. Vier ältere Herrschaften sind laut und guter Dinge. Ihnen ist eine tolle Überraschung gelungen. Aus der Aufregung der bisher einstündigen Bahnfahrt rekonstruiert Thomas, daß es sich um drei Geschwister handelt, zwei Brüder und eine Schwester. In Meidling stieg eine weitere Schwester zu – die gelungene Überraschung der beiden Männer für ihre Schwester. Die zugestiegene Schwester lebt seit Jahrzehnten in Washington – Washington D.C., wie Thomas zwischenfragend erfährt. Die in Wien lebende Schwester fiel aus allen Wolken – mit allem hatte sie gerechnet, nur nicht damit, ihre Schwester wiederzusehen, gar eine Woche in Venedig mit ihr zu verbringen. Die Runde ist aufgekratzt, das gelungene Wiedersehen und die Aussicht auf eine Woche Venedig befeuert die gute Stimmung, die sich auf Thomas überträgt.

Man lädt ihn ein, ein Glas Sekt zu trinken, fragt ihn nach seinen Plänen.

Im Trubel fällt Thomas' Reiselektüre zu Boden, das Lesezeichen flattert auf die Liege eines der beiden Brüder. Der hebt es auf, wirft einen kurzen, fragenden Blick auf Thomas, liest den Spruch von dem Lesezeichen, laut, für die anderen hörbar: Bedenke, daß die menschlichen Verhältnisse insgesamt unbeständig sind. Dann wirst du im Glück nicht zu fröhlich und im Unglück nicht zu traurig sein.

„Ein großes Wort. Ein wahres Wort", sagt der Mann, ihm das Lesezeichen samt Buch reichend.

„Wenn ich mich recht erinnere, hatte Bruno Kreisky den Spruch, eingerahmt, in seinem Zimmer in der Parteizentrale hängen. Aber die Schwierigkeit ist doch, daß man manchmal nicht weiß, ob man grad in der einen oder in der anderen Situation ist."

„Auch das ist wahr", gibt der Mann zurück. „Aber schauen Sie uns an: Wir sind im Augenblick alle glücklich, wir freuen uns über unser Wiedersehen, wir freuen uns an der gelungenen Überraschung, und wir freuen uns auf die kommenden Tage. Wir sind für eine Woche außerhalb der Zeit, und das nenne ich Glück. – Und Sie, was erwartet Sie?"

„In Bruck eine gute Freundin, und dann hoffentlich ein unbeschwertes Wochenende in Venedig."

„Zu einem guten Teil sind Sie dafür selbst zuständig", sagt der Mann und hebt sein Glas. „Prost drauf, möge es nützen!"

* * *

Am Wort war Hofrat Scherzer, und das holte Thomas zurück in die Aktualität – „Wirklichkeit" hätte er als Bezeichnung für das nicht gelten lassen, was da ablief. Man möge das, was er jetzt sage, als vertraulich betrachten, sagte Scherzer. Man habe Grund zu der Annahme, daß die beiden Lusterabstürze nicht Produkt des blinden Zufalls seien, sondern möglicherweise einen kriminellen wenn nicht gar einen terroristischen Hintergrund hätten, wenn auch im Augenblick jeder Beweis fehle. Aber die geplante Übersiedlung des Kongresses in das Parlament hänge auch mit diesem Hintergrund zusammen.

Das Parlament biete sich in dieser heiklen Situation als optimaler Veranstaltungsort an. Das Haus verfüge sowohl über Einrichtungen als auch über Erfahrungen in Punkto Sicherheit, es könne im Bedarfsfall hermetisch abgeschlossen werden usw. Scherzer erinnerte an den Februar 2000, als beim Start der schwarz-blauen Koalition das Parlament von beträchtlichen Polizeikräften abgeriegelt werden mußte und es trotz heftiger Demonstrationen zu keinen nennenswerten Zwischenfällen gekommen war. Die einzige Verletzte sei Pallas Athene gewesen, und selbst der habe man nur einen Finger gebrochen. Seit das Parlament zu einem „öffentlichen Haus“ umfunktioniert worden sei, würde die Verlegung auch keinerlei Argwohn erregen, auch nicht bei den professionell argwöhnischen Medien.

Kam ihm diese Stimme nicht bekannt vor? Sie klang in Thomas Ohren wie aus der Tiefe der Zeit, als hätte er sie schon einmal gehört, wenn auch mit einem jüngeren und wohl auch einem weicheren Klang. Aber er konnte die Stimme nicht zuordnen, zumal es ihm auch verwehrt war, das Gesicht zur Stimme zu sehen.

Parlamentsvizedirektor Schauer schaltete sich ein: „Wollen Sie uns etwas sagen über die Vermutungen in Richtung terroristischer Hintergrund, Herr Hofrat, oder wollten Sie uns bloß neugierig machen?“

Die Sache sei die, setzte Scherzer fort, daß man zwei Dinge festgestellt habe, die Anlaß zu einer gewissen Beunruhigung geben könnten. Erstens seien die Luster im Großen Saal der Hofburg exakt 24 Stunden vor der geplanten feierlichen Eröffnung von der Decke gestürzt – einen Tag später hätten sie Teilnehmer des Kongresses erschlagen. Die Luster in dem kleineren Saal, in dem ein Workshop von Ermittlern hätte stattfinden sollen, seien ebenfalls 24 Stunden vor dem geplanten Ereignis herabgekracht. „Das ist das eine“, sagte Scherzer. „Das andere ist, daß entsprechend dem Placement jeweils Teilnehmer aus Israel erschlagen worden wären.“

Für Thomas war klar, daß die Fortsetzung seiner Reise nach Venedig warten mußte.

„Das auch noch", seufzte Zwirner neben ihm.

Thomas fragte sich, ob Zwirners Seufzer den potentiell erschlagenen Israeli galt oder der Tatsache, daß sich der Bundesratsdirektor zu Wort meldete. Wie stets drückte der sich sehr gewählt – manche sagten lieber geschraubt – aus: „Der Plenarsaal des Bundesrats wird von der Länderkammer in der in Frage stehenden Zeit nicht benötigt und stünde demnach für andere Veranstaltungen zur Verfügung, falls erforderlich. Ich gehe aber davon aus, daß zum einen die Sicherheit im Saal garantiert ist und daß zum anderen dort nichts stattfindet, was der Würde des hohen Bundesrates zuwider läuft."

Thomas schickte sich an, seine Reise fortzusetzen. Wenn Dr. Adolf Chalubbka-Horstmann, der Bundesratsdirektor, das Wort einmal ergriffen hatte, ließ er es so bald nicht mehr los. Der Fülle seines Namens entsprach sein Äußeres, und beides stand im umgekehrt proportionalen Verhältnis zu seinem Gewicht in Politik und Verwaltung. Damit war er als Bundesratsdirektor die Idealbesetzung. Denn wie kaum irgend jemand den Bundesrat als verfassungsmäßige Institution überhaupt wahrnahm, wurde auch Chalubbka bloß belächelt, sofern man überhaupt von ihm Notiz nahm.

Aber je unwichtiger, desto mehr gesträubtes Gefieder – das schien ein aus den Jahrmillionen der Evolution herausdestilliertes Gesetz zu sein. Es gab im Parlament nichts Empfindlicheres als den Bundesrat und seine Mitglieder. Das mochte auch damit zusammenhängen, daß die Parteien den Bundesrat ständig mißbrauchten – als Krabbelstube für Jungpolitiker einerseits, als Asyl für verdiente Apparatschiks anderseits und leider hauptsächlich.

Das Parlament war ja längst zur bloßen Nickmaschine verkommen, und das war das Schlimmere. „Übergewicht der Exekutive gegenüber der Legislative" war das Stichwort, das man gelegentlich hören oder lesen konnte. Das gesamte Verwaltungshandeln erfolgt auf der Basis von Gesetzen – und diese Gesetze

„machte“ in Wahrheit die Verwaltung, während sie das Parlament bloß noch absegnete. Für die Regierung war das Parlament nicht mehr als ein Störfaktor, weil die Oppositionsfraktionen die Ministerien mit ihren Anfragen drangsalierten. Die Regierungsparteien gaben die Richtung vor, die Ressorts formulierten die Gesetze, das Parlament winkte sie durch. Etwas anderes kam nicht vor – wozu also diesen in Wahrheit völlig überflüssigen Schritt? Die Regierungsfraktionen – und zwar jeglicher Couleur – arbeiteten mit einer Langfriststrategie daran, das Parlament überflüssig zu machen, indem sie bei jeder Gelegenheit ausschließlich die Gesetzgebung als Aufgabe des Hohen Hauses beschworen und die Kontrolle der Regierung stillschweigend unter den Tisch fallen ließen.

Thomas erinnerte sich an seine ersten Tage im Parlament. Im Zuge einer Einführung in das Haus und seine vielfachen Aufgabenbereiche hatte er auch eine Sitzung des Bundesrats besucht. Die Mischung aus deftigem Bauerntheater, parteipolitischer Keilerei und aufgepfropfter „Würde des Hauses“, die sich ihm geboten hatte, war nicht dazu geeignet, seinen ohnedies skeptischen Glauben an die Demokratie zu stärken. Da waren ein paar jüngere Bundesrätinnen und Bundesräte, die in ihren Wortmeldungen ein gewisses Potential erkennen ließen, die sowohl der profunden Analyse wie auch einer gewissen Ironie, ja sogar Selbstironie fähig waren. Thomas hatte damals mit sich selbst gewettet, daß für diese jungen Frauen und Männer der Bundesrat nur eine Durchgangsstation für den Nationalrat sein würde, und so war es dann auch.

Anderseits war in dieser Kammer eine Auswahl an Dumpfheit versammelt, die Thomas den Atem nahm. Je länger die Sitzung des Bundesrats dauerte, desto näher war die Debatte dem Stammtisch. Thomas hoffte, daß einige der Redner nach Schluß der Sitzung ihr Fahrzeug beim Parlament stehen lassen würden.

Adolf Chalubbka-Horstmann war wie geschaffen für den Posten des Bundesratsdirektors, denn das Sträuben des imaginären Gefieders beherrschte er wie kein Zweiter. Sein Leben lang war er in irgend jemandes politischem Schatten gesegelt und am Ende aller politischen Karriereträume in der Verwaltung des Parlaments gelandet. „Institutionelle Resignation“ wurde dieses Scheitern politischer Karriereträume mit anschließender Flucht in die Verwaltung gern genannt.

Chalubbka-Horstmann hatte seinerzeit einen Arbeitskreis geleitet, dem die Reform des Bundesratsdienstes im Rahmen einer Gesamtreform der Parlamentsdirektion übertragen worden war. „ACH“, wie der Direktor des Bundesrats in Anlehnung an die Initialen seines Namens gern genannt wurde, war zunächst ein glühender Befürworter der Abschaffung des Bundesratsdienstes und der völligen Integration in die Parlamentsverwaltung gewesen. Als sich ihm infolge politischer Veränderungen allerdings die Chance bot, selbst an die Spitze des Bundesratsdienstes zu gelangen, hatte er seine Meinung in Windeseile angepaßt. Hatte er zuvor mit Vehemenz für die Abschaffung der Zweiten Kammer plädiert und durchaus gute Argumente für diese Position ins Treffen geführt, so war ihm jetzt der Bundesrat nicht nur der Hort der Demokratie, sondern die Republik ohne die Länderkammer eine schiere Diktatur. Das Marx-Zitat aber, wonach das Sein das Bewußtsein bestimme, faßte er als persönliche Beleidigung auf.

Sein gesträubtes Gefieder war nicht allein imaginär. Thomas kannte den Briefkopf des Herrn Bundesratdirektors, der rund ein Viertel der Seite füllte. Da prangte, über die ganze Seite, der Titel „Bundesratsdirektor“, und darunter „Honorarprofessor Universitätslektor“ – im Haus wurde gemunkelt, er habe einmal auf Einladung eines befreundeten Professors am Juridicum einen Vortrag über den Bundesrat gehalten und dafür ein Honorar bekommen – und darunter der ebenso lange wie klangvolle Name.

* * *

In Bruck steigt sie ein – bis zuletzt ist Thomas sich nicht sicher gewesen, ob sie kommen würde. Jetzt ist sie da, in ihrer ganzen lebendigen Frische, mit ihren feurigen dunklen Augen, ihrer schwarzen Mähne, sprühend vor Leben und Lebensfreude. Sie bringt die Kälte der Novembernacht mit ins Abteil, ihre Wangen sind kalt beim Begrüßungskuß. Weißt du, daß ich bis zuletzt nicht sicher war, ob du kommen würdest, ich habe wirklich gefürchtet, die Reise allein machen zu müssen. Aber geh, Venedig ist doch keine Stadt für allein! Und ich freu mich schon so.

Als sie in Venedig ankommen, trauen sie ihren Augen nicht: Venedig im Schnee. Nicht viel, aber der Bahnsteig ist weiß wie später der Markusplatz. Sie deponieren ihr geringes Gepäck im Hotel Abbazia in unmittelbarer Nähe zum Bahnhof und machen sich auf den Weg zum Markusplatz. Ein eisiger Wind weht, eine kalte Wintersonne wird von Schneewolken verdunkelt und schließlich gänzlich verschluckt. Die Stadt erwacht langsam, die Rollbalken knallen in die Höhe, erste Souvenierstande werden vor die Läden gerollt. Venedig im November ist Venedig pur – ohne Touristen.

Die Kälte treibt sie ins „Museo storico navale", wo sie sich zwischen historischen Schiffsmodellen sonder Zahl finden. Wärme allerdings bleibt auch hier eine Illusion: Die Fenster sind nichts als Öffnungen nach draußen, ohne jedes Glas. Als sie einmal hinausschauen stellen sie fest: Es schneit. Mir ist nicht kalt, weil du da bist. Und ich bin glücklich. Ich auch. Wir sind glücklich. Thomas erzählt ihr die kleine Geschichte von dem Lesezeichen. Ich bin fröhlich, und es ist mir gleich, ob ich zu fröhlich bin. Wenigstens für diese zwei Tage.

Aus dem Museo storico navale flüchten sie in den Dogenpalast, in seine vergangene Pracht. Der kleine Trupp Touristen friert gemeinsam. Die Führerin weist auf die großen Kamine: Selbst wenn, an so kalten Tagen wie heute, alle Kamine geheizt wurden, wurde der Palast nicht warm. Seufzen auf der Seufzerbrücke.

San Marco als Ahnung des Orients. Der matte Schimmer des Goldes. Die „Pala d'Oro", die goldene Hinterwand des Altarbilds. Napoleon hat sich hier bedient, die Edelsteine konnte er gut brauchen zum Füllen seiner Kriegskassa. Macht kennt keine Rücksicht. Es ist schön, mit dir hier zu sein. Der Westen ist rosenfarben, kurz ist zwischen den Wolken ein halber Mond zu sehen.

Es wird früh dunkel im November, und durch das Wetter noch früher. Nebel fällt ein, die Laternen haben einen hellen Hof. Gehen wir noch nach San Pietro am anderen Ende? Auf dem Rückweg kehren sie in einer Trattoria in der Via Garibaldi ein, genießen die Wärme und Spaghetti all vongole, teilen sich eine Flasche Valpolicella. Du kannst dir nicht vorstellen, wie wichtig du für mich geworden bist. Und was hast du deiner Frau erzählt? Die Wahrheit: Daß ich weg mußte. Das ist der Unterschied zwischen dir und mir: Ich mußte nicht, ich wollte.

Hauptsache, du bist da. Ich habe ein Distichon für dich gemacht. Laß hören. Ach, dieser alte Odysseus! Sucht Nausikaa hier am Ufer. Alles ein Traum – bleibt doch nur Erinnerung? Danke, alter Odysseus! Gern geschehen, Tochter des Alkinoos, Prinzessin der Phäaken. Du weißt, daß er sich dem Zyklopen mit dem Namen „Niemand“ vorstellte? Weil er „niemand“ war, ist er mit dem Leben davon gekommen. Jetzt laß uns heimgehen, über das Ghetto, in unsere Abtei. Und morgen die Kunst.

* * *

Parlaments-Vizedirektor Sigisbert Schauer war am Wort. Er hatte es sich genommen. Machtmenschen setzen sich durch, gegen Diplomaten allemal. „Ach, Adolf – danke für dein großzügiges Angebot, den Bundesrats-Saal verwenden zu dürfen. Danke. Jetzt zur Sicherheit. Maxi?“

Zwirner war ein schlechter Starter. Das kam ihm jetzt zu plötzlich, merkte Thomas. Außerdem ärgerte ihn die Anrede „Maxi“. Der erste Satz Zwirners ergab daher keinerlei Sinn. Er hätte das Zeug zum Politiker, dachte es in Thomas. Aber Zwirner fing sich. Redete vom Zugang ausnahmslos durch den Haupteingang und die Sicherheitsschleuse, für alle. Wegen Kontrollmöglichkeit und wegen Notwendigkeit und wegen Garantie für Sicherheit. Keine hausfremden Personen – aber die Kongreßteilnehmer seien doch Hausfremde, warf der Leiter der Präsidialsektion ein, seit jeher ein Intimfeind Zwirners. Christoph Mayer fürchtete seit Jahren, daß ihm Zwirner eines Tages als Parlamentsvizedirektor und Bereichsleiter vorgesetzt werden könnte, und Zwirner fürchtete das Gleiche bezüglich Mayer. Also versuchten beide, einander möglichst das Wasser abzugraben.

Jetzt sprach wieder der Parlamentsdirektor, wollte die eben angefangene Woche noch einmal durchgehen. „Der Kongreß hätte heute Abend beginnen sollen. Für Mittwoch war eine Fahrt der Teilnehmer nach Salzburg geplant. Wir haben morgen eine wichtige Sitzung des Besonderen Ausschusses, dazu Sitzungen des Sozial- und des Wirtschaftsausschusses. Die können ohne Änderung stattfinden. Die Ausschuß-Sitzungen von Mittwoch und Donnerstag werden einvernehmlich auf nächste Woche verschoben. Der Kongreß zieht seinen Salzburgbesuch um einen Tag auf Dienstag vor, der Kongreß beginnt am Mittwochvormittag, tagt dann drei Tage bis Freitag. Kollege Schauer, Sie halten mich auf dem Laufenden."

Der Parlamentsdirektor schaute zu Thomas. „Ich möchte, daß einer während dieser Tage ständig bei dem Kongreß dabei ist, Augen und Ohren offen hält. Die Sache ist hoch sensibel. Thomas, kannst du das machen? Der Kongreß fällt ja gewissermaßen in dein Ressort. Ich bitte dich, unser Verbindungsoffizier zu sein."

Alle blickten auf Thomas, der sich einmal mehr wünschte, zu Hause geblieben zu sein. „Offizier" – das allein ging ihm schon gegen den Strich. Für alles Militärische, das er ein wenig vorschnell und ungerecht, wie er wohl wußte, mit Militarismus gleichsetzte, hatte er nur Verachtung übrig. Für den Gleichschritt reicht das Rückenmark, dafür braucht es kein Gehirn, hatte schon Einstein gemeint.

„Natürlich", sagte er, und kam sich dabei wie ein Verräter vor, denn „natürlich" war hier doch gar nichts. Aber ihm konnte es ja gleich sein, mit welchen sinnlosen Aufgaben er seine Zeit zubrachte. Seit Schwärzlich vor ein paar Jahren in das Amt des Präsidenten gewählt worden war, war seine Arbeitslust stetig gesunken. Er wußte, daß er damit nicht allein war. „Meister der Demotivierung" nannte er Schwärzlich insgeheim und gelegentlich auch gegenüber Kolleginnen und Kollegen, wenn ihm die Kontrollsucht des Präsidenten, seine penetrante Suche nach

Schuldigen, wenn irgendwo ein Fehler unterlaufen war, seine Sprunghaftigkeit und Launenhaftigkeit über das gewohnte Maß auf die Nerven gingen. „Ich halte dich auf dem Laufenden, wenn es Berichtenswertes gibt."

„Zu ein paar konkreten Dingen, die wir wissen müssen, gebe ich jetzt dem Direktor des Konferenzzentrums das Wort." Czernin fügte wohl noch einen Doktortitel und einen Namen an, den Thomas allerdings nicht verstand. Er glaubte den Namen „Breitfuß" zu hören. Ein elegant gekleideter Mann – dunkler Zweireiher, taubengraues Hemd, tadellos geknotete Krawatte, dazu passendes Stecktuch – begann zu sprechen. Er war sich seiner und des Augenblicks Bedeutung sichtbar und hörbar bewußt. „Im Parlament" reden zu dürfen, war ihm schon etwas Besonderes, er holte daher weit aus zu einer historischen Einführung in das Konferenzwesen vom Ende der letzten Eiszeit an –

* * *

Venedig hat zwar immer noch Winter, aber im „Abazzia" merkt man davon wenig. Sie werden von Kirchenglocken geweckt, die ganz nahe zum Gottesdienst rufen. Weißt du, daß ich das immer wollte: mit dir aufwachen? Du Schelm, da war doch noch etwas zuvor! Natürlich ist da was vorher, und das ist mir auch wichtig. Aber ich glaube, daß die wahre Vertrautheit miteinander erst durch das gemeinsame Aufwachen entsteht. Das ist mir zu hoch, aber ich find 's auch schön. Besonders hier in Venedig.

Der Sonntag ist der Kunst gewidmet, nach dem Frühstück brechen sie zur Accademia auf, drei Stunden schlendern sie zwischen Kunstwerken aus mehreren Jahrhunderten umher. Trinken einen Kaffee, kaufen Kunstbücher im Shop. Alles steht schon im Licht des bevorstehenden Abschieds. Heute noch, und morgen nicht mehr. Hast du eine Vorstellung, wie das weitergehen kann? Es gibt Fragen, die man nicht stellen soll. Weil man die Antwort nicht erträgt? Weil man die Antwort in Wahrheit gar nicht wissen will. Ich möchte sie wissen. Weil du mir wichtig bist. Du bist mir auch wichtig – mehr, als mir lieb ist. Aber ich möchte die Antwort nicht wissen. Vielleicht, weil du sie schon weißt?

Kann sein. Und wahrscheinlich kennst du sie auch. Ich werde mich nicht opfern.

Sie stehen an der Ziegelmauer, die den Besitz der Peggy Guggenheim am Canale Grande gegen die Nachbarschaft abgrenzt. Sie stehen an ihrem Grab. Here rests Peggy Guggenheim. 1898–1979. Gleich daneben eine zweite Tafel: Here lie my beloved babies. Es folgen 14 Namen mit Jahreszahlen, beginnend mit Cappucino (1949–1953), über Madame Butterfly (1954–1958) und White Angel (1945–1960) bis zu Cellida (1964–1979). 14 Hunde und Vögel, die „beloved babies", liegen neben ihr begraben.

Rene Magrittes „Empire of the Light" nimmt ihm den Atem. Er hat etwas übrig für Surrealismus. Nur im Surrealismus lassen sich Gegensätze so miteinander vereinen wie hier in Magrittes Bild. Tag und Nacht, hell und dunkel, das helle Blau des Taghimmels mit den weißen Wolken und davor die dunklen Bäume und das nächtliche Haus. Oder trifft es bloß seine aktuelle Stimmung? Seine ganze Existenz kommt ihm bisweilen surrealistisch vor. Ja, er hat einen weiten Weg zurückgelegt, vom kleinen Bergbauernbuben bis zum wohlbestallten Abteilungsleiter in der Parlamentsdirektion. Die Grenze zwischen real und surreal gibt es gar nicht, der Übergang ist fließend. Und wenn es sie gäbe – wer könnte mit Sicherheit sagen, auf welcher Seite dieser Grenze er sich befindet? Das Reale ist das Surreale ist das Reale. Es kommt nur auf den Standpunkt an. Das Reich des Lichts gibt es nur, weil es das Reich der Finsternis gibt.

Das ungetrübte Glück, das keinem Irdischen zuteil wird. Polykrates endete am Kreuz. Unglückliche Liebe ist ein Pleonasmus – gab es je eine wahrhaft glückliche? Sie ist immer bedroht. Von einem Abschied, vom Erlöschen, letzten Endes vom Tod. Liebe ist der Schmerz, der bleibt, wenn sie vergeht. Fitzgerald, glaube ich. Komm, nicht so dunkle Gedanken. Gehen wir lieber noch etwas essen, bevor wir zum Zug müssen.

Träumende sind wir, Träumende in einem Traum. Wessen Traum? Wie wird das Erwachen sein?

* * *

Diesmal so: Alfred R. Schratt, der Leiter des Internationalen Dienstes, der „Herr Botschafter“, bot seine Dienste an. Man habe in seinem Dienst ja vielfältigste Erfahrungen in internationalen Beziehungen und man könne daher durchaus, sofern das gewünscht werde, und er habe eine Andeutung des Präsidenten genau so verstanden – „Danke, natürlich“, fiel ihm der Parlamentsdirektor ins Wort. „Ihre Mitarbeiter sollen sich mit Thomas absprechen, Thomas wird mir berichten.“

Bevor er zum Leiter des Internationalen Dienstes aufgestiegen war, hatte Schratt im Kunstmanagement gearbeitet, war eine Zeitlang als Kulturattache an einer Botschaft gewesen – Genaues wußte man nicht über den Diplomaten, der erst kurze Zeit im Haus war. Früher hatte er, einem Ondit zufolge, noch Wert auf seinen „middle initial“ gelegt und Aktenstücke gern mit ARS abgezeichnet und so die Einheit des Alfred R. Schratt mit der Kunst dokumentiert.

Seit allerdings ein vorlauter Kollege im Haus verbreitet hatte, gemäß einem Gutachten des Rechts- und Legislativdienstes des Hauses sei ein „S“ als Abkürzung für „Schratt“ nicht ausreichend und müsse um „ch“ ergänzt werden, zog Schratt es vor, mit „Schratt“ zu paraphieren. Den vorlauten Kollegen grüßte er seither nicht mehr. Und der verbreitete seinerseits das Gerücht, Schratt hätte ein Wappen und in diesem das Motto „Lex mihi ars“.

Die Sache mit dem Gutachten war natürlich reine Erfindung. Aber: Si non e vero e ben travato. Denn der Rechts- und Legislativdienst, kurz RLD, stand im Rufe, eine hoch kompetente Einrichtung zu sein, wenn es darum ging, einfache Dinge durch ausgesuchte Verkomplizierung auf die lange Bank zu schieben.

Damit tat man selbstredend dem gesamten Dienst Unrecht, in Sonderheit aber dessen Leiter Emmerich Ehrenweller. Der war ein hochkarätiger Jurist, mit allen Wassern der Geschäftsordnung des Nationalrats und des Bundesrats gewaschen und jedem Präsidenten gegenüber, dem er in seiner mittlerweile langen Laufbahn gedient hatte, absolut loyal.

Daß er zugleich vorsichtig, zurückhaltend und abwägend war, gereichte ihm gerade in einer Zeit, in der rasche Entscheidungen gegenüber sorgfältiger Abwägung bevorzugt wurden, ebenso zur Ehre wie zum persönlichen Nachteil. „Erbsenzähler" war ihm ein wie Pech und Hundekot anhaftender Spitzname im Haus und vielfach auch außerhalb. Wegen des ähnlichen Klangs seines Namens und seines Spitznamens kam es schon vor, daß jüngere Beamte im Haus wie in den Ministerien ihn im Glauben, er hieße tatsächlich so, mit dem Spitznamen anredeten.

Ausgerechnet Ehrenweller, der öffentlichkeitsscheue, zurückhaltende Beamte, reckte jetzt seine Rechte in die Höhe, was die beiden Parlamentsvizedirektoren zu einem synchronen Verdrehen der Augen veranlaßte. „Bitte, der Kollege Schwarzenberger ist nicht da, aber die Pressestelle müßte doch eine Aussendung machen, daß der Kongreß –"

„Der Präsident wünscht das nicht", schnitt Schauer ihm das Wort brutal ab, und fügte nach einer kurzen Pause hinzu: „Kollega." Thomas kannte Sigisbert Schauers Eskalationsstufen: Kollege war die joviale Form des Umgangs, Kollega, mit dem deutlich hörbaren „a" am Ende, wies auf das Heraufdämmern einer Gefahr hin, und wenn Schauer „Herr Kollege" oder „Frau Kollegin" sagte, dann war es allemal ratsam, in Deckung zu gehen. Es gab allerdings noch eine Steigerungsform, nämlich das vorangestellte „lieber" oder „liebe". „Der Präsident wünscht das nicht" – das war wie Roma locuta, causa finita. Das galt im Übrigen in allen Dingen, einschließlich Fragen der deutschen Grammatik, sehr zum Verdruß Schwarzenbergers.

Emmerich Ehrenweller war nicht der Mann, den ein „Kollega" beeindrucken konnte. Er nahm einen neuerlichen Anlauf: „Ich mein', wenn das so ein großer internationaler Kongreß ist, dann werden wir es wohl kaum geheimhalten können, daß er von der Hofburg in das Parlament verlegt worden ist …"

Der elegante Zweireiher aus dem Kongreßzentrum beeilte sich zu sagen, daß die entsprechende Verständigung der Öffentlichkeit durch ihn erfolgen werde oder vielmehr schon erfolgt sei.

Die Sitzung war geschlossen. Die Teilnehmer drängten durch die Tür auf den Gang. Thomas postierte sich in der Nähe der Tür, um Scherzer abzufangen, der inmitten einer Gruppe den Saal verließ. Zwirner redete eifrig auf ihn ein, als wollte er ihn von etwas überzeugen oder ihn zu einem neuen Glauben bekehren. Scherzer blickte kurz auf, stutzte und löste sich gewandt von der Gruppe, seine Mitarbeiter den Belehrungen Zwirners überlassend.

„Wir kennen uns doch, oder?"

„Mir schien es auch so, aber ich kann mich beim besten Willen an niemanden mit dem Namen Scherzer erinnern."

„Vielleicht an Ungersböck, Hans Ungersböck?"

„Mein Gott – natürlich! Servus, Hans! Aber wie wird aus einem Ungersböck ein Scherzer? Sehr weit hast du dich ja damit nicht vorgearbeitet im Alphabet."

„Daß ich immerhin endlich dich überholt habe, scheint dir entgangen zu sein."

Sie setzten ihr Gespräch in der Cafeteria des Parlaments fort, „obwohl ich eigentlich kaum Zeit habe", wie Ungersböck-Scherzer gleich betonte, von Thomas darob der Wichtigtuerei bezichtigt.

Sie waren sechs Jahre in das gleiche Gymnasium gegangen, eine katholische Privatschule in Niederösterreich, ehe Ungersböck die Schule gewechselt hatte. Sie hatten sich aus den Augen verloren, ehe sie jetzt ein paar herabgefallene Kronleuchter wieder zusammengeführt hatten.

Es gibt Menschen, mit denen ist man sofort vertraut, selbst wenn man sie nie vorher getroffen hat, wie es auch solche gibt, die einem immer fremd bleiben. Bei Ungersböck ging es Thomas jetzt, als hätten beide eben die sechste Klasse hinter sich. Scherzer erzählte ihm von seiner namentlichen Veränderung „wegen der Liebe", wie er sich ausdrückte. Die Frau, die er geheiratet hatte, war das einzige Kind eines Ehepaares, das es nicht verwinden konnte, daß ihr Name nicht vom eigenen Kind weitergetragen würde, und so hatte Ungersböck der Vorrückung im Alphabet zugestimmt.

Scherzer hatte, noch als Ungersböck, ein Jusstudium begonnen, war nach dessen Abschluß in den Polizeidienst eingetreten, hatte zunächst ein paar Jahre bei der Wirtschaftspolizei gearbeitet und war schließlich, inzwischen zum Scherzer mutiert, bei der Mordkommission gelandet. Dies habe letztlich auch dazu geführt, daß er als offizieller Teilnehmer des Kongresses gemeldet worden sei – jetzt mit der zusätzlichen Aufgabe im Zusammenhang mit der Übersiedlung des Kongresses ins Parlament.

„Sie wollen, daß das Ganze möglichst ohne Aufsehen über die Bühne geht – nur keine Wellen, das gute alte österreichische Motto, verstehst du? Da trifft es sich gut, wenn man einen Teilnehmer des Kongresses gleich mehr oder weniger mit einer verdeckten Ermittlung beauftragt."

Er freue sich jedenfalls, mit einem Freund aus Jugendtagen wieder zusammengekommen zu sein, und diese Freude war auf beiden Seiten. Man werde während der kommenden Tage wohl Gelegenheit haben, Jugenderinnerungen auszutauschen, zumal es ja dafür einen ausdrücklichen Auftrag gebe.

„Und die Geschichte mit dem möglichen antisemitisch motivierten Attentat – was ist denn da dran?"

„Ich sag dir, was ich weiß – und rechne damit, daß es zwischen uns Klosterschülern bleibt. Wir haben noch kein Ergebnis – Zeitzünder oder dergleichen wurden in beiden Fällen nicht gefunden. In beiden Fällen war das Mauerwerk ziemlich durchfeuchtet – ohne daß geklärt werden konnte, wo das Wasser her kam. Und es ist noch merkwürdiger, daß die Kronleuchter in beiden Fällen genau dort von der Decke fallen, wo die Israeli sitzen oder – zum Glück – gesessen wären."

„Du hast vorhin in der Einzahl gesprochen. Wie viele sind es denn?"

„Fünf, soviel ich weiß. Ein gewisser Michael Ochajon, mit einem Vorgesetzten, dessen Namen ich mir nicht gemerkt habe. Ein Informationsoffizier, Balilati oder so ähnlich, ein junger Kerl mit Namen Ja'ir, und eine Frau, die Zila gerufen wird."

„Kriminalisten und Kriminologen also, kuk. Die -logen sind immer die Schwätzer, und die -isten die Macher. Die Israeli würden vielleicht sagen Schmonzes und Tacheles."

„Exakt. Drum bin ich Kriminalist geworden und du Theologe – so weit habe ich deine Karriere verfolgt."

Thomas ging auf diese letzte Spitze nicht ein. Sein Theologiestudium lag in einer längst versunkenen Vergangenheit, und daß ihn die alten Fragen immer noch umtrieben und beschäftigten, wußte kaum jemand. Er setzte das alte Spiel fort:

„Du hast mir gesagt, was du weißt – und das ist, wie schon seinerzeit in der Schule, nicht sehr viel."

„Sei vorsichtig! Wenn man deine Leiche findet, wird der Chef der Mordkommission mit der Ermittlung beauftragt. Womit ich aus dem Kreis der Verdächtigen automatisch ausscheide."

„Wenn du schon nichts weißt – was glaubst du?"

„Wird das ein Verhör vor der Heiligen Inquisition? Glauben und Wissen standen immer schon in einem umgekehrt proportionalen Verhältnis. Ich glaube gar nix. Ich kann mir nicht leisten, etwas zu glauben, die Mordkommission muß wissen."

„Aber du mußt doch ein Gefühl haben!"

„Ich versuche mich an das Thema heranzutasten. Drum rede ich ja mit dir. Wer so wenig vom Thema versteht, kann manchmal durch puren Zufall auf eine Spur stoßen."

Es war wie in alten Tagen, als sie einander ständig geneckt hatten, auf eine Art, die für Außenstehende schwer verständlich war. Sie kamen vom Thema ab, schwelgten in alten Erinnerungen. „Kannst du dich an den Versuch erinnern, uns die Schriftsprache einzutrichtern?"

„Natürlich, mit dem Dialektbüchlein. Wer Dialekt sprach, hatte sich in das Büchlein einzutragen und dann einem neuen Opfer aufzulauern, um das Buch weiterzugeben."

„Bis der Leopold es im WC versenkt hat."

„Nachdem der Martin ungeniert Dialekt sprach, weil er das Büchlein ohnehin schon hatte und es ihm keiner anhängen konnte."

„Übrigens haben uns die Amerikaner einen Hinweis gegeben, daß ein Anschlag auf den Kongreß geplant sein könnte", wurde Scherzer wieder ernst. „Aber die tun das ja immer. Die versuchen mit allen Mitteln, ihre Paranoia zu globalisieren. Du kennst das alte Problem: Es gibt immer auch die Möglichkeit, daß ein Paranoiker tatsächlich verfolgt wird."

Aufgeräumt verabschiedeten sie sich voneinander. Mittwoch, das war abzusehen, würden sie sich wieder treffen, bei der Eröffnung des Kongresses. Die Fahrt nach Salzburg würde er auslassen, sagte Scherzer, diese Aufgabe habe er an seinen „Frosch" delegiert. Er habe ja auch Arbeit außerhalb des Kongresses zu erledigen, etwa im Zusammenhang mit ein paar ermordeten ärarischen Möbeln.

„Ärarisch", ließ Thomas das Wort nachklingen. „Verwendest Du dieses schöne Wort auch anderen gegenüber?"

„Frosch hat mich angeschaut wie das Mondschaf. Er wird es wohl im Fremdwörterbuch suchen. Wir haben ja so gewaltige Staatsschulden, daß Aes, der Staatsschatz, schon lang nicht mehr modern und somit aus dem Sprachgebrauch verschwunden ist. Aber du erinnerst dich hoffentlich."

Thomas bejahte. Es blieb noch Zeit bis zur Lesung. Seine Frau würde ihn vom Büro abholen, gemeinsam mit Schwarzenberger und dessen neuer Freundin. Er begann Ordnung zu machen. Das versuchte er regelmäßig zu tun, und stets stellte er aufs neue fest, daß „Ordnung machen" nichts anderes bedeutete, als Sachen wegzuwerfen, die man einmal aufbewahrt hatte, weil man irrtümlich gemeint hatte, sie wären wichtig.

* * *

Vor Jahren war „sein" Minister bei einem Flugzeugunglück ums Leben gekommen, und Thomas hatte sich gefragt, was geschehen wäre, wenn er mit an Bord gewesen wäre. Er stellte sich vor, wie man in seinen Papieren gewühlt hätte, erstaunt über manchen Fund, ratlos bei einem anderen, wie man in seinen Dateien im PC gestöbert hätte usw. Ihn würde das ja nicht berührt haben, aber den Überlebenden wollte er das ersparen, darum bemühte er sich, einigermaßen regelmäßig Ordnung zu machen.

„Ordnung machen" war für Thomas ein schöpferischer Akt. Hatte nicht die Schöpfung damit begonnen, daß Gott das Chaos besiegte und den Kosmos machte? Tohu-wa-bohu, so stand es in der Genesis, „wüst und leer" hieß das in den gängigen Übersetzungen, „Irrsal und Wirrsal" bei Buber/Rosenzweig. Die kleine

Ordnung, die Thomas schuf, konnte sich auf den Urakt allen Anfangs berufen. Denn wenn Thomas Überflüssiges in den Papierkorb warf oder in den Aktenschredder gab, war das kein Akt der Destruktion, sondern eine Zuweisung auf den zukommenden Platz. Wie Gott am Anfang der Zeiten die Urflut unter die Erde gebannt, dem Meer seine Grenzen gesetzt und Wasser für den nötigen Regen oberhalb des Firmaments angeordnet hatte, so ordnete Thomas die Papierflut. Die war ja trotz E-Recht und E-Government nicht geringer geworden; in der täglichen Praxis hatte sich zur Papierflut eine gewaltige elektronische Woge aufgebaut, die es täglich zu ordnen galt.

Ordnung war ein zentraler Wert im Parlament, wenn auch in diesem Punkt der Schein eindeutig höheren Stellenwert besaß als das Sein. Selbst wenn noch so chaotisch vorgegangen wurde auf seiten der Politik, mußte doch stets der Anschein planvollen Vorgehens erweckt werden. Bürokratien schienen überhaupt nur für diesen Zweck erfunden worden zu sein – vermutlich schon im alten China und im Zweistromland. Wahrscheinlich hatte man sogar die ersten Schriftzeichen so erfunden: als Einkerbungen in eine Tontafel, damit keiner der Bauarbeiter beim Bau des großen Dammes sich zweimal um seine Bierration anstellte.

So vertrocknet und pergamentiert Bürokratien und ihre Vertreter scheinen mochten, sinnierte Thomas, während er mechanisch den größten Teil des Papiers in den Papierkorb warf, war hier doch ein schöpferischer Ort. Bürokratien waren der Ort hoher Kreativität – man mußte nur genau hinsehen und hinhören und vom richtigen Verständnis der Schöpfung ausgehen, und das war das Schaffen von Ordnung. Wie Michelangelo so lang Ordnung in einen Marmorblock brachte, bis alles Überflüssige und somit Chaotische weggeworfen war und die Pieta übrigblieb.

Und wurde nicht auch die Parlamentsdirektion von Schöpfern geführt? Nicht unbedingt Göttern, mußte Thomas bei dem Gedanken unwillkürlich schmunzeln, aber doch Miniaturversionen des Schöpfers. Sie führten diese zugleich große und kleine Organisation durch ihre ständigen Anordnungen und erhielten dadurch diesen Kosmos am Leben. Eine creatio zwar nicht ex nihilo, aber immerhin perennis, zwar nicht ewig, aber durch die Jahre dauernd. Hier konnte ein Tag sein wie tausend Jahre; der umgekehrte Fall war allerdings noch nicht vorgekommen.

Das von den Politikern gern gebrauchte Wort von der Entbürokratisierung war so betrachtet eine Erfindung des Teufels. Er sollte darüber einen kleinen Essay schreiben, dachte Thomas. Der Teufel, der „Vater der Lüge", der diabolos, der alles durcheinanderbrachte, hatte Freude am Chaos. Bürokratien aber waren Ordnungsmächte, entstanden allein aus dem Bedürfnis, dem Chaos einen Kosmos abzuringen. Daher war Entbürokratisierung die Rückkehr des Chaos, und die Politiker waren Agenten des Teufels. Natürlich mußte dieser Gedanke noch ein wenig ausgefeilt werden, aber der Ansatz gefiel Thomas außerordentlich. In der Parlamentsdirektion, wo die Politik mit der Bürokratie in so konzentrierter Art zusammentraf wie nirgends sonst außerhalb des Vatikans, spielte sich täglich der Kampf zwischen den Mächten der Finsternis und den Engeln des Lichts ab. Mit dem populistischen Schlachtrufen „Entbürokratisierung!" und „Deregulierung!" waren die Politiker zu Handlangern des Diabolos geworden, das stand fest.

Thomas machte sich ein paar Notizen und legte das Blatt in ein Fach des die ganze Wand hinter ihm einnehmenden Schranks. Er lächelte bei dem Gedanken, daß bei der nächsten Aufräumaktion das Blatt wohl den Weg in den Papierkorb oder in den Schredder antreten würde, wie so viele seiner Vorgänger. Ach, all die ungeschriebenen Essays!

Er zögerte, als er eine Mappe zur Hand nahm. Sie hatte schon mehrmals über dem Papierkorb geschwebt, doch jedes Mal hatte er sie zurück in das Fach gelegt. Er war vor Jahren, als er Cervantes gelesen hatte, von einem Kapitel im zweiten Buch des Don Quixote fasziniert gewesen. Darin war Sancho Panza eine „Insul" zur Herrschaft übergeben worden, und der Don hatte ihm ausführliche Belehrungen darüber erteilt, wie er seine Herrschaft auszuüben habe. Für Thomas, der kurz zuvor Machiavellis „Il Principe" gelesen hatte, war das Kapitel im „Don Quixote" eine

Gegenschrift des Cervantes, ein echter „Anti-Machiavell". Von der Chronologie her ging es sich bestens aus, und daß Cervantes in seinem abenteuerlichen Leben auf den „Fürsten" gestoßen sein könnte, war nicht auszuschließen. Thomas hatte die Publikationsgeschichte des „Prinicipe" und des „Don Quixote" ein wenig recherchiert und wollte die beiden Texte einem genaueren Vergleich unterziehen, um Entsprechungen im Widerspruch zu lokalisieren, war aber mit diesem Vorhaben nicht weit gekommen. Auch diesmal schwebte das kleine Manuskript kurz über dem Papierkorb – und stürzte dann ins Nichts der Vergessenheit.

Er schaute den Blättern nach, die bereits friedlich auf ihrem Lager ruhten, griff nach kurzer Überlegung in das Fach hinter ihm, nahm alle dort gelagerten Papiere heraus und ließ sie dem Machiavell/Cervantes in die Vergessenheit folgen, einschließlich der Aufzeichnungen über die Schöpfungsmacht der Bürokratie, deren Tinte kaum getrocknet war. Am Ende werden das absolute Chaos und die absolute Ordnung eins sein, dachte Thomas – was sonst besagte der Zweite Hauptsatz der Thermodynamik? Ordnung und Chaos, die absoluten Gegensätze, als versöhnte Einheit – coincidentia oppositorum hieß das bei Nicolaus Cusanus, einer der Namen Gottes.

* * *

Er schreckte auf, denn unbemerkt hatte seine Frau das Zimmer betreten. „Unten ist noch offen", entschuldigte sie sich, „im Haus scheint eine Veranstaltung zu sein, daher bin ich heraufgekommen. Ich glaube, wir sollten ohnedies langsam gehen."

Thomas beendete seine schöpferische Arbeit, rief Schwarzenberger an und machte sich mit seiner Frau und dem Freund auf den Weg zum Zelt auf dem Rathausplatz, wo Schwarzenbergers Freundin sie erwartete. Es war eine neue, die Thomas noch nie gesehen hatte, und Schwarzenberger verschluckte den Namen, als er sie miteinander bekanntmachte.

Sie waren zu früh, denn nicht ihr Kollege Albert Hoffer las, sondern eine verhärmt wirkende Frau. „Gescheiterte Politikerin scheitert als Autorin, und wir sind Zeugen", raunte Schwarzenberger Thomas zu. Ein Blick auf den Programmzettel zeigte, daß Hoffers Auftritt in wenigen Minuten beginnen mußte. Aber die Autorin machte keinerlei Anstalten, ihre Lesung zu beenden. Das Publikum bewies ungewöhnliche Geduld, wurde aber nach weiteren zwanzig Minuten doch ungeduldig. Nach einer guten halben Stunde beendete die Ex-Politikerin ihren Auftritt. Thomas verteidigte sie halbherzig gegen die Angriffe seiner Frau, Schwarzenbergers und dessen Freundin mit dem Argument, sie hätte gewiß auch schon mit Verspätung begonnen.

Dann kam Hoffer. Er nahm mit gemächlicher Langsamkeit an dem mit einem schwarzen Tuch bedeckten Tischchen Platz, schenkte sich aus der bereitstehenden Karaffe Wasser in ein soeben herbeigebrachtes Glas, trank einen Schluck, räusperte sich, trank einen weiteren Schluck – er schien seinen Auftritt zu genießen. „Er überspielt seine Nervosität", meinte hingegen Thomas Frau. Schwarzenberger, der Hoffers Chef war, konnte als Schiedsrichter dienen: „Er ist furchtbar nervös. Das ist seine Methode, erstens die Nervosität zu bekämpfen und zweitens Macht über das Publikum zu gewinnen. Je länger er diese Zeremonie durchhält, desto stärker ist er, desto besser beherrscht er das Publikum."

Hoffer hielt lange durch – vermutlich gerade so lange, daß niemand ihn mit einem lauten Ruf zum Anfangen aufforderte. Er rückte den Schirm der Tischlampe zurecht, räusperte sich noch einmal und fing an: „Es war ein Samstag Vormittag, wie Scherzer ihn liebte. Die spätsommerlich kühle Morgenluft versprach einen warmen, aber nicht heißen Tag, das Licht war nicht mehr so grell, bald würde der Sommer unmerklich in den Nachsommer hinübergleiten. Kurt Tucholsky nannte das die fünfte Jahreszeit ..."

Sie blieben auch nach Hoffers heftig beklatschtem Auftritt bei der Lesung, hörten noch zwei weitere Autorinnen und einen Autor, die allerdings gegen Hoffer deutlich abfielen, ehe sie aufbrachen. „Jetzt habe ich meinen Auftritt in der ZiB 2 versäumt", maulte Hoffer beim Abschied.

Dienstag

Nil nisi bene de Carlo Malfatti

Thomas war froh, als der Bus mit den „Kriminellen", zu denen er Kriminologen und Kriminalisten insgeheim fusioniert hatte, endlich, wenn auch mit gehöriger Verspätung, den Parkplatz des Parlaments verlassen hatte. Die Verspätung war einigen der Teilnehmer geschuldet, die sich vom wunderbar angenehmen frühherbstlichen Wetter zu einem Spaziergang durch die Stadt hatten verleiten lassen. Sie war aber auch eine Folge der Tatsache, daß Carlo Malfatti, der Sicherheitssprecher der Konservativen, der zur Begleitung der Gäste ausersehen war, nicht erschien. Nachfragen im Klub, die sich anfangs infolge der frühen Stunde – es war ja noch nicht einmal 9 Uhr – schwierig gestalteten, hatten schließlich ergeben, daß die Cicerone-Funktion Malfattis für den Mittwoch vereinbart worden war, er sie aber am Dienstag nicht würde wahrnehmen können, weil er doch an der Sitzung des „Besonderen Ausschusses" teilnehmen müsse, die für Dienstag anberaumt war.

Allerdings konnte Thomas den Abgeordneten nirgendwo sehen, als die Mitglieder des „Besonderen Ausschusses" ab 10 Uhr nach und nach im Lokal VI des Parlaments eintrafen. Schwärzlich, der als Obmann des Ausschusses den Vorsitz führte und allgemein auf Disziplin und Pünktlichkeit größten Wert legte, ließ bereits Zeichen wachsender Ungeduld erkennen. Er winkte eine Mitarbeiterin der konservativen Fraktion herbei, und Thomas, der als „Zweiter" Beamter der Parlamentsdirektion in dem Ausschuß Dienst zu tun hatte, konnte hören, daß der Präsident sich ungehalten nach dem Verbleib seines Fraktionskollegen erkundigte. „Am End' wieder so a Weiberg'schicht", hörte er Schwärzlich mit unverhohlenem Ärger sagen. Die Klubmitarbeiterin zuckte nur die Schultern und murmelte etwas, was sich für Thomas wie „Kriminologen und Kriminalisten" anhörte.

Das war ebenso praktisch wie typisch, dachte Thomas. Erst wird sein Fehlen bei den „Kriminellen" mit Hinweis auf den Ausschuß entschuldigt, und im Ausschuß erklärt man seine Abwesenheit mit der Fahrt nach Salzburg.

Thomas hingegen mußte in beiden Fällen seine Arbeit tun: Erst die „Kriminellen" in den Bus setzen und auf den Weg bringen, und jetzt im Ausschuß. Diese Arbeit war weder aufregend noch anstrengend, jedenfalls nicht im Normalfall. Daher war er auch bereitwillig als Ersatzmann eingesprungen, als ihn eine Kollegin gebeten hatte, sie im „Besonderen Ausschuß" in der Position des „Zweiten" zu vertreten.

Aufgabe des „Zweiten" ist es, das sogenannte amtliche Protokoll zu führen. Thomas hatte zu verzeichnen, welche Abgeordneten sich zu Wort meldeten, den Zeitpunkt der Eröffnung der Sitzung festzuhalten, allenfalls eingebrachte Anträge zu sammeln und die Vergabe von Funktionen wie der des Berichterstatters für das Plenum zu vermerken. Er beneidete die Kolleginnen und Kollegen von der Parlamentskorrespondenz nicht, die aus der selten strukturierten Diskussion und den oft rhetorisch dürftigen Darbietungen Presseaussendungen formulieren mußten. „Sie müssen vor allem eines", hatte ihm Sigisbert Schauer, damals noch nicht Vizedirektor, bei der Einschulung eingeschärft, „bedeutungsvoll und staatstragend dreinschauen. Und erlernen Sie die Kunst, mit offenen Augen zu schlafen."

Der „Besondere Ausschuß" war vor einiger Zeit eingerichtet worden, um die Ergebnisse des sogenannten Österreich-Konvents zur Reform der Bundesverfassung zu beraten und die Umsetzung der Verfassungsreform voranzubringen. Er hatte inzwischen ein österreichisches Schicksal erlitten und war zu einer feierlichen Form der politischen Einsargung oder zumindest der langen Bank der österreichischen Politik geworden, auf die sich bequem alles schieben ließ, was zwar von Bedeutung, aber ohne Aussicht auf konsensuale Erledigung war. Zugleich war der Ausschuß, wie zuvor schon der Österreich-Konvent, zur allgemein gebrauchten Ausrede für politische Untätigkeit geworden und zum Mistkübel, in den man alles werfen konnte, zu dessen Erledigung es an Willen oder an Kraft oder an beidem fehlte.

Auch zur Abschaffung des Bundesrats hatte es nicht gereicht, ja nicht einmal zu dessen Reform. Aber das mochte daran gescheitert sein, daß zwar die Politiker um die Sinnhaftigkeit einer entsprechenden Aktion durchaus wußten, die Parteien aber sich einer für sie günstigen, weil vom Steuerzahler zu leistenden Versorgung auf dem Arbeitsmarkt schwer vermittelbarer Funktionäre als Mandatere der Länderkammer nicht begeben mochten.

Um der Wahrheit die Ehre zu geben: Es kam auch vor, daß im „Besonderen Ausschuß" nicht nur debattiert, sondern daß ein Gesetzesvorschlag tatsächlich plenumsreif gemacht wurde, was ja die zentrale Aufgabe eines Ausschusses ist. Thomas hatte die Aussichten dafür an diesem Dienstag auf mehr als 50 Prozent eingeschätzt.

Zur Debatte stand eine Regierungsvorlage über ein Ausländer-Aus- und -fortbildungs- sowie -förderungsgesetz (AAFFG). Ausländergesetze hatten sich in den letzten Jahren zunehmend zu einer Materie gewandelt, die in erster Linie von den Sicherheitsexperten und jenen unter den Mandataren, die sich für solche hielten, abgehandelt wurden. Irgendeinen Sicherheitsaspekt aber hatte jede Materie, die das Parlament erreichte, und Sicherheit war in den letzten Jahren zu einem zentralen Thema geworden. Daher befaßte sich auch der „Besondere Ausschuß" gern mit diesem Thema, das besser in den Sozialausschuß oder, wenn man schon den Sicherheitsaspekt herausstreichen wollte, in den Innenausschuß gepaßt hätte. Die Bedeutung des „Besonderen Ausschusses" wurde auch dadurch unterstrichen, daß Antonius Schwärzlich dessen Obmann war, und der wertete den Ausschuß durch die Arrogation wichtiger Themen auf. Schwärzlich hatte inzwischen einen hochroten Kopf, was gar nicht zu seinem Namen paßte, und blätterte hektisch in einem Stoß Unterlagen. Malfattis Anwesenheit war wichtig, damit die Mehrheit der Regierungsfraktionen nicht in Gefahr geriet.

Die Abgeordneten der Oppositionsfraktionen steckten die Köpfe zusammen. Thomas sah sie gestikulieren. Entweder waren sie tatsächlich empört oder sie spielten Empörung, wie das nicht selten geschah. Thomas schloß mit sich selbst eine

Wette ab, ob die Aufregung echt oder gespielt war. Mit ihm selbst zu wetten hatte den Vorzug, daß er immer gewann, allerdings auch den Nachteil, daß er immer auch verlor. Wie im wirklichen Leben, dachte Thomas und entschied sich diesmal für „echt".

Endlich hatte die Fraktion der Konservativen einen Ersatz für den fehlenden Malfatti herbeigeschafft. Es war die Abgeordnete Thea Schimmel. Sie galt allgemein als Widerlegung der These, daß mittelmäßige Mitglieder des Bundesrats es nicht in den Nationalrat schafften. Ihr Hang zu teurer, oft schriller Kleidung im Verein mit demonstrativ getragenem Schmuck und der Kunst, einen wissenden Eindruck zu machen, hatte sie sogar zur Wissenschaftssprecherin ihrer Fraktion aufsteigen lassen.

Kaum war Schimmel im Raum, eröffnete Schwärzlich die Sitzung, und nur Nanosekunden später schoß der rechte Arm des sozialdemokratischen Fähnleinführers Robert Schlapp in die Höhe. Mißmutig erteilte Schwärzlich ihm das Wort „zur Geschäftsordnung".

Thomas rechnete schon damit, seine Wette verloren zu haben, als Schlapp zu der üblichen Suada anhob, seine Fraktion habe einen umfassenden Abänderungsantrag zur Regierungsvorlage erst kurz vor der Sitzung erhalten und daher nicht die Zeit gehabt, die Änderungen gehörig zu studieren, sodaß die Sozialdemokraten sich außerstande sähen, eine so wichtige Vorlage einer seriösen Debatte zu unterziehen, weshalb er den Antrag auf Vertagung stelle.

Schlapps konservatives Pendant Andreas Wölflein sprach sich namens seiner Fraktion mit Stentorstimme gegen die Vertagung aus, zumal der Abänderungsantrag bloß redaktioneller Art und außerdem bereits kurz vor Mitternacht bei den Klubs gewesen sei, was anhand des Eingangsstempels der Parlamentsdirektion leicht nachgeprüft werden könne. Die hünenhafte Gestalt Wölfleins, die so gar nicht zu seinem Namen paßte, verlieh seinen Worten zusätzliches Gewicht.

„Nachgeprüft", sinnierte Thomas, das war eines der Worte, die Franz Ferdinand Schwarzenberger bis zur Weißglut treiben konnten. Als reichte bloß „geprüft" nicht! Aber war nicht die Sprache insgesamt längst zutiefst korrumpiert hier im Parlament? Man glaubte nicht mehr an das Parlament, an die Demokratie, an die Institutionen, und der fehlende Glaube machte Absicherung durch andernorts unnötige und daher lächerliche Verdoppelungen erforderlich.

Ein „Änderungsantrag" war so zu einem „Abänderungsantrag" geworden. Es war wie in der Kirche, die gleiche Verfeierlichung, geboren aus der Schwäche des Glaubens. Schon Theophil Hansen, der Architekt des Parlaments, hatte hier eine Beziehung gesehen. Thomas erinnerte sich des Zitats ganz gut: „So, wie die Griechen die größte Entfaltung und höchste Vollendung der Kunst in ihren Tempeln verwirklicht haben, die Römer im Forum, die spätere christliche Zeit in den Kirchen, so ist in unserer Zeit ein neues Monument hinzugekommen, wo sich die Aufmerksamkeit der Völker konzentriert, das ist das Parlament."

Nun ja, das war gegen Ende des 19. Jahrhunderts für Kontinentaleuropa vielleicht sogar richtig. Die Parallele zur Religion war ja tatsächlich verblüffend. Auf die gleiche Weise war aus dem Altar, der ja schon die erhöhte Stelle bedeutete, der Hochaltar geworden, aus dem Heiligsten das Allerheiligste, und aus jedem oberhirtlichen Wort eine göttliche Offenbarung. Und wer sich der Tendenz zur Verfeierlichung entzog, galt rasch als verdächtig, in der Kirche wie im Parlament.

Thomas erinnerte sich einer Auseinandersetzung, die er vor Jahren mit Präsidialchef Christoph Mayer gehabt hatte, weil er es gewagt hatte, dem Nationalrat und dem Bundesrat im Genitiv das „e" zu rauben. Mayer hatte darauf bestanden, daß es „Sitzung des Nationalrates" heißen mußte, und „Mitglied des Bundesrates" – „Nationalrats" und „Bundesrats" reichten nicht. Thomas hatte, noch unerfahren im Parlament, Mayers Bestehen auf dem „e" zuerst für einen Scherz gehalten, aber rasch erkannt, daß Mayers Ernst keineswegs gespielt war. Auf seine verdatterte Frage, warum man wegen ein paar „e" zweitausend Broschüren einstampfen solle und weshalb Mayer so sehr auf dem „Buchstaben der Verfeierlichung" bestehe, hatte Mayer ihm lapidar geantwortet: „Weil 's so in der Verfassung steht."

Thomas war damals klargeworden, daß es in diesen und ähnlichen Dingen nicht zuletzt um eine Frage der hierarchischen Macht gegangen war. Die Position in der Hierarchie entschied, was zu geschehen hatte – nicht Vernunft und Zweckmäßigkeit. Und wenn vielleicht doch Zweckmäßigkeit und Vernunft, dann in deren hierarchischer Ausprägung. Denn es mag in dieser Umwelt ebenso vernünftig wie zweckmäßig sein, einem Untergebenen eine Lehre zu erteilen und die Erkenntnis zu vermitteln, daß im Parlament nicht immer vernünftig war, was außerhalb desselben als vernünftig angesehen wurde. Es war wie das Einbrechen von Pferden. Man mußte sich an den Sattel gewöhnen und an die, die darin zu sitzen das Recht zu haben glaubten.

Am Wort war inzwischen Katja Sarközi von den Grünen. Sie war eine junge Abgeordnete, die es verstand, die Dinge auf den Punkt zu bringen – und das, obwohl sie Juristin mit dem Schwerpunkt Verfassung war. Wie Schlapp kritisierte sie zunächst kurz die späte Übermittlung des Abänderungsantrags, wandte sich dann aber in doppelter Schärfe – scharf in der Sprache, scharf in der Analyse – gegen die vorgesehenen Änderungen.

Aus dem Ausländer-Aus- und -fortbildungs- sowie -förderungsgesetz sei, buchstäblich über Nacht, ein Linkshänder-Aus- und -fortbildungs- sowie -förderungsgesetz geworden, ein LAFFG aus dem AAFFG. Sie habe bis zur Stunde an ein Versehen geglaubt, an einen Fehler in der EDV-Übermittlung. Die andere Möglichkeit, daß nämlich im Kompetenzzentrum der Parlamentsdirektion ein Saboteur – oder eine Saboteuse! rief ein konservativer Abgeordneter dazwischen – sitze, der einen „derartigen Schwachsinn" ausbrüte, daran wolle sie nicht glauben, zumal sie die Qualität der Bediensteten der Parlamentsdirektion – usw.

„Kompetenzzentrum" – das war wie ein ständiger Tinnitus-Ton in Thomas Ohren. Als wäre die Kompetenz der Beamtinnen und Beamten des Parlaments in diesem „Zentrum" konzentriert, in dem für die korrekte Weiterleitung von Gesetzesmaterien – Verhandlungsgegenständen wie Regierungsvorlagen, Anträgen etc. – in deren jeweils aktueller Version gesorgt wurde, und als wäre überall sonst die pure Inkompetenz versammelt.

Sie könne den Sinn einer Ausbildungs- oder Fortbildungsmaßnahme für Linkshänder nicht erkennen, beim besten Willen nicht, rief Sarközi in Richtung der Konservativen, worin diese Maßnahmen genau bestehen sollten, wozu sie gut seien, wem sie denn nützten, ob man etwa daran denke, so höchstpersönliche Dinge wie Links- oder Rechtshändigkeit systematisch zu erfassen, was, von der fehlenden Verfassungskonformität einmal abgesehen, auch unter dem Kostenaspekt betrachtet werden müsse, und ob die Regierung am Ende in Linkshändigkeit eine Bedrohung ihrer rechten Politik zu sehen beginne, ob man nach der Verfolgung von „roten Gfriesern" im ORF nun im anti-linken Übereifer gar schon gegen Linkshänder vorzugehen gedenke – Schwärzlich erinnerte die Abgeordnete daran, daß der Ausschuß eine Debatte zur Geschäftsordnung abführe, zur politischen Argumentation werde sie später ausreichend Gelegenheit haben, sie möge daher jetzt einmal zu einem Schlußsatz kommen.

Sarközi formulierte ihren Schlußsatz: Sie könne sich dem Vertagungsantrag der Sozialdemokraten nicht anschließen, weil sie damit die Berechtigung eines Gesetzes wie des LAFFG anerkenne, was jenseits ihrer Möglichkeiten liege. Sie fordere die Regierungsfraktionen daher auf, die Vorlage zurückzuziehen. Ihre Fraktion würde zwar auch dem AAFFG nicht zustimmen, doch handle es sich dabei immerhin um einen Vorschlag, der eine seriöse Debatte erlaube, was dem LAFFG niemand, der seine fünf Sinne beisammen habe, zusprechen könne.

Das sei wieder die typisch grüne Obstruktionspolitik, die um jeden Preis „nein" sage, auch um den Preis, daß „tausende Linkshänder" nicht in den Genuß der von der Regierung großzügig geplanten Förderungen kämen. Abgeordneter

Astulf Braunauer vom Freiheitlichen Klub besaß die Gabe, sich aus dem Stand und ohne Anlaß in eine wahre Rage zu reden, und er nutzte diese Gabe bei jeder passenden und noch lieber unpassenden Gelegenheit, also auch in der laufenden Sitzung.

„30 Jahre sozialistische Bundeskanzler haben dieser Republik unendlichen Schaden zugefügt, den wir jetzt mit größter Anstrengung beseitigen müssen", klagte Braunauer mit Emphase. „Sie haben nicht nur die Staatsfinanzen ruiniert, sondern auch den Linkshändern, den kleinen Linkshändern auf der Straße, den tüchtigen und fleißigen Linkshändern die für ihr Fortkommen nötigen Förderungen vorenthalten, und das muß nun endlich anders werden –"

Der Vertagungsantrag fand keine Mehrheit, man stieg in die inhaltliche Debatte ein. Während der Innenminister wortreich erläuterte, daß der Regierung die Förderung der Linkshänder „immer schon" ein vordringliches Anliegen gewesen sei, daß diese Förderung naturgemäß aber auch gewisse Sanktionen gegenüber jenen enthalten müsse, die an ihrer Linkshändigkeit trotz aller Förderungen festhalten und sich partout nicht nach rechts orientieren wollen, und das verstehe jeder Bürger und jede Bürgerin, deren Geist nicht von drei Jahrzehnten sozialistischer Indoktrination geschädigt sei, und im internationalen Vergleich –

* * *

Parlamentsdirektor Czernin betrat den Raum, ging schnurstracks auf den Vorsitzenden zu, flüsterte ihm etwas ins Ohr. Schwärzlich erbleichte, fragte nach, schüttelte den Kopf, fiel dann dem Minister ins Wort: „Herr Bundesminister, ich muß Sie unterbrechen. Mir wurde soeben mitgeteilt, daß man Abgeordneten Carlo Malfatti gefunden hat. Tot – ermordet, wie sich aus den Umständen schließen läßt." Und nach einer Pause, in der die während der gesamten Sitzung halblaut geführte Unterhaltung der Abgeordneten erstarb und sich eine atemlose Stille ausbreitete, sagte Schwärzlich: „Ich unterbreche die Sitzung des Besonderen Ausschusses –" er blickte fragend in die Runde, fixierte dabei vor allem die Fraktionsführer. Thomas wunderte sich, wie rasch der Präsident sich gefaßt hatte und wie er selbst in dieser Situation „business as usual“ zu machen wußte, „– bis Donnerstag, 10 Uhr. Höre ich einen Einwand?“ Niemand rührte sich, alle saßen da wie erstarrt. „Das ist nicht der Fall. Die Sitzung ist unterbrochen.“

Schwärzlich stürmte aus dem Raum, gefolgt von Czernin. Beide reagierten nicht auf die anschwellenden Rufe der Abgeordneten, die Genaueres wissen wollten und jetzt ratlos zurückblieben. Alle Fraktionsgrenzen waren gefallen, alle riefen durcheinander. Der Innenminister raffte seine Unterlagen zusammen, eilte Schwärzlich und dem Parlamentsdirektor nach, offenbar im Bewußtsein, daß ein Mord immerhin im weitesten Sinn in sein Ressort fiel. Ein Schwarm von Beamten seines Ressorts folgte ihm auf dem Fuß.

Thomas ging in den Vorraum, griff zum Telefon, wählte Lydia Schmölzers Klappe. „Servus, Lydia – sag’, was ist da los. Malfatti ermordet?“

„Man hat ihn gefunden, mit einem Messer im Rücken. Einem Küchenmesser. Im Möbeldepot, unten, im Keller.“

Thomas kannte das Möbeldepot im Keller des Parlaments. Er war einmal dort gewesen, um sich ein Blumentischchen für sein Zimmer auszusuchen. Es war ein Raum, der mit unterschiedlichen Möbelstücken vollgestopft war. Da waren Schreibtische übereinander gestapelt, da gab es Unmengen von alten Schreibtischsesseln, alte und beschädigte Sessel aus den Ausschußlokalen des Parlaments, aber auch ganze Sitzgarnituren, Kästen, Regale, Aktenschränke – im ganzen nicht gerade ein heimeliger Ort.

„Und – weiß man irgend etwas?“

„Du machst mir Spaß – was soll man denn wissen? Vielleicht wer ihn umgebracht hat? Das einzige, was ich noch gehört hab’, ist, daß er halb ausgezogen gewesen sein soll. Das Sakko soll jedenfalls unbeschädigt sein.“

„Lydia, sei so lieb und halt’ mich auf dem laufenden.“

Thomas wählte die Klappe von Pressechef Schwarzenberger. Der hatte, wie sich herausstellte, von dem Vorfall noch nicht gehört und zeigte sich ehrlich erschrocken, als Thomas ihn ins Bild setzte und ihn über die Umstände informierte, soweit sie ihm bekannt waren.

Schwarzenberger, der selten um Worte verlegen war, stotterte herum, daß Thomas sich wunderte. Sollte ihm der Tod Malfattis näher gehen, als man bei dem abgebrühten Zyniker vermutete? Anderseits wußte Thomas, daß Schwarzenberger ein weichherziger, verletzlicher Mensch war, der seinen Zynismus und seine oft grobe und verletzende Art als Selbstschutz aufgebaut hatte. Überhaupt schreckte der Tod viele Menschen aus ihrer scheinbaren Ruhe und Behaglichkeit auf, die sie sonst sorgsam als Fassade aufgebaut hatten und ständig pflegten.

Schwarzenberger fing sich endlich. „Das paßt ja zu der ganzen Kongreß-Geschichte wie die Faust aufs Aug'", faßte er zusammen. „Da werden die Gerüchte gleich ins Kraut schießen, drinnen wie draußen. Noch dazu, wo der Malfatti einen Ruf als Don Juan hatte wie kaum ein zweiter unter den Abgeordneten. Weißt du, daß der Herr Bürgermeister und Abgeordnete zum Nationalrat sich gern als Gemeindestier vorgestellt hat, speziell bei Frauen, die ihm gefallen haben? Und die vielen Feinde, die er sich im Lauf seiner langen Karriere gemacht hat, gleichmäßig verteilt über alle Parteien, einschließlich wenn nicht vor allem der eigenen! Es wird so viele geben, die ein Motiv hatten, ihn umzubringen, daß auf die Polizei ein schönes Stück Arbeit wartet."

Seine „Frau Sakristeidirektorin" empfing Thomas nicht nur mit der Neuigkeit von der Ermordung Malfattis und der dazu passenden Enttäuschung darüber, daß es für Thomas keine Neuigkeit war, sondern auch mit dunklen Andeutungen über politische und wirtschaftliche Zusammenhänge und Motive. „Später, Tamara, später", wehrte Thomas ab. Das Telefon musizierte, als er sein Zimmer betrat.

„Servus, Scherzer hier. Du, ich brauch' deine Hilfe. Du bist der einzige im Parlament, den ich näher kenne. Die Sache mit Malfatti macht uns gehörigen Druck. Ich weiß nicht, das kann zur Zeit niemand wissen, ob es einen Zusammenhang mit der anderen G'schicht gibt, mit dem Kongreß und den herabgestürzten Lustern. Ich nehme im Augenblick eher an, daß es keinen gibt, aber wer weiß. Um es kurz zu machen: Ich komme jetzt sofort ins Parlament, und irgendwann am Nachmittag möchte ich dich treffen. Vielleicht haben wir Zeit für einen Kaffee. Ich muß mir ein Bild über ein paar Dinge machen, und wenn du mir dabei hilfst, geht 's vielleicht schneller. Ich klopf dann bei dir an. Servus."

Weg war er, er hatte Thomas nicht einmal die Chance gelassen zuzustimmen, von ablehnen ganz zu schweigen.

* * *

Es war kurz nach 12 Uhr, und Thomas schaltete sein Radio ein. Im Mittagsjournal wurde gerade gleichbleibend schönes Wetter für die nächsten Tage verheißen. Es folgten die üblichen politischen Katastrophennachrichten aus aller Welt, über Autobomben und Selbstmordattentate, dann ein Bericht der Wirtschaftsredaktion, der eine Erklärung anbot für die Tatsache, daß einerseits die Wirtschaft zwar wachse, andrerseits aber auch die Arbeitslosigkeit weiter steige, was auch eine Armutsgefährdung für immer mehr Menschen zur Folge habe. Damit war man mit der Berichterstattung im Inland angelangt. Es folgte eine Analyse der Sommersaison im Fremdenverkehr. Der Sommer sei schlechter gelaufen als erwartet, das schöne Wetter berechtige aber zu Hoffnungen auf eine Verbesserung der Bilanz durch Last-Minute-Urlauber. Weiter ging 's, abermals gut abgestimmt, mit dem Kongreßtourismus. Dabei wurde auch der Kriminologen- und Kriminalisten-Kongreß erwähnt, der wegen nicht ganz geklärter Bauschäden in der Hofburg ins Parlament verlegt worden sei.

Schon glaubte Thomas, Malfatti und sein jähes Ende würden diesmal noch unerwähnt bleiben können, als er den Moderator sagen hörte: „Soeben erreicht uns die Nachricht, daß im Parlament die Leiche des Abgeordneten Carlo Malfatti gefunden wurde. Details sind im Augenblick nicht bekannt, doch dürfte Malfatti ermordet worden sein. Wir bemühen uns, noch vor dem Ende der Sendung Näheres zu erfahren, um sie noch in diesem Journal informieren zu können."

Es war wieder Zeit für eine Wette. Nach dem nächsten Beitrag würde Schwärzlich live auf Sendung zu hören sein, als erster, gefolgt vom Innenminister, wenn nicht im Duett.

Thomas gewann, heute war sein Glückstag. Nach einem Kulturbeitrag über einen Eitelkeitswettbewerb zwischen den Direktoren von Museen oder Theatern des Bundes und Sponsoren der vorgeblich wesentlichen Kulturgüter standen Schwärzlich und der Innenminister für „eine erste Stellungnahme" zur Verfügung. Sie befleißigten sich einer bewährten Arbeitsteilung. Während Schwärzlich den Tod seines Parteifreundes beklagte, den Toten zu einem der bedeutendsten Politiker des Landes mit unschätzbaren Verdiensten um die Sicherheit der Bürger hochlobte und sich akustische Sorgenfalten um die Sicherheit von Politikern allgemein und im Parlament im besonderen anlegte, sprach der Minister von den bereits aufgenommenen Ermittlungen, die „in alle Richtungen" gingen, „ohne Zweifel rasch" zu einem Ergebnis – ja, Ergebnis im Sinne einer Verhaftung, „söppvaständlich" – führen würden.

Ob es schon einen Verdacht gäbe, fragte der Redakteur nach.

Keinen konkreten Verdacht, meinte der Minister, aber der Mord sei im Parlament geschehen, also in einem gut gesicherten Gebäude, sodaß man nicht allein die Zahl der Personen kenne, die Zutritt zu dem Gebäude haben, sondern auch die Namen jeder und jedes einzelnen, die sich in der fraglichen Zeit im Parlament aufgehalten haben.

An dieser Stelle schaltete sich Präsident Schwärzlich ein, pries die Sicherheitsmaßnahmen, die man im Zuge des Neubaus der Parlamentsrampe gesetzt habe, verwies auf die Sicherheitsschleuse beim neuen Zentraleingang des Hauses und erläuterte, daß durch die EDV-gestützte Arbeitszeiterfassung sowohl das „Come" wie das „Go" jedes einzelnen Bediensteten erfaßt würden.

Ob er denn annehme, der Mörder sei unter den Bediensteten des Hauses zu suchen, fragte der Redakteur – reichlich keck, wie es Thomas schien –, und ob er glaube, der Mörder würde seine Tat als Arbeitszeit verbuchen, also vor dem Mord ein- und nach vollbrachter Tat wieder auschecken –

Sein zynischer Tonfall sei angesichts des Todes eines so verdienten Politikers äußerst unangebracht, wies Schwärzlich den Redakteur scharf zurecht. Die Hörerinnen und Hörer würden sich, wie im übrigen auch die Vorgesetzten des Herrn Redakteurs, fragen müssen, ob Menschen mit einer derartigen Einstellung im wichtigsten Medium des Landes an der richtigen Stelle –

Der Redakteur, offenbar das Nichts vor Augen, ließ nicht locker: „Glauben Sie, daß ein Mitarbeiter der Parlamentsdirektion den Abgeordneten Malfatti ermordet hat?"

„Hier geht es um Mord, Herr Redakteur, nicht um glauben. Ich habe volles Vertrauen in unseren Herrn Innenminister und seine Mitarbeiter."

Damit war das Interview beendet. Der Moderator fügte noch eine Bemerkung an, daß man derzeit nicht abschätzen könne, ob ein Zusammenhang mit dem Kongreß von Kriminologen und Kriminalisten aus aller Welt bestünde, der morgen im Parlament eröffnet würde. Es gebe auch Hinweise, daß die in dem früheren Beitrag erwähnten Bauschäden in der Hofburg Folgen eines Attentatsversuchs seien. „Wir werden Sie jedenfalls weiter informieren", kündigte der Moderator an.

* * *

Thomas hatte den Salat kaum verspeist, den er sich aus dem im Erdgeschoß des Neunerhauses gelegenen Parlamentsrestaurant geholt hatte, als seine Mitarbeiterinnen und Mitarbeiter in sein Zimmer drängten. Er hatte ganz vergessen, daß die Ereignisse des Vortags die Verlegung der wöchentlichen Teamsitzung zur Folge gehabt hatten. Ein Glück, daß Malfatti ermordet und aufgefunden worden war, durchfuhr es Thomas. Die Sitzung des „Besonderen Ausschusses" wäre sonst sicher noch nicht zu Ende, und seine Mitarbeiter hätten ihm kaum verziehen, daß er sie sitzengelassen hätte.

An eine normale Bürositzung war unter den gegebenen Umständen nicht zu denken. Die Nachricht vom Mord an Malfatti hatte das ganze Haus in helle Aufregung versetzt. Das Parlament war schon zu normalen Zeiten ein Biotop, in dem Gerüchte gediehen wie sonst nirgends. Thomas glaubte sich vorstellen zu können, wie sich die Gerüchteblüte nach den jüngsten Vorfällen entwickeln würde; er hatte seine Imaginationskraft überschätzt.

„Der Russe", wie er wegen seines unaussprechlichen slawischen Namens allgemein genannt wurde, präsentierte sofort seine „wasserdichte" Theorie, allerdings in Form einer Alternative: „Entweder hat ihn ein betrogener Ehemann gemeuchelt, oder es war eine seiner ungezählten, weil inzwischen unzählbaren Katzen." Damit war eine Position umrissen, wenn nicht ein Dogma verkündet.

„Geh, das ist ein Politmord", gab Renata Abendroth zu Protokoll – der Russe und sie lagen in einer ständigen Fehde, was dazu führte, daß beide stets um die erste Wortmeldung wetteiferten. Wer von beiden im Wettlauf um die erste Wortmeldung unterlag, vertrat dann garantiert eine diametral entgegengesetzte Meinung. Niemand in der Abteilung konnte sich erinnern, daß der Russe und die Abendroth je eines Sinnes gewesen wären. „Ein Politmord", betonte die Abendroth mit einer Entschiedenheit, die keinen Widerspruch zuließ, „und zwar eine Art Fememord innerhalb der Konservativen. Der lockere Lebenswandel des Abgeordneten Malfatti war für die Tugendwächter schon lang eine derartige Provokation –"

„– daß der Schwärzlich den Malfatti erstochen hat. Mit der Theorie stehst du vor einer großen Karriere – im Guglhupf." Der Russe verstand es, seine Kollegin zu reizen. Thomas versuchte, die Emotionen ein wenig zu beruhigen: „Hat noch jemand Theorien, bevor wir zu unserer Besprechlichkeit kommen?"

„Der schwarze September“, sagte Fritz Meyer düster. Er stand vor der Pensionierung, auf die er ein ganzes Berufsleben lang hingearbeitet und die er in dieser Zeit schon weitgehend vorweg genommen hatte, durch Vermeiden von Arbeit, wo immer das möglich war. Auf zwei Dinge war er stolz: erstens auf sein Wissen über sämtliche Weltverschwörungen und zweites darauf, mit Christian Mayer weder verwandt noch verschwägert zu sein. „Zwischen einem a und einem e liegen Welten“, pflegte er die phonetische Namensgleichheit zu korrigieren.

„Geh, den gibt 's doch schon lang nicht mehr, den schwarzen September, das war vor zwanzig, dreißig Jahren“, hielt der Russe dagegen. „Im vorigen Jahrtausend!“

„Ich weiß, was ich weiß. Mögen die Namen wechseln und die Personen. Die Organisation bleibt. Siehe katholische Kirche. Bitte zu bedenken, daß die Verlegung des Kongresses der Kriminologen und Kriminalisten durch ein Attentat veranlaßt wurde, das gegen die Delegation aus Israel gerichtet war. Die Zeitzünder waren exakt eingestellt, allerdings nur, was die Uhrzeit, nicht hingegen, was den Tag betrifft. Das trägt, bis hinein in diesen dummen Fehler, die Handschrift des Schwarzen September.“

Der Russe gab sich nicht so rasch geschlagen. „Und so deppert werden die sein, daß sie glauben, die Israeli werden brav in die zweite Falle marschieren, wenn die erste sie nicht erwischt hat.“

Thomas staunte. Wie schnell sich manche Dinge herumsprechen! Fama crescit eundo, die Wahrheit dieses Worts würde er diese Woche noch mehrfach bestätigt finden. Gerüchte wachsen, während sie herumgehen – oder weitergereicht werden, man konnte es sogar in dieser Sitzung beobachten.

„Das paßt zu dem, was die Renata gesagt hat: eine Fehde unter Schwarzen. Jetzt fehlen nur noch die Afrikaner und die Anarchisten, dann haben wir alle Schwarzen zusammen.“ Der Russe war beim Weiterbauen an fremden Theorien gern behilflich. „Ich hoff' nur, daß der Kollege Schwarcz vom Expedit ein wasserdichtes Alibi hat, auch wenn er in Wirklichkeit ein Roter ist."

Tamara Tilly war in der Gruppe zurückhaltender als im Zwiegespräch. Thomas mußte sie auffordern, Täter und Motive zu nennen, und er machte sie damit ganz schön verlegen. Mit den von der Kollegenschaft vorgebrachten Theorien wollte sie nicht konkurrieren. „Erzähl uns einmal, was du weißt", forderte sie den Chef auf. Thomas erzählte vom jähen Abbruch der Sitzung des „Besonderen Ausschusses", referierte den Beitrag des Mittagsjournals und leitete zu den Themen der eigentlichen Bürobesprechung über. Im Hinblick auf den bevorstehenden Kongreß, dessen Organisation ihm und seinen Leuten so plötzlich zugefallen war, gab es noch einiges zu klären, zu entscheiden, vorzubereiten und wohl auch zu verhindern.

* * *

„Hast du einen Schnaps für mich, aber einen doppelten?" Schwarzenberger wirkte nervös, als er in Thomas Zimmer kam, und er war um nichts ruhiger, als er es eine halbe Stunde später verließ. Auf Thomas Frage, ob er von den Medien überrannt werde nach dem Mord, winkte Schwarzenberger bitter auflachend ab. Er hatte den Auftrag bekommen, eine Presseaussendung zu formulieren, und zwar aufbauend auf den Aussagen des Präsidenten im Mittagsjournal. Er hatte sich redlich bemüht, durch Einbeziehung der Äußerungen des Innenministers eine Aussendung zum Mordfall zu machen, doch das Büro des Präsidenten – oder auch der Präsident selbst, wer konnte das wissen? – hatte den Text so zusammengestrichen, daß nur eine Lobrede auf Malfatti übriggeblieben war.

„Du, der Fusel hat eine erschreckende Verdunstungsgeschwindigkeit. Ich hoffe, du hast die Flasche trotzdem nicht all zu dicht gemacht." Thomas schenkte nach. Er hatte das Gefühl, daß Schwarzenberger ihm etwas sagen wollte. Mußte er sich erst Mut antrinken? Da war offenbar mehr als der übliche berufliche Ärger.

Man hatte Schwarzenberger noch beschieden, sich in Hinkunft genau an die Anweisungen zu halten. Dazu kam der mündliche Auftrag, nachfragende Journalisten auf diese Presseaussendung zu verweisen. „Darüber hinaus dürfen wir nichts sagen, und dazu muß ich nicht in meinem Büro hocken", sagte der Pressechef des Hauses frustriert.

Die Tilly meldete Hans Scherzer. Schwarzenberger stand auf, leicht wankend, wie es Thomas schien. „Gehen wir doch wieder einmal zu Molly", schlug er vor. „Da könnten wir ungestört plaudern, ohne ständige Unterbrechung durch irgendwelche Scherzkekse –"

„Scherzer mein Name, nicht Scherzkeks", sagte Scherzer lachend, nachdem er beim Betreten von Thomas Zimmer Schwarzenbergers letzten Halbsatz aufgeschnappt hatte. „Ich bin von der Mordkommission und vom Kongreß."

Thomas machte die Herren miteinander bekannt, klärte dabei Schwarzenberger auch ansatzweise über seine gemeinsame Vergangenheit mit Scherzer auf.

„Franz Ferdinand – das ist ja ein beinahe zu monarchistischer Name, als daß man damit im Parlament beschäftigt sein sollte", zeigte sich Scherzer doch als Scherzkeks. „Und als Angehörigen des Höchsten Herrscherhauses –"

„Ich habe ein Alibi", beeilte sich Schwarzenberger zu versichern, „also kaum Aussicht, dieses Irrenhaus mit einer vermutlich ruhigeren Bleibe zu vertauschen. Außerdem schreibt mir schon mein Vorname eher die Rolle des Opfers als die des Täters zu."

* * *

Im „Sluka", in das Scherzer und Thomas flüchteten, waren zu dieser Stunde kaum Besucher.

„Du mußt den Topfenstrudel nehmen. Einen besseren findest du nirgends – nicht in Wien und schon gar nicht in der restlichen Welt. Wie kommst du voran?"

„Hör auf, die Leich' ist noch nicht einmal kalt, und schon wollen alle den Täter. Mein Minister drängt mich sogar über den ORF – soll ich ihm eine Freude machen und dich verhaften?"

„Aber gern! Den Schwarzenberger auch und vielleicht noch den Fritz Meyer, dann sind wir zu dritt für eine Partie Preference."

„Sag einmal, in dem Haus scheint keiner gern zu arbeiten. Woher kommt denn das?"

„Wenn du 's auf die kürzeste Form gebracht möchtest: von der unmittelbaren Nähe zur Politik. Willst du 's auch in Langfassung?"

„Im Moment nicht. Ich brauch eher eine grobe Übersicht über das Haus, über die Organisation und über die Personen."

Thomas versuchte, Scherzer das Biotop zu erklären, zu dem er seit mittlerweile fast einem Jahrzehnt gehörte. „Am Anfang schienen mir viele Dinge absurd, skurril oder einfach verrückt, jedenfalls im höchsten Maß korrekturbedürftig. Inzwischen habe ich mich an die Zustände einigermaßen gewöhnt, manches fällt mir längst nicht mehr auf oder stört mich nicht mehr. Man resigniert auch mit der Zeit. Es gewinnen immer die Betonschädeln, die Unsympathler, die Egoisten, die alle Informationen horten und für sich behalten. Du mußt wissen, daß wir hier ein hochkomplexes System von Schrebergärten sind. Jeder pflegt seinen Garten und vermeidet die Kommunikation mit den anderen Gärtnern. Das hilft ihm bei der Erhaltung der liebsten aller Illusionen: daß er – oder sie, um der politischen Korrektheit willen, denn in Wahrheit sind die meisten Leitungspositionen fest in Männerhand – daß er der einzige ist, der wirklich arbeitet, während alle anderen inkompetent, faul und bösartig sind."

„Da hast du ja das große Los gezogen!"

„Das Schlimme dabei ist, daß wir in der Parlamentsdirektion das üble Bild der Politik duplizieren", fuhr Thomas fort. Er glaubte, in Scherzer einen Gesprächspartner zu haben, der erstens an seinen Theorien interessiert, zweitens verschwiegen war und drittens in kurzer Zeit wieder weg sein würde.

„Das mußt du mir erklären. Die Beamtenschaft ist doch, etwa in den Ministerien, der Hort der Kontinuität gegenüber den ständig wechselnden Ministern."

„Verlaß dich drauf, daß sich das auch noch ändern wird. Uns unterscheidet von den Ministerien, daß wir ständig alle fünf Fraktionen im Haus haben, und daß wir ständig Zeugen des Zusammenlebens der politischen Gegner sind. In diesem Zusammenleben herrschen die Lüge, die Trickserei, der doppelte Boden, die Unehrlichkeit –"

„Komm, das klingt schon ziemlich überzeichnet."

„Und ist trotzdem wahr. Ich versuche es zu beweisen. Warum, glaubst du, ahndet jeder vorsitzführende Präsident des Nationalrats den Vorwurf der Lüge – wenn er mit genau diesem Wort erhoben wird – sofort mit einem Ordnungsruf? Weil das System die Gefahr, an der es in Wahrheit schon zugrundegegangen ist, auf diese Weise bannen möchte – und dabei genau das Gegenteil erreicht. Böse Geister kann man nur bannen, wenn man ihren Namen ausspricht. Nur so kann man Gewalt über sie bekommen."

„Ehrlich gesagt – wirklich ehrlich! – kann ich dir nicht ganz folgen."

„Wenn die Lüge zum System wird, wird sie nicht mehr erkannt. Wer in diesem System lügt, darf um keinen Preis als Lügner bezeichnet werden. Es ist Orwells 1984 in seiner reinsten Form. Lüge ist Wahrheit, Wahrheit Lüge. Auffällig sind ja immer nur die Abweichungen. Ich geb' dir ein praktisches Beispiel, das noch dazu höchst aktuell ist. Im Besonderen Ausschuß wurde heute eine Regierungsvorlage für ein Linkshänder-Aus- und -fortbildungs- sowie -förderungsgesetz, kurz LAFFG, diskutiert, ehe die Nachricht von der Ermordung Malfattis zur Vertagung der Sitzung führte. Glaubst du, daß es in dem Gesetz wirklich um die Aus- und Weiterbildung von Linkshändern, um deren Förderung geht? Ein Schmarrn! Es geht in Wahrheit darum, die Linkshänder zu Rechtshändern umzuerziehen. Weg mit den Linkshändern, weg mit der Linkshändigkeit, das ist das Programm! Die Aus- und Fortbildungsmaßnahmen haben das Ziel, aus Linkshändern Rechtshänder zu machen, und diesem Ziel dienen auch die Förderungsmaßnahmen. Und um ein wenig Nachdruck dahinterzusetzen, werden für hartleibige Linkshänder, die partout nicht auf rechts umlernen wollen, entsprechende Sanktionen vorgesehen. Im Gesetzentwurf steht 's drin, und der Innenminister hat 's heute im Ausschuß erläutert und begründet. Da hast du 's: Förderung ist Verfolgung, Verfolgung Förderung. Orwell."

„Versuchst du mir Angst zu machen? Ich habe Vertrauen in unsere Demokratie, zunächst in unsere Institutionen, aber auch in unsere Personen – mehrheitlich jedenfalls."

„Weißt du, ich bin froh, daß uns hier niemand zuhört. Denn ich habe den Glauben an die Demokratie verloren." Thomas machte eine Pause. Aus der Küche des Sluka hörte man das Zischen und Rütteln des Geschirrspülers. Scherzer schwieg, schaute Thomas fragend an. Der korrigierte sich: „Nun, nicht an die Demokratie, aber an unsere Demokratie. Wir haben ja nie eine gehabt, es war immer nur eine Art Demokratiespiel." Er machte mit seiner Rechten eine weit ausholende Geste, die das nahe Parlament umzirkelte. „Wir leben hier in einem Schattenreich."

„Eigentlich wollte ich von dir ja etwas über die Parlamentsdirektion hören", seufzte Scherzer resigniert. „Was du da sagst, ist alles sehr interessant, aber ich fürchte, es bringt mich in der Causa Malfatti kaum weiter."

„Wer könnte sich dessen sicher sein? Ich bin mir ziemlich sicher, daß es hilfreich ist, das Milieu ein wenig zu kennen, in dem ein Mord verübt wurde. Aber wie du meinst."

„Nun sei doch nicht gleich eingeschnappt. Ich versuch' doch nur, Schritt für Schritt vorzugehen. Die Kenntnis des Milieus ist natürlich wichtig, aber auch die Kenntnis der Personen. Beides gehört ja zusammen, die Menschen machen das Milieu."

Und so schilderte Thomas seinem wieder gefundenen Schulfreund die seiner Ansicht nach wichtigsten Personen der Organisation, die entscheidenden wie die Entscheidungen vermeidenden, die politischen, die beamteten und die Zwischenwesen, denn auch die gab es ja, die Mächtigen und die Ohnmächtigen, beginnend bei Präsident Schwärzlich, über Parlamentsdirektor Czernin und seine beiden Vizes bis zu den Portieren Schaar und Wenzel. Scherzer machte sich gelegentlich Notizen, stellte selten eine Zwischenfrage, und Thomas wunderte sich, wie lang er über die Organisation und seine Kolleginnen und Kollegen reden konnte und welches Bild er sich von einigen gemacht hatte, ohne sich dessen bewußt gewesen zu sein.

Sie hatten alle und alles durchgekaut, ihre Konsumation bezahlt. Im Aufbrechen fragte Scherzer, ob Thomas eine Ahnung habe, was aus Conny geworden sei.

Thomas zuckte zusammen, als hätte Scherzer eine wunde Stelle berührt. Das war alles lang vorbei, und doch – „Meinst du die Cornelia Weber?“ Es gelang ihm ganz gut, einen beiläufigen Ton anzuschlagen. „Die ein paar Klassen hinter uns war? Um die wir uns beinah geprügelt hätten, mit 16 oder 17 Jahren?“

„Genau die. Hat die nicht auch im Parlament gearbeitet?“

„Ja, aber vor meiner Zeit. Sie war in der Zeit, als ich Ministersekretär war, eine Kollegin – im Wirtschaftsministerium. Nein – Handelsministerium hat das damals ja geheißen. Wir haben uns gelegentlich bei den fraktionellen Treffen der Ministersekretäre gesehen, haben ein paar Mal nachher bei einem Kaffee geplaudert. Als du damals nach der Sechsten aus der Schule weg warst, war sie mit einem Mal auch für mich nicht mehr so interessant“, log Thomas tapfer. „Warum fragst du?“

„Weil ihr Name heute einmal gefallen ist, im Zusammenhang mit Malfatti.“

„Ich habe sie 20 Jahre nicht mehr gesehen.“ Auch das war gelogen. „Das letzte Mal bei einer Feier zu ihrem 30. Geburtstag.“

Die beiden Männer standen schon auf der Straße, Thomas schickte sich an, in sein Büro zurückzukehren. Scherzer meinte, er würde sich zunächst kundig machen, ob die Spurensicherung, der gerichtsmedizinische Befund etc. irgendwelche brauchbaren Anhaltspunkte erbracht hätten. „Morgen geht dann ja der Kongreß los“, sagte er noch zu Thomas, ehe er in seinen Golf stieg und losfuhr.

* * *

Cornelia! Thomas war einer von an die 100 Gästen zu ihrem 30. Geburtstag. Jeder Gast war bei der Einladung aufgefordert worden, ein originelles Geschenk mitzubringen, dessen Wert in Geld nicht ausgedrückt werden könne, das aber in einem beschreibbaren Bezug zum Geburtstagskind stehen sollte.

Cornelias Eltern sind da, als Geschenk haben sie Connys alten Lieblingsteddy gebracht, was ihr das Wasser in die Augen treibt. Es sind Fotos und Erinnerungsstücke aus den Jahren des Studiums unter den Geschenken, ein junger Musiker hat eine dreisätzige Sinfonie „pour Conny" komponiert und führt sie mit Hilfe von ein paar Freunden auf.

Es ist der 19. März, Cornelias Geburtstag, und Thomas hat dieses Datum zum Anlaß seiner Laudatio auf sie genommen. Das Herz klopft ihm bis zum Kehlkopf herauf, als er um Ruhe bittet und anfängt:

Große Ereignisse werfen ihren Schatten voraus.

Ein Ereignis, das so riesengroß ist, wie dein 30. Geburtstag, liebe Conny, muß also seinen Schatten sehr weit voraus werfen.

Mitte des 17. Jahrhunderts hat ein anglikanischer Erzbischof mit Namen James Ussher durch genaues Studium der Bibel errechnet, daß Gott die Welt am 23. Oktober des Jahres 4004 vor Christus erschaffen hat, um 12 Uhr mittags. Andere Quellen nennen den 26. Oktober und 9 Uhr.

Mit den Methoden von heute wissen wir aber mit Sicherheit: Es kann nur ein 19. März gewesen sein – über Jahr und Uhrzeit lassen wir mit uns reden.

Es muß auch ein 19. März gewesen sein, als sich in der afrikanischen Savanne vor sieben Millionen Jahren – oder waren es vielleicht doch zwölf? War es im Gebiet des Tschad oder doch in Kenya oder in Äthiopien – jedenfalls vor Millionen Jahren ein Affe auf seine Hinterbeine aufgerichtet hat und damit zum Menschen wurde.

Der vorläufige End- und Höhepunkt dieser Entwicklung ist heute auch schon 30 Jahre alt. Du läßt die Twen-Jahre hinter dir.

So hatte Thomas schwadroniert und dabei alle ihm greifbaren wichtigen Daten versammelt. Zu Cornelias nächstem Fest war er, obwohl eingeladen, nicht mehr gegangen. Es war ihre Hochzeit – mit einem Mittelschullehrer, wenn Thomas sich recht erinnerte. Hatte nicht auch er, wie Ungerböck, ihren Familiennamen angenommen? Er hatte ihn einmal getroffen, sich darüber gewundert, daß Cornelia mit diesem Mann Tisch, Bett und Leben teilen wollte, keinen Kontakt zu ihm gefunden und die Verbindung absterben lassen – bis auf die kurze Zeit, in der sie beide in Ministerbüros arbeiteten und so, berufsbedingt, gelegentlich zusammenkamen. Hatte sie da nicht schon ein Kind? Thomas hatte sie später beinah aus den Augen verloren, wie viele andere auch. Das ersparte ihm den ständig präsenten Schmerz einer offenen Wunde. Bis zu jener Fahrt nach Venedig, in der Folge eines zufälligen Treffens im Kunsthistorischen Museum.

* * *

„Brauchst du mich heute noch?" Tamara Tilly wollte nach Hause, und er hatte übersehen, wie spät es inzwischen geworden war, aber auch, und das wog schwerer, daß seine Sekretärin noch da war, lang über die reguläre Arbeitszeit hinaus.

„Nein, danke, geh nur! Aber bevor du gehst, sag mir noch, was du von der Malfatti-Sache hältst. In der Sitzung heute warst du ja ganz besonders schweigsam."

„Weil ich vermeiden wollte, in die ständigen Rangeleien zwischen Renata und dem Russen hineingezogen zu werden."

„Und was hältst du von der Sache?"

„Du weißt ja, daß ich aus dem Burgenland stamme, auch wenn ich jetzt schon lang in Wien lebe", hob Tilly an. „Der Bezirk, aus dem ich komme, ist rot, unsere Gemeinde und unser Bürgermeister sind rot, so richtig burgenländisch rot, das ist ja anders als das Wiener oder gar das Kärntner Rot."

Thomas hütete sich, Tilly zu unterbrechen. Zum einen, weil er neugierig war, welche Ideen sie aus dieser interessanten und gewiß zutreffenden Farbenlehre entwickeln würde, und eine Unterbrechung konnte da nur stören, zum anderen weil er einfach zu müde war. Und schließlich, weil er sie gern in ihrer burgenländisch gefärbten Sprache reden hörte.

„Und auf der niederösterreichischen Seite", fuhr sie fort, „ist alles schwarz. Niederösterreichisch schwarz, nicht bloß schwärzlich – obwohl unser Präsident mit seinem Namen ja auch untertreibt. Und dann hat vor – ich weiß nicht wievielen Jahren –, jedenfalls waren schon die Schwarzen an der Macht, der große Betrieb Pleite gemacht, diese Möbelfirma, in der die meisten Leute aus der ganzen Gegend gearbeitet haben. Das Land, der Bezirkshauptmann – auch ein Roter – und ganz besonders unser Bürgermeister haben sich sehr um die Ansiedlung neuer Betriebe bemüht. Aber es ist nicht recht weitergegangen. Bis sie eine Elektronikfirma so weit hatten. Die wollten das Betriebsgelände gleich übernehmen, man hat schon Schulungsprogramme für die früheren Möbeltischler entwickelt. Ich weiß das, weil mein Vater im Gemeinderat sitzt", sagte sie, als müsse sie sich für ihr Insider-Wissen rechtfertigen.

„Und dann hat der Malfatti dazwischengefunkt. Er hat alles dran gesetzt, den Betrieb in seine Gemeinde zu bekommen. Gott und die Welt hat er mobilisiert, den Landeshauptmann sowieso, den Bundeskanzler, den Wirtschaftsminister – grad, daß er 's nicht beim Bundespräsidenten versucht hat. Wer weiß, versucht hat er 's wahrscheinlich eh. Und er hat Erfolg gehabt. Der Betrieb steht in seiner Gemeinde. Man hat damals gemunkelt, daß er ganz schön Geld locker gemacht haben soll, um den Aufsichtsrat zu bestechen – aber es konnte nie was bewiesen werden. Eine Zeitlang hat es so ausgeschaut, als könnte die Sache bei Gericht landen, aber auch daraus ist nix geworden."

„Aber was hat das mit seiner Ermordung zu tun", wollte Thomas es jetzt doch genauer wissen.

„Ich sag' ja nicht, daß das mit dem Mord zu tun hat. Aber mir fallen gleich in unserer Gemeinde mehr als 200 Leut' ein, die mit dem Malfatti eine offene Rechnung und daher ein Motiv haben. Die gekündigten Arbeiter, bis zu den Putzfrauen, und die ausgetricksten Politiker, vom Landeshauptmann abwärts. Der Malfatti hat 's ja auch zu sehr übertrieben. Er hat sich nicht nur feiern lassen, quer durch die regionalen Zeitungen –

sind ja auch alle nachtschwarz in Niederösterreich –, sondern er hat unsere Leut' auch noch wie die Deppen hing'stellt, die nix z'sammbringen für ihre Wähler, und wenn sie ihm ein ordentliches Honorar zahlen, gibt er ihnen Nachhilfeunterricht."

„Das mußt du dem Scherzer sagen, damit er den Kreis der Verdächtigen nicht nur im Parlament sucht."

„Man müßte vielleicht ja nur einmal nachschauen, ob es da Überschneidungen gibt."

„Ich weiß schon eine", konnte Thomas sich nicht zurückhalten: „Du, liebe Frau Sakristeidirektorin – als Rächerin deines Vaters."

„Ich hab' sogar selbst in der pleite gegangenen Firma gearbeitet, im Büro. Aber ich war schon lang weg, als sie eingegangen ist."

„Jetzt aber genug, du gehst jetzt, und ich schau mir die ZiB an", entließ Thomas seine Sekretärin, griff zur Fernbedienung und startete den Fernsehapparat.

In der Zeit im Bild war der Mord an Malfatti der Aufmacher. Der Bericht beschränkte sich auf gesicherte Fakten und enthielt sich jeglicher Spekulation. Dann hatte Schwärzlich Gelegenheit, den Toten zu würdigen. Seit dem Mittagsjournal war Malfattis Bedeutung offenbar noch gewachsen, er wurde vom Nationalratspräsidenten zu einem nationalen Helden mit „segensreicher Wirkung weit über die Grenzen unserer Heimat hinaus" erklärt. Daran schloß ein Interview mit dem Innenminister an, in dem die Tatsache, daß die Polizei noch völlig im dunkeln tappte, mit der Ankündigung kompensiert wurde, man werde „den oder die Täter" sehr bald fassen und unverzüglich ihrer gerechten Strafe „zuführen", „söppvaständlich!"

„Der Innenminister geht jedenfalls davon aus", sagte der Innenminister, „daß die Bemühungen der Polizei noch in dieser Woche erste konkrete Ergebnisse zeitigen werden."

Diese Sprachverhunzer, machte sich Thomas schon jetzt den Ärger seines Kollegen Schwarzenberger zu eigen, dieses Beamtendeutsch in jeder Lage, diese Sprachgeschwulste, um Bedeutung zu signalisieren, wo das pure Unvermögen herrscht! Von sich selbst per „der Innenminister" zu reden, der „von etwas ausgeht". Es war eine völlig automatisierte Sprache von Funktionären, die jederzeit von einer anderen Sprechpuppe ersetzt werden konnten, ohne daß es den Zuhörern auch nur aufgefallen wäre. Dieses „Davon-Ausgehen" hatte es Thomas besonders angetan. Sie gingen gern von etwas aus, ohne je irgendwohin zu gelangen, sie mimten Gewicht, wo nichts war als ein wenig heiße, übelriechende Luft, sie drohten mit Konsequenzen, die nie eintraten. Und mit der Rede über sich selbst in der Dritten Person, noch dazu mit dem Amtstitel, wollten sie nichts als beeindrucken, vielleicht sogar Angst einjagen: Seht her, die Macht, die Macht, die Macht geruht zu sprechen.

„Ich rechne damit, daß wir die oder den Täter noch in dieser Woche fassen" – das wäre eine Festlegung, da hätte der Minister sogar „ich" gesagt, und man hätte ihn in wenigen Tagen daran erinnern können.

Undenkbar für einen gewieften Politiker.

Thomas hatte für diesen Tag genug von jeglichem Geschwätz und wollte eben das Gerät zum Schweigen bringen, als der Moderator zum Kongreß überleitete. Die zuständigen Behörden würden nicht davon ausgehen, daß zwischen den Vorfällen, die zur Verlegung des Kongresses aus der Hofburg ins Parlament geführt hatten, und der Ermordung Malfattis ein Zusammenhang bestehe. Wieder ging jemand von etwas aus, registrierte Thomas seufzend. Dann kam kurz der Zweireiher des Vortags ins Bild, der eben das mit noch gewählteren Worten wiederholte.

Es war genug, und es war auch spät genug. Thomas knipste den Fernseher aus, legte seinen PC schlafen und machte sich auf den Heimweg. Da seine Wohnung in der Nähe des Parlaments lag, ging er ausnahmslos zu Fuß, damit auch die Gelegenheit nützend, zum vergangenen Arbeitstag Distanz zu gewinnen und möglichst nichts davon mit nach Hause zu nehmen. Bei „seinem" Kolporteur kaufte er, seiner Gewohnheit gemäß, „Kurier" und „Krone". Beide Blätter machten mit dem Mord an Malfatti auf – und beide Blätter hatten Fotos von dem auf eine

Sitzgarnitur hingestreckten toten Malfatti in Hemd und Unterhosen.

Als er über den Innenhof zu seiner Stiege ging, sah er, daß die Fenster seiner Wohnung nicht erleuchtet waren. Beim Aufstieg in den 3. Stock fingerte er in seiner Tasche nach den Wohnungsschlüsseln, und als er den Schlüssel im Schloß umdrehte, begann das Telefon zu flöten. Er würde es ignorieren, nahm er sich vor, zumal er neben dem Telefon, als er dann doch nach dem Hörer greifen wollte, einen Zettel fand mit der Botschaft „Bin mit Jakob und Elisa im Kino".

Er stellte seine Tasche hin, wechselte in bequemere Kleidung – Jeans, die er schon über zehn Jahre hatte und die entsprechend ausgewaschen und ausgebeult waren – und machte es sich in „seinem" Ohrensessel bequem. Gleich würde er, bei Eva Rossmanns neuem Krimi, den Tag vergessen haben.

Er hatte kaum zu lesen begonnen, als das Telefon erneut läutete. Thomas ließ es läuten, aber aus dem Lesen wurde nichts Rechtes. Am Ende eines Absatzes stellte er fest, daß er nicht wußte, was er eben gelesen hatte, seine Augen waren über die Zeilen geglitten, aber er hatte nichts davon aufgenommen. Er las den Absatz ein zweites Mal, als sein Handy musizierte. „Ja", meldete er sich mürrisch. Es war Schwarzenberger. „Du, ich muß mit dir reden, unbedingt, und gleich. Können wir uns bei Molly treffen? Ich lad' dich auf ein Guinnes ein."

Aus der Lektüre wurde heute so oder so nichts mehr, also warum nicht den Tag mit einem Pint Guinnes in Schwarzenbergers Gesellschaft ausklingen lassen? Es war ja kein weiter Weg für ihn.

Dienstag Nacht

Was war Wahrheit?

Schwarzenberger hatte einen Platz in einer Fensternische ergattert, als Thomas das etwas düstere, aber zum Glück nur mäßig verrauchte Lokal betrat. Vor ihm standen bereits zwei Pints, ein Glas schob ihm Schwarzenberger zu, noch ehe er sich gesetzt hatte. „Ich sag 's besser gleich", begann er hastig, nach einem kurzen „Danke fürs Kommen", „ich hab' ein gewaltiges Problem oder werde jedenfalls in Kürze eines haben – wegen dem Malfatti-Mord. – Ja, schau mich nur an wie Morgensterns Mondschaf! Ich war nämlich in den letzten Monaten," – täuschte sich Thomas, oder sah er, der schummrigen Beleuchtung zum Trotz, den Pressechef des Parlaments erröten? – „wie soll ich es dir erklären, ich war jedenfalls zuletzt gelegentlich im Möbellager. Und nicht allein ..."

Thomas sah Schwarzenberger mehr erstaunt als fragend an. „Ja, sag' nur, was du dir denkst: wie der Malfatti. Und jetzt werden die meine Fingerabdrücke überall finden. Ich steh' womöglich unter Verdacht: Ich hab' ja nicht einmal ein glaubwürdiges Alibi ... Und über meine Abneigung, was heißt Abneigung: Verachtung gegenüber dem Malfatti hab' ich nie ein Geheimnis gemacht. Ich bin ein Verdächtiger, die werden mir einen Mord anhängen ..."

Schwarzenberger hatte sein Guinnes nicht angerührt, so aufgewühlt war er. „Jetzt komm, trinken wir einmal!" Wollte er damit bloß ein wenig Zeit gewinnen, fragte sich Thomas, weil ihm nichts einfiel, womit er Schwarzenberger beruhigen konnte? „Und dann erzähl mir der Reihe nach."

Schwarzenberger erzählte – wenn auch nicht ganz der Reihe nach. Thomas hörte zu, fragte dann und wann nach, wenn ihm etwas unklar oder allzu unwahrscheinlich schien. Und er hatte geglaubt, seinen Kollegen und Freund zu kennen! „Und wie lange geht das schon", fragte er, nachdem Schwarzenberger geendet hatte und mit leerem Blick in sein inzwischen geleertes Glas starrte. „Ein Jahr, zwei Monate und elf Tage, wenn du 's genau wissen willst", kam die Antwort so prompt, daß sie für Thomas als Nachweis einer laufenden und exakten Buchführung gelten konnte. „Und dabei bist du Malfatti nie begegnet?" – „Ich glaube, für den war das Möbeldepot eher die Ausnahme, während es für mich – für uns – der beinah übliche Treffpunkt war."

Thomas winkte dem Kellner, der eilig zwei weitere Pints auf ihren Tisch stellte. „Heute waren die von der Spurensicherung dort, morgen werden sie die Fingerabdrücke aller Mitarbeiter in der Parlamentsdirektion nehmen, am Donnerstag verhaften sie mich. Wenn sie nicht bald einen besser Geeigneten finden, werden sie sich an mich halten. Meine Verachtung für Malfatti ist im Haus bekannt, alles paßt zusammen. Der historische Franz Ferdinand fuhr nach Sarajewo, der aktuelle geht nach Stein." Schwarzenberger lachte bitter über seinen schwachen Scherz, schaute Thomas an und setzte nach: „Wirst du mich besuchen in Stein?"

„Aber wenn du es nicht warst ..." Schwarzenberger warf Thomas einen entsetzten Blick zu: „Wenn? Wenn? Wenn? Ziehst du damit in Betracht, daß ich –" „Natürlich nicht, ich wollte sagen: Da du es ja nicht warst, nachdem du es ja nicht warst – und du hast ja sicher ein Alibi ... Scherzer wird dich danach fragen, nicht ich." „Ich war in der vermutlich in Frage kommenden Zeit zu Hause. Allein. Kein besonders starkes Alibi, fürchte ich. Aber die Wahrheit."

Die Wahrheit! Wie lange war es her, daß er mit Schwarzenberger in ebendem Lokal, in dem sie jetzt saßen, bloß an einem anderen Tisch, eine halbe Nacht darüber gestritten hatten, was „Wahrheit" sei. Bis heute wußte Thomas nicht genau, wieviel von jenem Streitgespräch bloß intellektuelle Spiegelfechterei gewesen war und wieviel innerste Überzeugung. Wer wollte das schon feststellen, zumal beide zu fortgeschrittener Stunde nicht mehr so nüchtern waren, wie es sich für das Thema geziemt hätte – allerdings auch nicht so betrunken, wie es das Thema verdient hätte.

„Du bist ein schrecklicher Relativist", hatte Schwarzenberger ihm damals vorgeworfen. „So kriegt man nie Boden unter die Füße, nicht als einzelner, nicht als Gesellschaft, nicht als Staat. Leute mit solchen Auffassungen müßte man von der

Gesellschaft ausschließen. Ihr seid gefährlich. Ihr seid gefährlich, weil ihr alles relativiert."

„Ganz im Gegenteil, die Gefährlichen seid ihr, die ihr an eine Wahrheit glaubt, zumeist mit der Betonung auf *eine.* Ströme von Blut sind für die vermeintlichen Wahrheiten geflossen, angefangen bei dem Massaker, das Elija unter den Baalspriestern angerichtet hat im Namen seiner Wahrheit, bis zu den Terroristen unserer Tage – einschließlich jener, die im staatlichen Auftrag handeln. Da ist es mir lieber, keine Wahrheit zu haben. Ich begnüge mich mit Wahrscheinlichkeiten. Mit Plausibilitäten. Schon morgen kann etwas anderes plausibler sein, soll mir recht sein! Dafür muß man weder sterben noch töten."

„Sohn des Pilatus, Knecht des Pyrrhon, Gefährte des Michel de Montaigne, ich muß dich fliehen –"

„Für dich ist es wohl eine Schmähung, mich in einem Atemzug mit Pilatus zu nennen. Für mich ist es eine Ehre – nicht nur, weil er im Credo steht. Die berühmte Frage des Pilatus, die übrigens nur im Evangelium des Johannes überliefert ist, diese drei Worte, lassen allerdings keinen Schluß darauf zu, wie Pilatus sie gemeint hat. Ti estin aletheia – quid est veritas, wie Hieronymus übersetzt. Was ist Wahrheit? Was ist *die* Wahrheit? Was ist schon Wahrheit? Ist es die Frage eines Skeptikers? Eines gelangweilten, abgebrühten Präfekten oder eines Suchenden, der es wirklich wissen will? In der frühen äthiopischen Kirche wurde Pilatus als Heiliger verehrt. Aber ich gebe seine Frage an dich zurück: Was ist Wahrheit?"

„Verzeih mir, wenn ich mich an die halte, die dir als Theologen näher stehen sollten als mir: Für die Scholastiker ist Wahrheit adaequatio rerum et intellectus – wenn ich mich recht erinnere. Albertus Magnus, glaube ich. Die Übereinstimmung der Dinge mit dem Intellekt, oder so ähnlich. Aber du kennst deinen Thomas sicher besser als ich."

„Aber ja, dieses Zitat habe ich zu oft gebraucht – im doppelten Sinn – als daß ich es vergessen hätte. Veritas intellectus est adaequatio intellectus et rei – aber er geht noch weiter: secundum quod intellectus dicit esse quod est, vel non esse, quod non est. Auf deutsch, in meiner privaten Übersetzung: Intellektuelle Wahrheit ist die Annäherung von Intellekt und Sache, gemäß welcher der Intellekt vom Seienden sagt, daß es ist, und vom nicht Seienden, daß es nicht ist. Mein lieber Freund, beachte wohl, Sankt Thomas spricht von ad-aequatio, nicht von aequatio, also von Annäherung, nicht von Übereinstimmung. Das laß ich gern gelten, denn Annäherung ist alles, was wir erreichen können. Nicht Übereinstimmung, sorry 'bout that!"

„Du bist und bleibst ein verdammter Sophist, bei dir klingt selbst Sankt Thomas Aquinas wie der alte Protagoras –"

„– der mir lieb und teuer ist: Aller Dinge Maß ist der Mensch, der seienden, daß sie sind, der nicht seienden, daß sie nicht sind. Da liegt er ganz richtig, der alte Protagoras. Wir können nicht aus unserer Haut heraus, unsere Erkenntnis ist zuerst *unsere* Erkenntnis. Wie ja auch die Scholastiker sagen, daß Erkenntnis immer nur im Modus des Erkennenden geschieht."

„Was du gleich lateinisch sagen wirst."

„Nur weil du so schön darum bittest: Quidquid recipitur ad modum recipientis recipitur – jedenfalls so ähnlich. Wobei mir das Wort modus im Computerzeitalter besonders zeitgemäß erscheint."

„Der pure Subjektivismus und Relativismus."

„Der pure Realismus, und das heißt: Lassen wir den Obskurantismus – auch dann, wenn er von Platon her kommt."

„Dem zufolge eine sinnvolle, geordnete Kommunikation von zwei Intellekten nicht möglich ist."

„Wie wir soeben beweisen, ist sie nicht nur möglich, sondern sogar fruchtbar und lustbringend. Aber eben nicht im Sinn einer aequatio, also Übereinstimmung, sondern einer adaequatio, also Annäherung."

„Du glaubst, daß ich mich deiner verderbten Ansicht annähere? Dazu bedarf es nicht nur noch einiger Lieferungen Guinnes, sondern auch des einen oder anderen Single Malt. Waiter!"

Thomas erinnerte sich, daß sie ihr Disput „de veritate" noch weit geführt hatte, zu Pyrrhon von Elis und den radikalen

Skeptikern der Antike, zu den zeitgenössischen Konstruktivisten, zurück zu Sokrates und Platon, zu Descartes „Cogito ergo sum“ und wieder zurück zur Bibel.

„Und dies ist meine unschlagbare Karte: Wenn Gottes Sohn – das hast du ja studiert an der Universität, und ich hoffe, daß du dabei gut aufgepaßt hast – von sich sagt: Ich bin der Weg, die Wahrheit und das Leben, dann hört sich der Relativismus auf. Die Wahrheit, die Wahrheit, die Wahrheit! Sprich, du verdorbener Sohn der Häresie!“

„So wollen wir uns denn dem Wort Gottes in der gebotenen Ehrfurcht nahen, du Erbe des großen Inquisitors. Wer ist es, der so spricht?“

„Gottes Sohn!“

„Aber doch auch ganzer Mensch, sprach er das Wort doch vor seinem Leiden und vor seiner Verherrlichung.“

„Gewiß doch, Meister!“

„Dann ist es also so, daß, weil ein Mensch sich als Wahrheit bezeichnet, die Wahrheit auch menschlich genannt werden kann?“

„Auch darin stimme ich dir zu.“

„Menschlich bedeutet aber doch auch, nach unserem Verständnis, zuinnerst personal!“

„Gewiß doch – aber worauf willst du damit hinaus?“

„Personal bedeutet doch ganz wesentlich, daß es nicht um haben und besitzen gehen kann! Wer meint, einen Menschen zu kennen, als ganzen, in den tiefen und seichten Stellen seiner – erlaube mir dies Wort – Seele, wer glaubt, ihn ausrechnen zu können, über ihn verfügen zu können, ihn zu besitzen, wie man ein Haus besitzt oder ein Auto, der wird dem Menschen nicht gerecht. Einen Menschen, eine Person kann man nicht besitzen, ohne ihn oder sie zu zerstören, in ihrer Würde zu verletzen.“

„Das ist eine Falle, will mich dünken, du setzt die Wahrheit mit der Person gleich.“

„Im Sinn der ad-aequatio, ja. Aber entsinne dich, mein Herr: Warst nicht du es, der Gottes Sohn ins Spiel gebracht hat?

Übrigens lasse ich mir 's am Griechischen genügen: Aletheia, was soviel heißt wie Unverhülltheit. Die Wahrheit ist das, was offen zutage liegt."

„Was kommt jetzt noch für ein Taschenspielertrick?"

„Ich habe erst dieser Tage im Gemoll nachgeschaut, beginnend beim Wort aletheia. Und siehe da, es hängt natürlich mit dem Wort lanthano zusammen."

„Was bedeutet:"

„Richtig: verborgen, unbekannt bleiben, aber auch transitiv: vergessen machen, und zwar gezielt, absichtlich. Ich heische Vergebung ob meiner Schulmeisterei, zumal du sie heraufbeschworen hast. Du erinnerst dich sicher an den Fluß in der Unterwelt, der die Gefilde der Seligen umfließt – Lethe. Die Seelen der Verstorbenen trinken von seinem Wasser, damit sie ihr irdisches Dasein vergessen. Ich finde den Gedanken aufregend, daß Wahrheit etwas ist, was vor dem Vergessen bewahrt oder dem Vergessen entrissen wird. Was wäre auch eine vergessene Wahrheit? Es gibt keine tote Wahrheit, Wahrheit ist lebendig – oder sie ist keine Wahrheit."

„Wie die Götter, an die keiner mehr glaubt, aufgehört haben, Götter zu sein", sinnierte Schwarzenberger, und sein Satz war ohne Fragezeichen gesprochen.

Jetzt ging es auch um Wahrheit, dachte Thomas – aber wie weit war doch die Wahrheit, um die es vor Gericht ging, von jenem Gegenstand entfernt, den sie damals umkreist hatten! Vor Gericht – war er tatsächlich schon so weit in seinen Gedanken? Zunächst ging es wohl um polizeiliche Ermittlungen. Man würde Schwarzenberger befragen, vielleicht sogar als Verdächtigen, wie viele andere, deren Spuren und Fingerabdrücke sich im Möbeldepot des Parlaments fanden. Jeder Hausarbeiter, der dort zu tun gehabt hatte, war dann verdächtig, jeder Bedienstete der Parlamentsdirektion, dessen Fingerabdrücke sich auf einer Schreibtischplatte fanden, weil er den Schreibtisch vielleicht vor Jahren benutzt hatte.

Er versuchte, Schwarzenberger mit diesen Überlegungen ein wenig zu beruhigen, erreichte aber das genaue Gegenteil:

„Du versuchst mich ja nur zu beruhigen“, hielt der ihm entgegen, „weil dich selbst der Gedanke beunruhigt, daß ich es doch gewesen sein könnte. Weil du dir nicht sicher bist, nicht sicher sein kannst, daß ich es nicht getan habe. Ich erinnere mich genau an unsere Unterhaltung hier in diesem Lokal vor etwa eineinhalb Jahren, als wir uns über die Wahrheit gestritten haben. Jetzt geht der Punkt an mich – es geht nicht um deine oder meine Wahrheit, sondern schlicht um *die* Wahrheit: Habe ich den Malfatti umgebracht oder nicht? Was ist die Wahrheit – und eine Wahrheit, die bestehen kann, die beweisbar ist!“

Paradoxe Intervention, zuckte es durch Thomas Gehirn, der alte Trick der Schweinehändler, wie ein befreundeter Philosophieprofessor den Vorgang genannt hatte: Der Schweinehändler zieht bei dem Tier, das nicht auf den Anhänger will, am Schwanz in die Gegenrichtung, und schon strebt das Tier vorwärts auf den Wagen. „Erzähl mir nicht deine Wahrheit“, forderte er Schwarzenberger auf, „erzähl mir lieber deine Nicht-Wahrheit! Erzähl mir die nicht wahre Geschichte, wie du den Malfatti umgebracht hast!“

„Du spinnst ja“, quittierte der die Bitte, wandte sich von Thomas ab und dem Kellner zu, um zwei weitere Guinnes zu ordern. Sekunden des Schweigens vergingen. Sie hoben die frischen Gläser, und nach einem kräftigen Schluck blickte Schwarzenberger Thomas an, wischte sich den Mund und sagte: „Du meinst, ich soll mich in Scherzer verwandeln, eine polizeilich plausible Variante entwickeln, mit mir als Mörder?“ Weitere Sekunden verstrichen. Schwarzenberger stierte in sein Bier, drehte das Glas, trank einen Schluck. „Also gut, ich versuch ’s. Aber bitte unterbrich mich nicht.“

Der Schweinehändlertrick hatte funktioniert. Thomas war gespannt, wie der Pressereferent des Hohen Hauses ihm seine Nicht-Wahrheit verkaufen würde.

Fangen wir beim Anfang an. Malfatti und der Verdächtige kennen einander seit rund 40 Jahren. Das Mordopfer ist zwei Jahre und sieben Monate älter als unser Verdächtiger. Der kleine Franz Ferdinand ist – wegen des Altersunterschieds – nicht mit dem kleinen Carlo in den Kindergarten gegangen, und als er in die erste Klasse Volksschule ging, besuchte Carlo die Vierte. Der Kleinere nahm den Größeren mit jenem Gefühl des Neids wahr, das aus der Tatsache folgt, daß der eine noch durchleiden muß, was der andere schon beinah hinter sich hat. Der Größere nahm den Kleinen nicht persönlich wahr, sondern mit der Überlegenheit des Beinahe-Gymnasiasten, für den alle unteren Jahrgänge die verachteten Kleinen sind.

An diesem Verhältnis hat sich auch im Gymnasium zunächst nichts geändert. Dazu kamen die unterschiedlichen sozialen Verhältnisse. Carlos Eltern besaßen den ersten und einzigen Supermarkt in dem Marktflecken, in dem sie lebten, der Vater war Gemeinderat und eine Zeitlang auch Vizebürgermeister. Franz Ferdinands Vater war Eisenbahner, die Familie lebte in einem bäuerlich geprägten Dorf, in dem es ein roter Eisenbahner naturgemäß nicht leicht hatte; daran änderte auch die monarchistisch klingende Namensgebung für den Verdächtigen nichts. Zu der natürlichen Überlegenheit des Älteren kam also im Gymnasium eine Art politische Arroganz, und die war sehr wohl persönlich spürbar. Verschärft wurde die Situation durch den schulischen Erfolg des Kleineren und den Misserfolg des „Kater Carlo" genannten Älteren, durch den der Abstand sich von drei Klassen auf zwei verringerte: Carlo Malfatti drehte in der 5. Klasse eine Ehrenrunde, und alle Interventionen des Herrn Vizebürgermeisters bei der Direktion der Schule – sie waren damals geradezu legendär – und sogar die politische Übereinstimmung fruchteten nichts: „Kater Carlo" mußte repetieren.

Reicht das als Mordmotiv, Herr Rat? Drei Jahrzehnte später – wohl nicht sehr glaubwürdig. Aber sehen wir weiter. Immer noch besuchen die beiden das Gymnasium. Carlo steht vor der Matura, Franz Ferdinand ist ihm in der 6. Klasse auf den Fersen. Die Schulleitung hatte sogar erwogen, den begabten Buben schon in der Unterstufe eine Klasse überspringen zu lassen – am Ende hätte er Kater Carlo noch beinah eingeholt –, aber der

Eisenbahner-Vater wollte seinem Sohn diese besondere Brandmarkung ersparen, die ihn noch mehr zum Außenseiter gemacht hätte. Wer arm ist, hat die verdammte Schuldigkeit, auch blöd zu sein. Und wenn er das nicht kann, soll er wenigstens nicht durch besondere Intelligenz auffallen.

* * *

Ach, selige Jugendzeit! Franz Ferdinand war verliebt, in der 5. Klasse still und heimlich, aber in der 6. war nichts mehr geheimzuhalten. Sie hieß Isolde, war in der 5. zu Franz Ferdinands Klasse gestoßen und hatte ihn zu lyrischen Produktionen sonder Zahl animiert. Bis er sich eines Tages ein Herz nahm und Isolde eines seiner Werke zusteckte, mit bis zum Hals pochendem Herzen und schweißnasser Hand. Es war unmittelbar vor – nein, schon nach Beginn der Mathe-Stunde, eine Reaktion daher nicht mehr möglich.

In jener Stunde kassierte Franz Ferdinand einen Schlechtpunkt, weil er auf eine Frage des Lehrers zunächst nicht antworten und dann nicht einmal die Frage wiederholen konnte.

Aber für alles wurde er entschädigt durch Isoldes Antwort nach der Mathe-Stunde. „Danke, Franzi", hauchte sie, „ganz lieb von dir." Jetzt wurde er geradezu tollkühn. Die lyrische Produktionskurve stieg steil nach oben, und beinahe hätte er begonnen, eine Symphonie zu komponieren. Dem nächsten Gedicht – was heißt Gedicht, ein Sonett war es! – legte er einen Brief bei. Jaja, der Brief war die Beilage zum Gedicht, nicht umgekehrt. Bis heute stehen ihm die dramatischen Zeilen vor Augen, die über Sein oder Nichtsein entscheiden würden. Nein, von Liebe war nicht die Rede, aber von Freundschaft, vom „zweiten Ich", das der Freund der Freundin sei, und davon, daß die Freundin den Freund besser kenne als er sich selbst, und dann die ebenso tollkühne wie bange Frage, ob sie seine Freundin sein wolle. Und dann diese drei Zeilen:

Willst du?
Du willst?
Du willst!

Sie wollte, sie wurde seine „Freundin“, die Adressatin ungezählter Gedichte, die Vertraute seiner geheimsten Gedanken und Hoffnungen.

Und dann kam Carlo. Er hatte, dessen war sich Franz Ferdinand sicher, Isolde nicht einmal bemerkt, bevor sie die Freundin des Jüngeren wurde. Er hatte wahrscheinlich überhaupt kein Interesse an ihr – er wollte nur dem „Kleinen“, wie er ihn stets nannte, zeigen, daß ihm, dem großen Carlo, alles möglich war, was er sich in den Kopf setzte. Er mußte die Niederlage des Repetierens vergessen machen, mit allen Mitteln diese Scharte auswetzen. Und er verfügte über beträchtliche Mittel. Als Repetent war Carlo älter als die meisten seiner Klassenkameraden, hatte in den Ferien den Führerschein gemacht und von seinem Vater einen Opel Manta bekommen. Nicht neu – aber gut genug zum Angeben und Eindruck-Machen. Die lässige Überlegenheit des Maturanten, der schon sehr bald voller Verachtung auf die lästigen Verpflichtungen der Schuljahre zurückblicken würde, war ihm zur zweiten Natur geworden. Alles das machte tatsächlich bei vielen Eindruck.

Aber nicht bei Isolde. Sie mochte den Angeber einfach nicht – wahrscheinlich hatte das gar nichts mit unserem Verdächtigen zu tun. Also auch kein Motiv für ein Messer in Kater Carlos Rücken, Herr Rat! Um die Sache zu Ende zu erzählen: Es kann ja auch alles ganz anders gewesen sein, und wer weiß, wie Argus, der Spaniel unseres Schuldirektors, die Sache erlebt hat. Vielleicht hatte Carlo ein Auge auf Isolde geworfen, und ich bin erst dadurch auf sie aufmerksam geworden? Meine Lyrik als Ergebnis eines begehrlichen Blicks, den Malfatti auf Isolde geworfen hat! Wer weiß, das ist mehr als 30 Jahre her. Malfatti hat die Matura im ersten Anlauf geschafft und war dann weg, kein Störfaktor mehr zwischen Isolde und mir. Unsere Freundschaft hat übrigens das Gymnasium nicht lang überdauert, sie ist mit ihren Eltern nach Bayern übersiedelt. Wir haben uns ein paar Mal geschrieben, dann haben wir uns aus den Augen verloren.

Schwarzenberger schwieg, und Thomas vermied es, ihn aus der Trance zu reißen, in die er verfallen war. Bisher war es um eine ferne Vorgeschichte gegangen – dennoch schien ihm die Geschichte näherzugehen, als dies der zeitliche Abstand von drei Jahrzehnten hätte vermuten lassen. Es gibt keine abgeschlossene Vergangenheit, sinnierte Thomas, sie bleibt immer präsent, manchmal stärker, dann wieder schwächer. Sie bleibt ein Teil von uns, den wir nie ganz hinter uns lassen können, wir sind das Ergebnis unserer Vergangenheit, die in uns gegenwärtig bleibt. Das merkwürdige Phänomen Zeit – er mußte wieder einmal nachlesen, was Augustinus in den „Bekenntnissen" darüber geschrieben hatte. Was ist „Zeit"? Wenn mich niemand danach fragt, weiß ich es, will ich es aber einem Fragenden erklären, weiß ich es nicht. So ähnlich hieß es wohl – wenn er sich recht erinnerte, im 11. Buch der „Confessiones". Vergangenes gibt es, weil es Vergänglichkeit gibt, und die Gegenwart ist wie ein Blitz zwischen zwei Finsternissen.

Aber du willst ja meine Nicht-Wahrheit im Mordfall Malfatti wissen, die zugleich Scherzers potentielle Wahrheit ist, nahm Schwarzenberger jetzt seine Erzählung wieder auf. Damit nähern wir uns schon der Gegenwart, und es wird politisch. Ich habe vorhin kurz unseren politisch-familiären Hintergrund erwähnt. Der bürgerliche Malfatti, der proletarische Schwarzenberger. In Wahrheit haben wir ja beide einen kleinbürgerlichen Hintergrund, der uns eher verbinden als trennen sollte. Aber diese Kleinbürgerlichkeit tritt eben in diametral entgegengesetzten Erscheinungsformen und Ideologien auf.

Unsere Wege haben sich immer wieder gekreuzt, zunächst an der Uni. Malfatti hat Wirtschaftswissenschaften belegt – „Welthandel" hat das zu jener Zeit noch geheißen, und „belegt" sage ich mit voller Absicht, denn studiert hat er nie. Dafür war er in der Studentenpolitik aktiv, bei den Rechten natürlich. Als ich zwei Jahre nach ihm mit dem Studium angefangen habe, war er bereits Funktionär. Ab dem 3. Semester habe ich mich dann auch politisch engagiert, auf der Linken, wie du weißt. Ich werde dich jetzt nicht mit Details langweilen, nur so viel: Es hat genug Gelegenheiten gegeben, bei denen wir aneinander geraten konnten. Kater Carlo hat dann an der juridischen Fakultät herumprobiert, auch dort ohne greifbaren Erfolg, hat schließlich das Geschäft seines Vaters übernommen, sich im Bezirk und im Land politisch engagiert und ist so im Nationalrat gelandet. Man kann daran sehen, daß Peter's Principle auch in der Politik gilt: Carlo Malfatti hatte die Stufe seiner Inkompetenz erreicht.

Kann man einen Menschen umbringen, für den man nichts als Verachtung übrig hat? Oder könnte Verachtung sogar ein Motiv sein? Das einzige, was mir bei Malfatti zu denken gab und gibt ist, wie ein Mann seines Zuschnitts Mitglied der ersten Kammer des Parlaments werden und sein kann. Daß so einer Gesetze mit beschließt, die Regierung kontrolliert, eine privilegierte Stimme im politischen Diskurs unseres Landes haben kann. Ich halte die starke Stellung der Parteien in unserer sogenannten Demokratie für ein Unglück – aber im Fall Malfatti beruhigt mich, daß sein Klub für ihn denkt – naja, dachte.

Diesen Montagabend, gleich nach der Lesung, gingen wir ins Möbellager. Zu mir nach Hause, das wollte ich aus verschiedenen Gründen nicht. Also Möbeldepot. Wir hatten uns längere Zeit nicht mehr gesehen, also hatten wir uns einiges zu sagen. Bei der Lesung war es ja auch nicht gerade ideal. Wir haben also geredet – naja, nicht nur. Dabei vergeht die Zeit doch immer viel zu rasch. Es muß schon gegen Mitternacht gewesen sein, als wir Stimmen hörten – die Stimme eines Mannes, eher laut, drängend, insistierend, und die Stimme einer Frau, leiser, widerstrebend. Wir verhielten uns ruhig, glaubten, die beiden würden am Depot vorbei gehen.

Doch jetzt geht die Tür auf, Licht fällt durch den geöffneten Spalt. Er – noch habe ich seine Stimme nicht erkannt – drängt: Zier dich nicht so, komm schon! Sie: Und wenn uns jemand erwischt? Laß das, laß mich! Jetzt sehe ich ihn. Es ist Malfatti. Er zieht eine Frau am Arm hinter sich her. Sie sind jetzt beide im Raum, wir halten den Atem an. Ich sehe, wie seine Hand nach dem Lichtschalter tastet, ihn findet. In der plötzlichen blendenden Helligkeit ein kurzes vierfaches Erschrecken. Die Frau an Malfattis Arm reißt sich los, läuft zurück auf den Gang, ich höre ihre klappernden Schritte, die in der Ferne verklingen. Malfatti wendet sich kurz um, geht einen Schritt Richtung Tür, ruft der Fliehenden etwas nach. Dann wendet er sich um, langsam, geradezu provozierend langsam. Ich habe den Eindruck, daß er ziemlich betrunken ist.

Da schau, was haben wir denn da? Der Kleine mit einer Kleinen. Wie nett! Und wie angerichtet für den großen Carlo! Du hast doch nichts dagegen? Du warst ja schon an der Reihe.

Er läßt das Sakko von den Schultern gleiten, nähert sich langsam, geilen Blicks. Ich springe endlich auf, ihm entgegen. Bist deppert? Stelle mich ihm in den Weg, während sie sich rasch fertig ankleidet. Malfatti gibt mir einen kräftigen Stoß, ich stürze gegen ein Regal, das darob gehörig zu schwanken beginnt. Etwas fällt zu Boden, streift dabei meine Hand, als ich mich eben aufrapple – ein Küchenmesser.

Malfatti ist im Begriff, sich seiner Hosen zu entledigen, die Schuhe hat er bereits abgestreift. Na komm schon, dein Freund braucht dich jetzt nicht, höre ich ihn sagen. Vom Sturz gegen das Regal bin ich benommen, aber das Messer in meiner Hand gibt mir Halt. Ich sehe die schreckensweiten Augen meiner Freundin, starr auf den sich nähernden Malfatti gerichtet.

Hör auf, du Sau, höre ich mich mit fremder Stimme sagen. Laß sie in Ruhe, sonst –

Was sonst, Kleiner? Willst noch eine?

Malfatti hat sie gepackt, mit Gewalt drückt er sie auf den alten Diwan, mit der linken Hand erstickt er ihren Aufschrei, beugt sich über sein Opfer.

Ohne zu denken ramme ich ihm das Messer in den Rücken. Malfatti stößt einen heiseren Schrei aus, eher ein Stöhnen, halb Schmerz und halb Überraschung, will noch etwas sagen: Was – zappelt ein wenig, dann rührt er sich nicht mehr.

Meine Freundin ist unter ihm herausgekrochen, am ganzen Leib zitternd, aufschluchzend: Was ist das, was hat –

Ich halte sie fest umarmt, lasse sie wieder los, um zur Tür zu gehen, diese zu schließen, das Licht abzudrehen – ja, dort ist einer dieser altmodischen Drehschalter, wie man sie noch in

Kellerräumen antreffen kann, sodaß man das Licht wortwörtlich „abdreht“.

Ich versuche meine Freundin zu beruhigen, was mir nach einiger Zeit gelingt. Immerhin: Die Frau, die Malfatti angeschleppt hatte, hat uns kurz gesehen – aber ob das ausreicht, uns wiederzuerkennen? Und ob diese Frau sich überhaupt bei der Polizei melden wird? Nicht sehr wahrscheinlich. Und Malfatti wird überhaupt nichts mehr sagen, davon habe ich mich noch einmal überzeugt.

Der Rest ist rasch erzählt. Ich mach wieder Licht, verwische alle Spuren, die auf mich und meine Freundin hinweisen könnten, so gut es geht. Das Messer in Malfattis Rücken hat einen rauen Plastikgriff – da gibt es wohl kaum Fingerabdrücke. Sicherheitshalber wische ich den Griff mit meinem Taschentuch ab. Dann machen wir uns aus dem Staub. Ende.

Schwarzenberger schwieg lange. Thomas wartete darauf, daß sein Freund das lastende Schweigen brechen würde, und der tat es auch.

„Du mußt zugeben: eine plausible Geschichte. Den Namen meiner Freundin –“

„Den habe ich leider nicht mitbekommen, weil du so murmelst in solchen Situationen.“

„Umso besser. Den verrate ich weder dir noch Scherzer, um euch nicht eine wertvolle Zeugin zu liefern. Und du bist ohnedies zu absolutem Schweigen verpflichtet, wie ein Trappist.“

Auf dem Heimweg und bis zum Einschlafen ging Thomas Schwarzenbergers Geschichte immer wieder durch den Kopf. Natürlich war Franz Ferdinand kein Mörder, natürlich hatte er Malfatti nicht erstochen – und doch! Blieb da nicht ein Rest von Unsicherheit, ausgelöst durch die ebenso plastische wie plausible Darstellung seines Freundes? Doch war das nicht Scherzers Sache? Er würde in den nächsten Tagen ohnedies kaum Zeit haben, über Dingen zu grübeln, die ihn nichts angingen. Außerdem war Schwarzenberger sein Freund, und er glaubte ihm. Er glaubte ihm doch. Thomas beschloß, ihm und seiner Wahrheit zu glauben – bloß: welcher Wahrheit?

Mittwoch

Small Talk und Caravaggio

Die offizielle Eröffnung des Internationalen Kongresses der Kriminologen und Kriminalisten war für Mittwoch, 10 Uhr, angesetzt – pünktlich, worauf mit Rücksicht auf die Anwesenheit des Bundespräsidenten eigens hingewiesen wurde. Thomas war schon kurz nach 7 Uhr im Büro, trotz der wenigen Stunden Schlaf nach der Guinnes-Nacht mit Schwarzenberger. Er fuhr seinen PC hoch und kontrollierte die eingegangenen Mails. Die jüngste Nachricht stammte von Schwarzenberger und war erst wenige Minuten alt: Wenn Du nicht durch Wichtigeres verhindert bist, komm gleich einen Stock höher. Die Scheiße ist am Dampfen. FF.

Der Pressechef des Hohen Hauses schien selbst zu dampfen: „Schau dir das an: Selbst die feinsten Zeitungen sind sich nicht zu schade dafür." Schwarzenberger hatte einige Tageszeitungen aufgeschlagen auf dem großen Besprechungstisch drapiert. Neben den Balkenlettern – „Mord im Parlament", „Bestialischer Mord an Politiker", „Politfehde oder Terror?" – sprangen zum Teil großformatige Fotos ins Auge: die Leiche Malfattis in halbbekleidetem Zustand, exakt nach Schwarzenbergers nächtlicher Schilderung. Die durchwegs ähnlichen bis gleichen, eher unscharfen und grobkörnigen Fotos legten den Schluß nahe, daß sie in großer Eile, möglicherweise unbemerkt, mit einem Handy gemacht worden waren.

„Ich würde zu gern wissen, wer sich hier eine schöne Stange Extrageld verdient hat. Schau dir die Quellenangaben an – Foto: privat. So eine Schweinerei. Der Kerl hat die meisten Redaktionen bedient und die Fotos wahrscheinlich mehrfach verkauft." Nach einer längeren Pause fügte Schwarzenberger hinzu: „Am Ende war es gar der Mörder selbst."

„Du mußt es ja wissen", entfuhr es Thomas. Er bereute den Satz, noch ehe er ihn vollendet hatte, aber es war zu spät. Schwarzenberger starrte ihn finster an, und Thomas fürchtete einen Augenblick lang, er würde sich auf ihn stürzen oder ihm die Faust ins Gesicht donnern. Aber Schwarzenbergers Züge entspannten sich, als er leichthin murmelte: „Der war gut."

Ein Gong kündigte die Ankunft einer E-Mail auf Schwarzenbergers PC an. Gemeinsam starrten die beiden Männer auf den Schirm. Der persönliche Pressereferent des Präsidenten sandte den Text einer Aussendung, die ehebaldigst in das OTS-Netz der APA zu stellen war. Der Präsident verurteilte darin „mit aller Entschiedenheit" die Veröffentlichung von Fotos in den Medien, wodurch „das Andenken eines verdienten Politikers in den Schmutz getreten" und die Menschenwürde, die über den Tod hinaus gelte, „gröblich verletzt" worden sei. Es folgten die – „bereits aus Funk und Fernsehen bekannten", wie Schwarzenberger lästerte – Würdigungen des toten Politikers.

Das dicke Ende kam aber erst: „Der Herr Präsident ersucht Sie", las Thomas, „bis 9.30 Uhr zu klären, wie die Fotos in die Medien gelangen konnten und einen entsprechenden Bericht vorzulegen."

Gequält schaute Schwarzenberger auf Thomas. „Zwei Stunden Zeit, und das Ergebnis kann ich dir jetzt schon sagen. Also werde ich als erstes den Bericht schreiben: Soweit in den betroffenen Redaktionen Verantwortliche erreicht werden konnten, gaben sie entweder an, zur Herkunft der Fotos mangels Kenntnis keinerlei Angaben machen zu können oder beriefen sich, sofern sie derartige Kenntnisse zuzugeben bereit waren, auf das Redaktionsgeheimnis blablablabla. Was glauben die eigentlich? Na, vielleicht füge ich noch die folgenden Sätze an: Es ist davon auszugehen, daß die inkriminierten Fotos von Bediensteten der Parlamentsdirektion den Redaktionen entgeltlich zur Verfügung gestellt wurden. Welche Bediensteten über Diensthandys mit Fotofunktion verfügen, kann von der Pressestelle nicht festgestellt werden – oder so ähnlich."

„Du hast ja auch ein Diensthandy, und ich ebenso!"

„Ja, aber weder du noch ich haben eins mit Fotofunktion – die kriegen ja nur die Gottsöbersten."

* * *

Als Thomas knapp zwei Stunden später im Empfangsfoyer Schwarzenberger wieder sah, signalisierte ihm der mit nach oben gestreckten Daumen, daß er erfolgreich gewesen war – ob sich das nun darauf bezog, daß er seinen Bericht abgeliefert hatte oder daß er den Delinquenten tatsächlich ausgeforscht hatte, blieb dabei allerdings unklar. Später raunte er ihm zu, daß er – für „eigene Zwecke", wie er hinzufügte – von der Wirtschaftsstelle eine Aufstellung angefordert und bekommen hatte, auf der alle Bediensteten fein säuberlich aufgelistet waren, die mit einem Foto-Handy ausgestattet waren. „Wie ich gesagt habe – die Gottsöbersten, von Czernin über Grabner und Schauer bis zu Zwirner, Mayer, Schratt und Chalubbka. Nur Erbenweller hat keins – als man es ihm angeboten hat, hat er es mit den Worten abgelehnt, so schön sei es hier auch nicht, daß er das Bedürfnis habe zu fotografieren."

In einer guten halben Stunde sollte der Kongreß beginnen, und beim Empfangspult herrschte bereits reger Betrieb. Die Teilnehmerinnen und Teilnehmer wurden registriert, erhielten eine fast handflächengroße Ansteckkarte, die bereits vorbereitet war oder an Ort und Stelle angefertigt wurde, einschließlich biometrischer Daten, sodaß den Kongreßteilnehmern der Zutritt zum Parlament jederzeit bis einschließlich Freitag problemlos durch die Sicherheitsschleusen möglich sein sollte. Maximilian Zwirner als Sicherheitsverantwortlicher war mächtig stolz auf diesen „letzten Stand der Technik", der den Chip sogar mit einem Ablaufdatum, bis auf die Sekunde genau, zu versehen ermöglichte. Das Parlament war einmal mehr Weltspitze, und Delegationen aus aller Herren Länder, von Andorra bis Zimbabwe, würden zum Studium des großen Vorbilds Österreich anreisen.

Thomas sah seine Mitarbeiterinnen und Mitarbeiter eifrig damit beschäftigt, die Gäste zu begrüßen, sie zum Pult zu geleiten, ihnen den Weg zum Reichsratssitzungssaal zu weisen, wo die Eröffnung stattfinden sollte. Nur seine „Frau Sakristeidirektorin" Tilly war nicht da – sie mußte im Hauptquartier bereitstehen, Befehle der Obrigkeiten entgegenzunehmen. Fritz

Meyer fand eine Gelegenheit, Thomas darauf hinzuweisen, daß sich seine These, der „Schwarze September" stecke hinter „der ganzen Sache", auch in „wichtigen Medien" fände.

Als interessierte Zuschauerin sah er Margarita Zumsteyn strategisch günstig für die Beobachtung des Menschenstroms plaziert. Thomas hegte für sie eine heimliche Verehrung, auch wenn er nicht zugeben mochte, daß er in sie verliebt war, weder sich selbst, noch jemand anderem. Er war der Meinung, Verliebtheit sei ein Phänomen junger Jahre und verwehrte sich die Einsicht, daß „gerade ein alter Stadel leicht Feuer fängt", wie sich ein Freund ausgedrückt hatte. Gleichviel – immer, wenn er Marga Zumsteyn sah und von ihr bemerkt wurde, ging ihm das Herz auf. Sie zwinkerte ihm zu, mit einem gewissen Zwinkern, das er sicherheitshalber als „verschwörerisch" katalogisierte und damit entschärfte. Gleichwohl bemühte er sich, unauffällig in ihre Nähe zu gelangen.

„Tom, ich bin verwirrt, du mußt mir helfen. Ich habe nicht erwartet, unter unseren Gästen Bekannte zu sehen, zum Beispiel den Ottfried Fischer. Oder ist es, dem Anlaß entsprechend, Benno Berghammer? Ich hab' bis heute geglaubt, den gibt 's nur im Fernsehen. Oder ist das ein Gag von Schwarzenberger, um öffentliche Aufmerksamkeit zu erregen – aber dann hätte er sich doch als Ottfried Fischer registrieren lassen müssen."

„Du wirst noch mehr Bekannte sehen, wenn du nur auf die handgroßen Namensschilder schaust. Das mit Berghammer hat schon seine Richtigkeit, und seine Kollegin müßte auch da sein, angemeldet ist sie jedenfalls."

„Sabrina Lorenz? – Das kann doch nicht dein Ernst sein!"

„Wenn ich es dir sage! Ich freu mich schon drauf, sie kennenzulernen. Eine sehr sympathische Frau."

„Du solltest dich eher um Bennos Mutter kümmern, das würde dir besser anstehen!"

„Die ist nicht da. Ihre kriminalistischen Fähigkeiten sollen auch in Zukunft auf das Fernsehen beschränkt bleiben."

„Fehlt ja nur noch der Kommissar Rex!"

„Kommt auch noch. Mit Kommissar Moser als Begleitung. Für Rex hat es eine Ausnahmeregelung gebraucht. Wie du weißt, gestattet die Hausordnung Tieren den Zutritt zum Parlament nicht. Ehrenweller hat ein profundes Gutachten zu dem Thema geliefert, auf dessen Basis der Präsident die Ausnahmeregelung erlassen hat. Alles natürlich streng unpräjudiziell, wie das so schön heißt, die Ausnahme gilt nur für diesen Kongreß. Du erinnerst dich vielleicht an die Abgeordnete der Grünen, die einmal ihren Hund mitgebracht hat –"

„Aber der Moser ist doch erschossen worden!" Marga Zumsteyn unterbrach Thomas Redefluß mit der ihr eigenen Entschiedenheit.

„Schon, aber das war doch nur im Fernsehen!" Die Zumsteyn warf einen Blick auf Thomas, wie er bei den Aufnahmeformalitäten in psychiatrische Anstalten üblich sein mochte. „Der Tobias Moretti hat doch nachher noch bei den Salzburger Festspielen gespielt, unter anderem. Glaubst du am Ende alles, was du im Fernsehen siehst?"

„Wer kommt jetzt also, der Moser oder der Moretti?"

„Der Moser natürlich. Das ist ja ein Kongreß von Kriminalisten und Kriminologen und nicht von Schauspielern und Schauspielerinnen." Politische Korrektheit war angebracht: Zumsteyn wachte als „Frauenbeauftragte" darüber, daß in der Parlamentsdirektion die weiblichen Endungen – „die weiblichen Formen", nannte der Russe das – zu ihrem berechtigten Anteil an öffentlicher Sprache kamen.

„Ja, und vielleicht auch der Sherlock Holmes mit seinem Watson!"

„Die haben leider abgesagt. Wie übrigens auch ihre mittelalterlichen Versionen."

„Was ist denn nun das wieder?"

„Du hast wohl deinen Eco nicht gelesen. William von Baskerville ist der mittelalterliche Sherlock Holmes, und sein Begleiter Adson von Melk ist die Entsprechung zu Watson."

Beim Eingang war ein gehöriger Tumult entstanden, man hörte Rufe und – ja doch, das Blöken von Schafen. Eine junge

Frau Namens Rebecca begehrte Einlaß für sich und ihre Herde, sie sei ordnungsgemäß angemeldet und man habe ihr schriftlich – sie schwenkte einen Brief – zugesichert, daß sie das Parlament besuchen können. Ihre Schafe seien schließlich keine gewöhnlichen Schafe, sondern Ermittler. „Haben Sie Glenkill von Leonie Swann nicht gelesen? Diese Schafe haben den Mord an ihrem Schäfer George Glenn aufgeklärt, sie haben also ein Recht –"

Thomas beeilte sich, ordnend einzugreifen. Er sorgte dafür, daß die Schafe ihre Namenskarten bekamen: Sir Ritchfield, der Leitwidder, Miss Maple, das klügste Schaf der Herde, vielleicht von Glennkill, wenn nicht der ganzen Welt, Mopple the Whale, Othello und all die anderen. Der Russe wurde zur Betreuung der Gruppe beordert. Brav trotteten die Tiere hinter ihm und Rebecca her, mit der Hündin Tess am Ende der für das Parlament doch ein wenig ungewöhnlichen Prozession.

„Sie bleiben nicht beim Kongreß", klärte Thomas Marga Zumsteyn auf, nachdem die Schafe ihren Blicken entschwunden waren. „Sie machen eine Europareise, und da haben sie ihren Wien-Besuch mit dem Kongreß abgestimmt." „Mich überrascht jetzt nichts mehr", konstatierte die Zumsteyn lakonisch.

Sie studierten die vielen Männer und wenigen Frauen, die sich beim Empfangspult drängten und danach die Sicherheitsschleusen passierten. Marga Zumsteyn lenkte Thomas Aufmerksamkeit auf drei Männer, die in auffälliger Kleidung in der Schlange standen, in ein angeregtes Gespräch vertieft. „Sind das irgendwelche Araber – oder geistliche Würdenträger, wie die angezogen sind?"

„Nein, meine Liebe, an denen kannst du dein Latein und dein Altgriechisch üben. Der Dicke dort kommt aus Athen und ist ein Zeitgenosse Platons."

„Du beliebst zu scherzen!"

„Keineswegs. Hier, schau dir die Teilnehmerliste an: Herakles Pontor. Genaugenommen ist er kein Kriminalist im üblichen Sinn. Er ist freiberuflicher Dechiffrierer, ein Löser und

Deuter von Rätseln. Aber er hat im alten Athen eine berühmte Mordserie aufgeklärt. Der zweite – der mit den drei Namensschildern – kommt aus dem ersten nachchristlichen Jahrhundert und heißt Marcus Didius Falco. Oder Dillius Braco. Oder Ditrius Basto."

„Mich überrascht inzwischen gar nichts mehr. Und die Kleidung ist offenbar kein geistliches Gewand, sondern heißt Tunika und Toga. Aber wozu braucht der drei Namen? Und ist er ein Kriminalist?"

„Wegen der drei Namen mußt du seine Schöpferin fragen. Lindsey Davis. Sie hat ihn in einem runden Dutzend von Romanen zum Leben erweckt. Er ist zwar kein professioneller Ermittler, aber er macht seine Sache auch als Amateur ganz gut. Und der zweite, mit dem er sich so angeregt unterhält, ist zwar um rund eineinhalb Jahrhunderte älter, aber dafür ein richtiger Polizist – ein Kommandant der Vigiles, die im alten Rom für Ruhe und Ordnung zu sorgen hatten und vor allem eine Präventivtruppe gegen Brände waren. Er heißt Decius Caecilius Metellus Minor."

„Und ist eine Kreatur –"

„– von John Maddox Roberts. Decius ist auch in einem knappen Dutzend Bänden der ermittelnde Held. In einem davon arbeitet er mit Cicero gemeinsam an der Aufdeckung der Verschwörung des Catilina. Du erinnerst dich: Quousque tandem abutere patientia nostra." Wie lange noch willst du unsere Geduld mißbrauchen, Catilina?

„Ich kann mich aber nicht erinnern, von Decius Caecilius gehört zu haben."

„Eine vornehme römische Familie. In Sallusts Werk über den Jugurthinischen Krieg wird von einem Metellus berichtet, der sich nicht vorstellen kann, daß sein Unterfeldherr Marius trotz dessen großer Verdienste Konsul werden könnte."

„Trägst du jetzt nicht ein wenig dick auf mit deiner klassischen Bildung?"

„Ach was, Bildung! Dieser Decius hat seiner Anmeldung einen ausführlichen Lebenslauf beigelegt. Und ein wenig habe ich auch im Gibbon gelesen. Der berichtet, daß die aristokratische Familie der Meteller – oder Metuller – selbst einst mit den Plebejern vermischt war. Der Name Caecilius ließe vermuten, schreibt Gibbon in einer Fußnote, daß diese stolzen Adeligen ihren Ursprung, gemäß der Etymologie, von einem Marketender herleiten müßten. Ich habe es erst gestern nachgelesen."

„Nicht jeder wird im Purpur geboren. Aber deine Erwähnung Gibbons führt mich zu einer Ahnung: Ist auch Commissario Brunetti unter den Teilnehmern?"

„Er ist auf der Liste, selbstverständlich! Unklar war bloß, ob auch seine adelige Frau nach Wien kommt, und allenfalls auch Donna Leon. Und jetzt, da der Kongreß nicht in der monarchistischen Hofburg stattfindet, sondern im demokratischen Parlament, wird sie vielleicht das Land meiden, das jegliche Adelstitel abgeschafft hat. Aber nix Genaues weiß man nicht. Ich hoffe, Gelegenheit zu haben, mit Brunetti ein wenig über Gibbon zu plaudern, den ich sehr schätze. Na ja, vielleicht heute Abend, beim Empfang – falls man den nicht absagt, wegen des Mordes an Malfatti."

„Da trifft es sich ja hervorragend, daß so viel kriminalistische Potenz versammelt ist. Die können sich alle auf den Fall stürzen. Weißt du inzwischen mehr?"

„Auch nur, was in den Zeitungen steht – ich habe nicht einmal das Morgenjournal gehört. Ich stell' mir das ganz apart vor: Die Internationale der Ermittler stürzt sich auf diesen einen Fall und den vermutlichen Mörder – oder die Mörderin, um es korrekt zu sagen. Das Negativ zum Mord im Orientexpreß, wo Hercule Poirot die verschworene Gemeinschaft der Mörderinnen und Mörder enttarnt."

„Sag bloß, der ist auch da."

„Leider nicht. Ich glaube, es ist letzten Endes daran gescheitert, daß sich die verschiedenen Darsteller nicht einigen konnten. Alfred Molina, der ihn zuletzt gespielt hat, und erst Peter Ustinov! Das hätte mir schon gefallen. Aber Ustinov ist ja 2004 –"

„– gestorben gilt nicht! Deine beiden Römer sind ja auch da, und du selbst hast sie als Fiktion vorgestellt oder als Schöpfung.

Wo verläuft denn eigentlich die Grenze zwischen Realität und Fiktion bei dieser Veranstaltung?"

„Deinen Vorstellungen sind keine Grenzen gesetzt, da ist alles möglich!"

„Ich weiß nicht, was ich davon halten soll. Das alles erinnert mich an den Kongreß ‚Completeness is all' Ende der 80er Jahre in Rom. Da haben doch, wenn ich mich recht erinnere, Musiker Schuberts ‚Unvollendete' und Bachs ‚Kunst der Fuge' fertigkomponieren wollen. Und ein Häufchen Historiker hat sich gar daran gemacht, Livius' „Ab urbe condita' rekonstruktivistisch zu vollenden. Und dann waren da doch auch ein paar Kommissare, darunter Sherlock Holmes und Father Brown, die ‚The Mystery of Edwin Drood' lüften wollen, das bei Dickens unvollendet geblieben war."

„Wenn du es sagst! Das Beste an dem Buch von Fruttero & Lucentini war allerdings von Charles Dickens."

„Ist das hier etwas Ähnliches?"

„Das will ich denn doch nicht hoffen!"

„Und was bin ich selbst? Wirklichkeit oder Fiktion?"

„Vermutlich beides. Wer könnte das mit Sicherheit sagen? Vielleicht sind wir alle nichts als Figuren in einem Traum, der geträumt wird – von einem Gott, einem Dämon oder, um beides zu umfassen, einem Menschen. Konstrukte sind wir allemal: von uns selbst und von den anderen."

„Es gibt schon Situationen, in denen ich gesteigerten Wert drauf lege, wirklich zu sein."

„Möchtest du die eine oder andere dieser Situation beschreiben?"

„Das könnte dir so passen!"

„Solange ich darin vorkomme!"

„Ich rede nicht von Fiktion."

„Watch your language!"

Ihr beinah intim zu nennendes Gespräch wurde durch Scherzer unterbrochen, der die Registrierung bereits am Montag hinter sich gebracht hatte. Thomas machte seine Kollegin mit ihm bekannt und sparte dabei auch seine gemeinsame Vergangenheit mit Scherzer nicht aus.

Scherzer entschuldigte sich bei der Zumsteyn und zog Thomas zur Seite. Die Spurensicherung habe im Möbeldepot Fingerabdrücke sonder Zahl gefunden, und es sei unbedingt erforderlich, von sämtlichen Personen Fingerabdrücke zu nehmen, die Zugang zum Parlament hätten, von den Bediensteten der Parlamentsdirektion bis zu den Politikern, einschließlich der Präsidenten. Dies würde zwar mit der größtmöglichen Diskretion erfolgen, müsse aber auch möglichst rasch geschehen. „Und morgen lesen wir 's in der Zeitung", konnte Thomas sich nicht enthalten einzuwerfen, was Scherzer lakonisch mit „das liegt ausschließlich bei euch" quittierte. Der Präsident und der Innenminister hätten sich in der Causa weit aus dem Fenster gelehnt, und er, Scherzer, sei dadurch „zum raschen Erfolg verdammt".

Nein, von einem oder einer konkreten Verdächtigen könne im Augenblick noch keine Rede sein. Immerhin habe die „Ausleuchtung der persönlichen Hintergründe Malfattis" durch Scherzers Mitarbeiter einige potentiell wichtige Hinweise erbracht. Thomas dachte an seine Frau Tilly und ihre burgenländische Gemeinde und erinnerte sich an Schwarzenbergers gemeinsame Geschichte mit Malfatti und seine Darstellung der letzten Nacht.

Beim Empfangspult gab es einen Stau. Eine ausnehmend hübsche junge Frau hatte die Registrierung bereits hinter sich, während ein etwas ungepflegter, eher beleibter Mann um seine Registrierung zu kämpfen schien. „Andrina", hörte ihn Thomas in Richtung der jungen Frau rufen, „sag denen doch, daß ich zu dir gehöre!" Thomas sah, wie seine Mitarbeiter am Pult, um Fassung bemüht, die Hände rangen. Er eilte ihnen zu Hilfe. Der Mann, der trotz der frühen Stunde leicht alkoholisiert wirkte, sprach abwechselnd Deutsch und Englisch.

Sein Name sei Drake, Andrew Drake, oder Andreas Drake, er sei Privatdetektiv und hier, bitte sehr, sei seine Zulassung, und er arbeite stets gut mit der Polizei zusammen, man erinnere sich vielleicht des Falles Klimek, der Sekretärin im Bundeskanzleramt, die er mehrerer Morde überführt hatte. Das hätte damals beinah die Regierung zu Fall gebracht. Und außerdem habe er seinerzeit den englischen Thronfolger gerettet, und man begehe einen unverzeihlichen Fehler, an unforgivable mistake, wenn man ihm die Akkreditierung verweigere. Thomas hörte ihn auch von „serbischen Bohnen“ und Kontakten auf dem Balkan reden, ehe er sich an Maximilian Zwirner wandte, der allerdings mit dem aufgebrachten Drake ebenfalls überfordert schien.

Eine junge Frau kam auf Thomas und Zwirner zu, zeigte einen Presseausweis und stellte sich als „Mira Valensky“ vor, akkreditiert zur Berichterstattung beim Kongreß für das Magazin „Now“. Thomas erinnerte sich, daß Schwarzenberger von ihr stets als von „der Magazineurin“ sprach. Sie kenne Drake flüchtig und würde gern vermitteln: Könnte man Mr. Drake nicht als Berichterstatter akkreditieren? Im übrigen sei sie selbst gelegentlich ermittelnd tätig, durchaus auch im kriminalistisch-kriminologischen Sinn, was im Detail an den Kriminalromanen von Eva Rossmann überprüft werden könne. So kam es zuletzt, daß Andrew Drake der von ihm stets erfolglos verehrten Andrina zum Kongreß folgen konnte. Und so kam es auch, daß Thomas später zu einem in vielfacher Hinsicht bemerkenswerten Abendessen in Mira Valenskys Wohnung eingeladen wurde, was ihn daran hinderte, sein Schlafdefizit auszugleichen.

Mira Valensky war es auch, die Thomas mit einer Berichterstatterin aus Israel bekanntmachte. Sie sei eine „Erfindung“ von Eva Rossmanns Kollegin Shulamit Lapid, heiße Lisi Badichi und sei Lokalreporterin bei einer Zeitung in Be’er Scheva – „Zeit im Süden“ –, und ihr Schwager arbeite bei der Polizei. Nein, der sei nicht beim Kongreß, sagte Lisi Badichi, und nach den merkwürdigen Vorfällen in der Hofburg sei sie froh darüber. „Sie glauben doch nicht, daß es sich um einen Anschlag handelt“, fragte Thomas.

„Können Sie es ausschließen? Wir – und damit meine ich uns Juden und uns Israeli – haben aus der Geschichte gelernt, immer mit dem worst case zu rechnen. Das erspart böse Überraschungen – was nichts anderes bedeutet, als daß wir eben nicht mehr überrascht sind, wenn der schlimmste Fall tatsächlich eintrifft. Ich bin mir absolut sicher, daß sich längst der Mossad der Sache angenommen hat."

Der Mossad, die Staatspolizei, wahrscheinlich die CIA – und mitten drin Maximilian Zwirner mit seinem klobigen Englisch. Thomas konnte sich eines Anfalls von Heiterkeit nicht erwehren. „Dann kann uns ja nichts mehr passieren", wandte er sich mit seinem charmantesten Lächeln der Israelin zu, „zumindest nichts Überraschendes. Ich würde mich freuen, wenn wir uns darüber noch unterhalten könnten." Badichi wurde vom Strom der anderen Kongreßteilnehmer mitgeschwemmt und entschwand Thomas Blicken.

Erst jetzt fielen Thomas die vielen Herren auf, die nicht Bedienstete der Parlamentsdirektion waren, die er aber auch nicht den Kongreßteilnehmern zurechnen konnte. Drei Dinge hatten sie gemeinsam: Sie trugen keine Namensschilder wie die Teilnehmer, sondern spezielle, kleine Badges mit einem „S" – wohl für „Security", vermutete Thomas –, sie hatten jeder einen Knopf im Ohr, von dem ein Kabel in den Kragen führte, und sie befleißigten sich sämtlich eines Gesichtsausdrucks, der höchste Aufmerksamkeit und Anspannung mit einem Anschein von Gleichgültigkeit und Coolness zu tarnen suchte. Einige junge Frauen, die ebenfalls einen Knopf im Ohr trugen, erinnerten Thomas daran, daß derlei Geschäfte nicht mehr sogenannten harten Männern vorbehalten waren.

Ein Mann südländischen Typs – schwarzes Kraushaar, dunkle Augen, kein Knopf im Ohr – kam auf Thomas zu, verbeugte sich und stellte sich als „Ruggero Solara, Römer in Mailand", vor. „Ich freu mich, Sie hier zu sehen, Herr Staatsanwalt", zeigte sich Thomas erfreut. „Ich habe Ihren Namen zwar auf der Teilnehmerliste gesehen, habe aber, ehrlich gesagt, nicht damit gerechnet, daß Sie tatsächlich kommen würden."

„Aber warum denn nicht", gab Solara zurück. Wien sei doch stets eine Reise wert, nicht allein wegen der Oper, die im Rang „seiner" Mailänder Scala nicht nachstehe.

„Das letzte, was ich über Sie gelesen habe, war, daß Sie im leeren Zuschauerraum der Scala sitzen, auf einem Sitz in der Mitte, mit entsicherter Pistole, und auf den Mörder Boldini warten."

„Wie Sie sehen, bin ich da – das Leben geht weiter nach dem Punkt, den Carmen Iarrera gesetzt hat."

Thomas war im Gedränge zu einer Anlaufstelle für Menschen geworden, die in der knapper werdenden Zeit bis zur Eröffnung des Kongresses Orientierung und Hilfe suchten. Er wurde nach dem Weg in den Reichsratssitzungssaal gefragt, nach der Garderobe, nach den Toiletten, nach anderen Teilnehmern, ob tatsächlich der Herr Bundespräsident den Kongreß eröffnen werde, ob man die Mörder – die Mörder! – des italienischen – des italienischen! – Politikers schon gefaßt habe, ob das Parlament eigentlich „noch aktiv" sei usw.

Erneut stellte sich ein Mann vor: „Proteo Laurenti, aus Triest."

„Es ist mir ein Vergnügen, Sie kennenzulernen", gab Thomas zurück und stellte sich seinerseits vor. „Ich hoffe sehr, daß wir Gelegenheit haben werden, ein wenig zu plaudern. Ich kenne Sie aus den Büchern von Veit Heinichen, auch Ihre Frau Laura habe ich ein wenig kennengelernt, die Kunstexpertin. Ist sie auch in Wien?"

„Leider nicht. Sie fliegt morgen nach Malta – in Sachen Kunst, versteht sich. – Ich habe gehört, es gibt in der Nähe des Parlaments ein berühmtes Café?"

„Nicht nur eins. Da ist einmal das Sluka, gleich hinter dem Haus. Nächst dem Burgtheater haben wir das Landtmann, unweit des Parlaments ist da noch das Café Rathaus und das Eiles. Ich würde Ihnen gern eines davon zeigen, wenn Sie mir das Vergnügen machen wollen."

„Was halten Sie davon, wenn wir uns am frühen Nachmittag heimlich davonmachen? Ich habe keine Lust, an einem der Workshops teilzunehmen – wenn Sie Zeit haben?"

Unterwegs in den alten Sitzungssaal vereinbarten sie einen Besuch im Sluka. Während sie sich am frühen Nachmittag an

Kaffee und Topfenstrudel labten, fragte Laurenti, womit er Thomas Interesse und die Einladung ins Sluka verdient habe.

„Ihre Frau arbeitet doch in der Kunstbranche. Ich habe auch die Geschichte mit dem als Caravaggio identifizierten Werk gelesen. Und jetzt fliegt sie wieder nach Malta. Ich bin mir völlig sicher, sie wird auch die Co-Kathedrale Johannes des Täufers in Valetta aufsuchen, um sich auch bei diesem Besuch einem der eindringlichsten Gemälde in der Geschichte der abendländischen Kunst auszusetzen."

„Ja, sie wird ohne Zweifel Caravaggios Enthauptung Johannes des Täufers ihre Reverenz erweisen – aber darf ich fragen, wie Sie davon Kenntnis haben können?"

„Durch Veit Heinichen. Die kurze Beschreibung dieses Kunstwerks, die er Ihrer Frau in den Mund legt, scheint mir allerdings, wenn Sie erlauben, die ungeheure Dramatik der Situation zu verfehlen. Ich würde Ihnen gern meine Sicht erklären – wenn Sie das interessiert. Sie können es dann Ihrer Frau erzählen, und natürlich Heinichen, wenn Sie ihn nach Ihrer Rückkehr in Triest treffen."

* * *

Proteo Laurenti war interessiert, und er war ein guter Zuhörer. Thomas Thomas sprach atemlos, als hinge von der vollständigen Übermittlung seiner Botschaft irgend etwas ab, als ginge es um eine Art Vermächtnis.

Zunächst die Darstellung des Werks in den Worten, die Heinichen Ihrer Frau in den Mund legt: *„Grausam. Ein dunkles Kellergewölbe, der Henker steckt den blutigen Dolch in die Scheide zurück und reißt dem armen Johannes mit der linken Hand den Kopf ab. Zwei Häftlinge schauen aus einer Zelle im Hintergrund entsetzt zu."*

Sie kennen das Bild. Aber um es in seiner Dramatik und Grausamkeit deuten zu können, müssen wir uns einigen Details widmen. Wir müssen das Bild zunächst genauer anschauen, in seiner ungeheuren Dimension von etwa fünf mal dreieinhalb Metern. Im linken unteren Drittel des Bildes ist eine Gruppe von fünf Personen zu sehen, zwei Frauen und drei Männer. Von links nach rechts: Eine – jüngere – Frau, nach vorn gebeugt, hält, in Erwartung des Kopfs des Johannes, eine golden glänzende Schüssel bereit. Eine ältere, neben ihr stehende Frau preßt im stummen Entsetzen die Hände an den Kopf. Neben ihr deutet der Kerkermeister, den der Schlüsselbund identifiziert, mit dem Zeigefinger der rechten Hand auf die Schüssel. Der muskulöse, bis auf einen durch einen Gürtel gehaltenen Lendenschurz nackte Henker steht, symmetrisch zu der jungen Frau, nach vorn gebeugt da. Mit seiner Linken faßt er das Haupthaar des Johannes, die Rechte hält den Griff eines Messers, unterhalb dessen die dafür bestimmte Scheide erkennbar ist. Ziemlich genau in der Mitte des Bildes, zwischen den gespreizten Beinen des Henkers, liegt der Täufer. Blut, das aus einer Halswunde geflossen ist, bietet dem Künstler das Material für seinen Namenszug: Michelangelo – ja doch, Michelangelo. So signierte er das Bild – übrigens das einzige, das er überhaupt signiert hat. Vor dem Namenszug ist mit einiger Phantasie ein F zu erkennen. Manche deuten es als Zeichen dafür, daß Caravaggio bei den Johannitern Aufnahme fand – aber nicht als Ritter, er war ja nicht von Adel, sondern als Bruder: F für Fra. Mag sein; für mich ist der Namenszug in Blut ein Hinweis auf den emotionalen Bezug Caravaggios zu seinem Werk. Er hat in diesem Bild wohl sein eigenes Leben dargestellt – mit ihm selbst in der Titelrolle. Die Hände des Täufers sind auf dem Rücken gefesselt, ein halb sichtbarer Metallring scheint Teil dieser Fessel zu sein. Auch Johannes ist fast nackt, bis auf einen Lendenschurz, der aussieht wie ein Schaffell oder noch eher das Fell eines wilden Tieres. Darüber, wie achtlos übergeworfen, ein rotes Tuch – der Henker steht mit dem linken Fuß drauf, als wollte er damit sagen: Das brauchst du nun ja nicht mehr. Das rote Tuch kommt übrigens auch bei anderen Darstellungen des Täufers durch Caravaggio vor, es ist eine Art Erkennungszeichen. Zwei Dinge liegen auf dem Boden: Neben dem Kopf des Johannes das Schwert des Henkers – ein wenig Blut daran weist darauf hin, woher die Wunde am Hals des Johannes rührt. Zu

Füßen des Toten liegt eine rote Schnur, ein Strick, eine Kordel. Hat sie dazu gedient, das rote Tuch am Leib des Täufers zu halten?

Diese fünf Figuren sind seltsam erleuchtet – von links oben her, aber auch wie von innen. Rembrandt hat später das Licht ähnlich eingesetzt. Ein wenig fällt von diesem Licht auf zwei Figuren, die durch ein vergittertes Fenster in der rechten Bildhälfte das Geschehen verfolgen. Der eine trägt eine Kopfbinde – ist er verwundet? Haben die beiden ein ähnliches Schicksal zu erwarten wie Johannes? Und vor allem: Sind sie drinnen oder sind sie draußen? Die Gruppe der fünf ist vor einem Torbogen aus dunklen Quadern positioniert. Man kann nicht erkennen, ob das Tor in dem Bogen offen oder geschlossen ist, aber man weiß mit absoluter Sicherheit: Es ist geschlossen, es ist undurchdringlich, undurchlässig in beide Richtungen. Nur die komplizierten Schlüssel des Kerkermeisters gewähren Zugang oder Ausgang.

„Ich sehe das Bild vor mir", sagte Proteo Laurenti. „Es ist bedrückend und dramatisch."

Nachdem wir uns das Bild vergegenwärtigt haben, müssen wir – um es deuten zu können – uns wohl die Geschichte in Erinnerung rufen, die es erzählen will. Ich folge dem Bericht des Markus, der nicht nur in seinem Evangelium am ausführlichsten ist, sondern der darüber hinaus ein Detail enthält, das für das Bild wichtig ist. Herodes hatte den Täufer gefangensetzen lassen, weil der ihm vorgehalten hatte, die Frau seines Bruders Philippus zur Frau genommen zu haben. Herodias, so hieß die Dame, hätte den Täufer gern beseitigen lassen, aber Herodes hatte, nach Markus, „Scheu vor Johannes, weil er wußte, daß er ein gerechter und heiliger Mann war". Und dann heißt es – wenn Sie es nachlesen wollen: im 6. Kapitel: „Wenn er ihn hörte, stellte er ihm viele Fragen, und er hörte ihm gern zu."

Dürfen wir daraus schließen, daß Herodes gelegentlich, wenn ihm gerade einmal danach war, den Täufer kommen ließ, zu einem Gespräch? Ich verstehe die Stelle jedenfalls so. So ist auch das rote Tuch auf Caravaggios Bild zu verstehen, so bekommt es seine Funktion. „Da, wirf das über, der König verlangt nach dir!“ Man tritt nicht in einem Fellschurz vor die Mächtigen der Welt.

Dann kommt die bekannte Geschichte mit Salome und somit das Ende des Täufers. – Darf ich Ihnen jetzt meine Version des Bildes von Caravaggio erzählen?

Proteo Laurenti nickte stumm und sagte nur, als Thomas seinen fragenden Blick nicht von ihm wandte, leise: „Bitte!“

Salome hat mit ihrem Tanz den Herodes derart aufgegeilt, daß der versprochen hat, ihr jeden Wunsch zu erfüllen, bis zur Hälfte seines Reiches. Eine Art öffentlicher Schwur, vor all den Gästen bei dem Gelage. Salome, ein halbes Kind, eine Lolita-Figur, weiß damit wenig anzufangen. Sie läuft zur Mutter: Mama, der König, mein Onkel und Papa, will mir einen Wunsch erfüllen, und stell dir vor: bis zur Hälfte seines Königreichs. Herodias besinnt sich keinen Augenblick. Sie ist endlich am Ziel: den Kopf des Täufers. Sofort. In einer Schüssel.

Das großspurige Versprechen des Königs hängt noch in der Luft. Noch sind alle Zeugen anwesend. Daher: Sofort! In einer Schüssel.

Da wurde der König sehr betrübt, berichtet Markus. Aber wegen seines Schwurs und wegen der Gäste hat er keine Wahl. „Sogleich“, schreibt Markus, „schickte er einen Henker los.“

Hier setzt Caravaggio ein. Die kleine Prozession ist unterwegs zu dem Gefangenen. Die Frau mit der Schüssel wartet vor dem Zellentrakt – wahrscheinlich in einiger Entfernung, verborgen im Dunkel. Der Henker, das Richtschwert in Händen, wartet auf dem düsteren Gang vor der Tür, seitlich, damit der Heraustretende ihn nicht sieht. Der Kerkermeister tritt, den roten Umhang und die Kordel über dem linken Arm, in die Zelle, die sich drei Gefangene teilen. Los, Jochanaan, der König will wieder einmal mit dir reden. Er wirft ihm den Umhang zu, legt ihm die Fessel an – alles wie beim letzten Mal. Los, geh schon! Jochanaan tritt aus dem dunklen Tor. Der Schwerthieb, seitlich von hinten, wirft den Propheten zu Boden, mit durchtrennter Wirbelsäule, sein halb erschrockener, halb erstaunter Aufschrei erstickt im Blut, das infolge des Schocks in nur geringer Menge austritt. Die beiden Mitgefangenen stürzen zum Zellenfenster, angststarr sehen sie, wie der Kerkermeister der Frau mit der Schüssel winkt. Komm, gleich wird sie dir gefüllt. Der Henker stellt sich breitbeinig über sein Opfer. Mit der Linken faßt er das lange Haupthaar des Jochanaan, während er mit der Rechten nach dem Messer greift: der Kopf muß erst vollständig vom Körper getrennt werden, dafür reicht das Schneidemesser. Diesen Augenblick hält Caravaggio fest – diesen Augenblick, in dem die ganze Geschichte konzentriert ist, was war und was noch kommt, diesen Augenblick der äußersten Dramatik.

Thomas schwieg, als wollte er das Bild wirken lassen. Proteo Laurenti, der gebannt zugehört hatte, brach das Schweigen. „Verzeihen Sie, Sie reden immer von einer Frau, von jener mit der Schüssel. Auf Caravaggios Bild gibt es aber eine zweite Frau, Sie haben sie in der Beschreibung des Bildes erwähnt, aber nicht in Ihrer Schilderung des Vorgangs."

„Diese alte Frau, die sich vor Entsetzen an den Kopf faßt, vertritt uns, die entsetzten Zuschauer der Szene – jedenfalls jene, die ob dieses Geschehens zum Entsetzen fähig sind, wiewohl sie nicht persönlich betroffen sind. Die beiden Mithäftlinge sind ja Betroffene – ihnen könnte ein Gleiches geschehen. Alle anderen gehen bloß ihrem Geschäft nach – als Sklavin der Herodias hält jene Frau die Schüssel, der Kerkermeister öffnet und schließt den Kerker, wie ihm befohlen wird, der Henker schlägt Köpfe ab. Aber die alte Frau hat sich, selbst an diesem Ort, ihre Menschlichkeit bewahrt. In namenlosem Entsetzen wendet sie den Blick ab, als der Henker nach dem Messer greift, um sein Werk zu vollenden. In der Handlung selbst hat sie keine Funktion. Sie vertritt uns – und Caravaggio. Sie ist Caravaggios persönlicher Kommentar."

Thomas schwieg wieder. Laurenti trank seinen längst kalten Kaffee. „Eine interessante Interpretation, durchaus plausibel. Ich werde sie Laura erzählen."

„Tun Sie das, Herr Laurenti. Die Interpretation, die Heinichen Ihrer Frau in den Mund gelegt hat, habe ich übrigens vor einiger Zeit in der Frankfurter Allgemeinen gelesen. Jedenfalls verfolgte die Deutung in der FAZ eine ähnliche Tendenz wie jene Ihrer Frau in Heinichens Buch. Und diese halte ich, wie ich versucht habe zu erläutern, für wenig plausibel.

„Sie befassen sich offenbar intensiv mit Kunst?"

„Nicht wirklich, leider. Aber manchmal springt mich etwas an, läßt mich einfach nicht mehr los – wie dieser Caravaggio in der Co-Kathedrale in La Valetta. Dann versuche ich Geschichten zu den Bildern zu konstruieren. Vielleicht haben wir während des Kongresses noch einmal Gelegenheit zum Gespräch. Es wäre mir ein Vergnügen."

* * *

Daß Parlament mit parler, reden, zu tun hat, ist eine Binsenweisheit, die gleichwohl bei jeder Gelegenheit erneut eingebleut wird. Seit Antonius Schwärzlich den Präsidentenstuhl erklommen hatte, hatte sich die Zahl der Reden, die bei diversen Großereignissen gehalten wurden, mehr als verdreifacht. Waren früher der Präsident als Hausherr und ein Festredner zu Wort gekommen, so sprachen inzwischen, nach einer stets länglichen Einleitung durch Präsident Schwärzlich, auch der Präsident des Bundesrats, die Fraktionsführer, mindestens ein offizieller Festredner und nicht selten „eine weibliche Stimme". Der gemeinhin als Macho geltende Schwärzlich mußte ja zeigen, daß er „ein Herz für Frauen" hatte.

Das Eröffnungsritual des KuK-Kongreßes fand mit drei Rednern das Auslangen, sogar auf die „weibliche Stimme" hatte man verzichtet. Schwärzlich leitete ein, wobei er nicht vergaß, Malfatti zu rühmen; der Innenminister lobte die Leistungen der Regierung bei der Bekämpfung der Kriminalität; der Bundespräsident wünschte der Veranstaltung einen guten Verlauf und viel Erfolg. Die jungen Philharmoniker spielten ganz vorzüglich.

* * *

Thomas hörte das ewig gleiche Rauschen der Reden. Er sitzt im Zug nach Prag, es ist Mitte November – nachher wird er sich keine besser geeignete Zeit für einen Besuch Prags vorstellen können. Er fährt mit einer Freundin und mit Wissen seiner Frau. Sie nehmen Quartier, zwei Einbettzimmer, im Hotel Europa am Wenzelsplatz. Der Mann an der Rezeption beugt den Kopf tief über das Pult, während sie die Anmeldeformalitäten erledigen, damit sie sein breites, wissendes Grinsen nicht sehen. Sie durchstreifen die Stadt, bestaunen die Astronomische Uhr am Altstädter Ring, stehen vor den in den Steinboden eingelassenen Kreuzen zur Erinnerung an die dort 1621 hingerichteten aufständischen Protestanten, umkreisen das Hus-Denkmal. Er kauft einen „Flachmann" mit Becherovka gegen die Kälte.

Sie machen eine Tour durch das „Jüdische Prag", als Teil einer Gruppe, die einer elendig schlechten Führerin folgt. November in Prag, bei Nebel, der von der Moldau aufsteigt, auf dem jüdischen Friedhof, am Grab des Rabbi Löw. Kafka und Meyrink, Perutz und die Zeit Rudolfs II. sind hier lebendig. Sie gehen über die Karlsbrücke auf die Kleinseite, besteigen den Hradschin, verlieren sich im Veitsdom und beschließen, den Sonntagmorgen hier, im Dom, zu verbringen, genießen das Bier beim „Fleck".

Am Abend stehen sie wieder am Altstädter Ring, die Fassade der Teynkirche ist vom Nebel fast zur Gänze verschluckt, nur die vergoldeten Kugeln auf den vielen Türmchen leuchten wie im Nebel schwebende Positionslichter. Wie ein gewaltiges Segelschiff scheint die Kirche auf sie zuzuschweben mit unsichtbaren Segeln und Elmsfeuern auf den Rahen. Was ist das Glück? Wann ist man glücklich – wenn man den Augenblick festhalten will? Faust hat nicht geglaubt, daß es so glückliche Momente im Leben eines Menschen geben kann, doch dafür riskierte er sein Seelenheil.

Während des Abendessens „Beim Mäzen" nahe der Nikolaikirche sitzen sie mit Blick auf den Platz, den der Henker von Prag einzunehmen pflegte. Sie sucht den Wein aus, sie ist eine Expertin, und nicht nur beim Wein. Über der Speisekarte in drei Sprachen kommt es zu einem Geplänkel über political correctness: Aber ja doch, natürlich ist „Zigeuner" in jedem Fall zu vermeiden, weil abwertend und daher inkorrekt, auch im Fall der „Zigeunerschnitzel", auch beim „Zigeunerbaron". Und „Komm, Zigan, spiel mir was vor"? Auch, selbstverständlich. Und „Lustig ist das Zigeunerleben" darf man dann wohl auch nicht singen? Komm, du weißt so gut wie ich, daß das eine Lüge ist – das so genannte Zigeunerleben war nie lustig! Ihre Unterhaltung hat längst einen aggressiven Unterton angenommen, der auch nicht abklingt, als er mit einem a-propos zur Literatur wechselt. Es ist eine kalte Tiefenströmung, die ihr Zusammensein durchzieht, sie merken es beide und finden kein Mittel dagegen.

Er erzählt von seiner Lektüre, wie sehr ihn Augustinus „Gottesstaat" zugleich abstößt und fesselt. Abstößt? Ja; denn seine Lehre lautet, in zwei Worten zusammengefaßt: keine Gnade! „Daß du dich mit alten, ja längst toten frauen- und lustfeindlichen Männern beschäftigen magst!" Jedes Wort klingt in seinen Ohren wie ein Vorwurf. „Denk an diese Figur eines Bischofs, die wir vorhin in der Nikolaikirche gesehen haben, die Personifikation des Stein gewordenen Triumphalismus!" Thomas hat die Figur noch vor sich. Der Heilige malträtiert mit seinem Bischofsstab einen Mann und trägt dabei einen satten, genießerischen Gesichtausdruck zur Schau.

Thomas hatte sich geekelt vor diesem Gesicht.

Ihr Gespräch versiegt, als hätten sie einander nichts mehr zu sagen. Auf dem Weg zum Hotel lockt sie der Klang einer Dixieband in ein schummriges Lokal. Widerstrebend läßt er sich zu einem Cocktail einladen. Nach dem 2. Stück packen die Musiker ihre Instrumente ein. Sie kehren zu ihrem Jugenstil-Hotel am Wenzelsplatz zurück, auch der Nachtportier an der Rezeption versucht, sein dreckiges Grinsen zu verbergen, als er ihnen ihre Zimmerschlüssel über das Pult zuschiebt.

Am Sonntag läßt man sie nur in den großen Dom, weil man sie für Gottesdienstbesucher hält – und das werden sie nun tatsächlich. Die große Kathedrale liegt im Halbdunkel, nur wenig Novemberlicht fällt durch die hohen Fenster, deren Farben dennoch wie mit innerer Glut leuchten. Vorn, in der Apsis, hat sich ein Häuflein Gläubige zum Gottesdienst versammelt, durchwegs ältere und alte Menschen. Ihr armseliger Gesang kommt selbst gegen die zurückhaltende Orgel kaum an. Dann der Zwischengesang nach der Lesung. Eine junge Frau steht am Ambo, ihre helle, natürliche Stimme füllt die Kathedrale wie eine Offenbarung. Draußen hat die Sonne über den Nebel gesiegt, die Fenster der Apsis werden strahlend hell. Wie schön, daß die Kirchen nach Osten ausgerichtet sind, buchstäblich „orientiert", nach Jerusalem. Ex oriente lux. Ewig möchte er dieser Stimme zuhören. Verweile doch, du bist so schön –

Der Gottesdienst ist vorüber, und doch beginnt er erst richtig. Denn wer immer an der Orgel sitzt an diesem Sonntagmorgen, welche begnadete Frau oder welcher begeisterte Mann gibt den Besuchern ein überwältigendes Geleit hinaus in die Welt des Alltäglichen, die vor den Toren des Heiligtums wartet. Ein Tongebirge reiht sich an das nächste, die Musik strömt durch die Kathedrale, erreicht immer neue Gipfel, er glaubt es nicht länger ertragen zu können, ist fortgerissen von einer Lust und einem Schmerz, die längst ununterscheidbar geworden sind, und jedes Flehen um mehr wird erfüllt, noch ehe es bewußt wird, und noch einmal höher, und noch einmal, und weiter, weiter –

Wie lange waren sie dort gesessen, nachdem die Orgel geendet hatte und der letzte gewaltige Ton in den ungeheuren Gewölben verhallt war? Später sollte er sich daran erinnern, daß für manche das Wahre, das Gute und das Schöne eins sind, und daß sie alle zusammen identisch sind mit dem „Sein" – ens et pulchrum convertuntur. Hatte ihn eine Ahnung davon gestreift an jenem Sonntag im Veitsdom? Sie kamen erst zu sich zurück, als die Touristen den Dom zu füllen begannen. Gegen ihren Strom strebten sie dem Ausgang zu und gewannen das Freie.

* * *

Er hörte den Innenminister von der „obersten Priorität" reden, die „in einer modernen Demokratie" dem Thema Sicherheit eingeräumt werde und werden müsse. Mit der Sicherheit im Inneren wie nach außen verhalte es sich im „Staatskörper" ähnlich wie mit der Gesundheit von Individuen: Man beginne sie erst zu schätzen, sobald sie verloren seien, und man erkenne dann, daß „alles andere seinen Wert verliert, wenn die Sicherheit dahingeht"; das Volk habe dafür ein durchaus gesundes Empfinden.

Thomas hatte da seine Zweifel; denn hätten genauso nicht auch die Nazi argumentieren können – was heißt können: Hatten sie es nicht getan? Das Gerede vom „gesunden Volkskörper" lag nicht weit vom „gesunden Volksempfinden" – und hatte in einer Demokratie nicht Freiheit den ersten Platz einzunehmen? War nicht ohne die Freiheit – die ihre Grenze immer in der Freiheit des anderen fand – alles in seinem Wert vermindert? Die Geschichte der Demokratie, wie die Geschichte der Staatstheorien, spielte sich zwischen diesen beiden Polen ab: der Sicherheit und der Freiheit.

Er erinnerte sich an ein Gespräch, das er vor vielen Jahren mit einem alten Landpfarrer über den Satz im Evangelium „Ihr könnt nicht Gott dienen und dem Mammon" geführt hatte. Er hatte vergessen, wie es dazu gekommen war, aber obwohl viele Jahre seither vergangen waren, erinnerte sich Thomas sehr genau an die Sätze des alten Mannes. Mammon sei ein Wort aus dem Punischen – eines der wenigen, die in der deutschen Sprache bewahrt seien. Majonäse sei das eine, nach Hannibals Bruder Mago, Mammon das andere. Es bedeute nicht einfach Geld, wie man es gemeinhin verstehe, sondern die Sicherheit, die man mit Geld erkaufe, als eine Versicherung gegen alle Wechselfälle des Lebens. „Dem Mammon dienen heißt, sich selbst ganz ins Zentrum zu stellen, seine eigenen Bedürfnisse, seine Interessen, sein Wohlergehen. Wer so lebt, kann Gott nicht dienen, denn Gott zu dienen heißt, den anderen, den Nächsten und seine Bedürfnisse – nein, nicht in den Mittelpunkt zu stellen, sondern als gleichberechtigt neben sich selbst", hatte der alte Pfarrer gesagt. Thomas wußte, wie sehr der alte Mann selbst lebte, was er sagte.

Der Innenminister, der da von der Priorität der Sicherheit schwadronierte, trug bei jeder Gelegenheit seine „christdemokratische“ Gesinnung vor sich her, wie auch andere Funktionäre seiner Partei. Man kann den Buchstaben beschwören und dabei eine Idee in ihr Gegenteil verkehren, dachte Thomas. Nicht nur die Christdemokraten, auch die Kirchen führten das eindrucksvoll vor Augen.

* * *

Nach dem Kaffee mit Proteo Laurenti im Sluka blieben Thomas bis zum Empfang zwei knappe Stunden, in seinem Büro nach dem Rechten zu sehen. Die EDV-Mannschaft des Hauses hatte die SPAM-Flut zwar eindämmen, aber nicht zum Versiegen bringen können. Er löschte die SPAMs, beantwortete ein gutes Dutzend weiterer Mails, zum Großteil aus dem Haus, und widmete sich dann den restlichen. Thomas war baß erstaunt, als er ein Mail mit dem Absender „Nausikaa“ öffnete. Schon bei der ersten Durchsicht war ihm der Absender aufgefallen, und beinah hätte er die Post dem SPAMs zugerechnet und in den Orkus geschickt.

„Ulixes, du Freund lang versunkener Tage!

Die Gestade der Vergangenheit tauchen aus dem Meer der Zeit wieder auf: Hans Ungersböck, der sich zum Johann Scherzer gehäutet hat, ließ mir die Ehre eines hofrätlichen Anrufs zuteil werden. Es verlangt ihn, mich zu sehen. Dabei kamen wir auch auf dich und dein segensreiches Wirken im Interesse unserer Demokratie zu sprechen sowie auf die jüngsten Kalamitäten, in die das – wie ich den Medien entnehme: ein wenig ungewöhnliche – Ableben eines weithin bekannten Mandatars deine gegenwärtige Wirkungsstätte gestürzt hat. Freund Hans hat durchblicken lassen, daß unser Treffen a) durchaus als dienstliches zu qualifizieren ist, und daß daher b) deine Anwesenheit nicht nur nicht störend, sondern den mir allerdings nicht näher bekannten Zwecken förderlich sein könnte.

To make a long story short: Ich treffe den alten Ungersböck resp. neuen Scherzer morgen, Donnerstag, 19 Uhr, beim Adam (seine Wahl!) und würde mich wie die sprichwörtliche Schneekönigin freuen, wenn auch du kommen nicht allein könntest, sondern so sehr wolltest, daß deine Erscheinung sich materialisiert.

Es grüßt dich in deinem Ithaka
Deine Nausikaa
Tochter des Alkinoos, Prinzessin auf Scheria"

Thomas schrieb sofort eine Zusage, stutzte aber, als er die Antwort senden wollte. Er freute sich, von Cornelia eine Nachricht zu erhalten, und er freute sich besonders, wie sehr sie an den leichten Ton ihrer gemeinsamen Jugendzeit angeknüpft, Venedig aber unerwähnt gelassen hatte. Ja, sie war „seine" Nausikaa, und sie hatte es nicht vergessen. Aber da war etwas, was ihn hinderte, seine Zusage gleich zu senden. Er würde am Abend, beim großen Empfang für die Teilnehmer des Kongresses, Scherzer treffen. Dabei konnte er auskundschaften, wie sich die Sache aus dessen Perspektive darstellte.

Fritz Meyer brannte darauf, ihm seine Verschwörungstheorien zu erläutern. Der Schwarze September war demnach zu einer Spezialgruppe unter dem Dach von Al Qaida mutiert, etwas wie deren palästinensische Fraktion, die sich vornehmlich dem Kampf gegen Israel widmete. Thomas schnitt ihm das Wort ab, und sein Mitarbeiter war ein wenig gekränkt, daß Thomas keine Zeit für und noch weniger Lust auf neueste Verschwörungstheorien zeigte. Die intensive Arbeit des Tages hatte auch ihre guten Seiten: Der Russe und Renata Abendroth ließen ihren ständigen Kleinkrieg für diesmal ruhen – vielleicht auch in Erwartung des abendlichen Empfangs, bei dem sie Dienst hatten. Tamara Tilly berichtete prägnant und daher kurz, was sich während Thomas Abwesenheit im Büro zugetragen hatte – nichts von wirklicher Bedeutung, nichts, was irgendeine rasche Reaktion erfordert hätte. Nichts als neue Aufträge für neue Veranstaltungen, die meisten noch relativ vage, wenn auch von ihren Betreibern wie üblich als höchst wichtig markiert.

Thomas erledigte die ihm anbefohlenen Berichtspflichten mit einem knappen E-Mail, um sich anschließend mit dem abendlichen Empfang zu befassen. Franz Ferdinand Schwarzenberger zeigte zunächst wenig Bereitschaft, am Empfang teilzunehmen. Thomas Hinweis auf die bekannte Qualität des Rotweins bei derlei Anlässen stimmte ihn aber um. Auch Marga Zumsteyn war zunächst ablehnend, dann aber seinen Schmeicheleien zugänglich. „Wenn du mein Schicksal zu entscheiden hättest, wohin würdest du mich schicken: in den Himmel oder in die Hölle?"

„Auf die Erde!"

„Himmel oder Hölle, tertium non datur!"

„Dann Himmel!"

„Dann mußt du zum Empfang kommen. Ohne deine Anwesenheit wäre er für mich die Hölle, mit dir ist es der Himmel."

„Halt, ich hab 's mir überlegt: Für diese Kühnheit verdienst du die Hölle."

„Dann mußt du erst recht zum Empfang; denn keine Gottheit kann die Verdammten einer letzten Tröstung in ihrem Elend berauben!"

Auf diese Weise hoffte Thomas den Abend mit zusätzlichen freundlichen Aspekten zu schmücken. Scherzer würde er auch beim Empfang sehen – er durfte nicht vergessen, nach dem Treffen mit Cornelia bei Adam zu fragen.

* * *

In der Säulenhalle des Parlaments herrschte bereits reges Treiben, einigermaßen geordnet durch Thomas' Mitarbeiterinnen und Mitarbeiter. Marga Zumsteyn wies ihn auf drei alte Herren hin, die auf einer der bequemen Sitzbänke hinter den mächtigen Säulen Platz genommen hatten. Der eine, von durchaus mächtiger Statur, trug einen alten Anzug mit ausgebeulten Taschen, wie sie von Pfeifen und Pfeifenbesteck verursacht werden. Thomas erkannte ihn sofort: Kommissar Maigret. Er blickte flüchtig auf und nickte Thomas kurz zu, der sich, ein wenig näherkommend, so tief verbeugte, daß er die Namenskarte des Maigretschen Gesprächspartners lesen konnte. Er traute seinen Augen nicht: Allan Wilton stand da, und darunter, von Hand hinzugefügt: Scotland Yard. Das war wohl ein merkwürdiges Paar, das sich hier gefunden hatte!

Der dritte, der dem Gespräch der beiden auf eine Weise zuzuhören schien, die auf eine eher mangelhafte Kenntnis der verwendeten Sprache schließen ließ, war gleichfalls vorgerückten Alters. „Studer", las Thomas auf seinem Namensschild. „Wachtmeister Studer?" fragte Thomas, zugleich erstaunt und erfreut. „Ja. Der Glauser hätt' mich ja nicht fahren lassen: Aber der hat ja längst jede Macht über mich verloren." Studer lächelte und sog an seiner kalten „Original Krummen". „Dabei ist der doch selbst ein gebürtiger Wiener gewesen, die arme Sau."

Thomas schaute ihn verständnislos an. „Bei dem Vater ist es kein Wunder, daß er in der Psychiatrie landete", setzte Studer erklärend hinzu. „Sein ganzes Leben war nichts als eine Flucht vor dem schrecklichen Vater – geographisch und ins Morphium, sowie in Selbstmordversuche ab der Zeit im Gymnasium. Jugendirrsinn. Nun ja, das hat auch auf mich ein wenig abgefärbt. Ich spinne ein wenig, hat er geschrieben." Studer lachte gutmütig. „Damit hat er schon recht, der Friedrich Glauser. Sonst könnte ich ja gar nicht hier sein, bei diesem Kongreß der ersonnenen und ersponnenen Figuren. Auch Sie, Herr –" Studer konnte den Namenszug auf Thomas' Schild nicht entziffern; weil die Mitarbeiter der Parlamentsdirektion ihre üblichen, nicht die handflächengroßen Schilder trugen – „Thomas", kam der ihm zu Hilfe. „Auch Sie, Herr Thomas, sind eine Erfindung. Gibt es sie? Natürlich, denn Sie stehen vor mir, wie ich – sie verzeihen einem alten Mann! – vor Ihnen sitze. Was ist die Wirklichkeit? Wie wirklich, wie wirksam ist sie? Wir beide sind so wirklich wie hier neben mir Maigret und Wilton, wie Anna Karenina und Prinz Hamlet, Don Quixote und Robinson Crusoe. Wer vermag zu sagen, wo die Grenze zwischen wirklich und unwirklich verläuft? Aber ich sehe, Sie sind im Dienst und müssen weiter. Vielleicht haben wir später noch einmal Gelegenheit –"

Thomas verabschiedete sich mit einer Verbeugung, die auch Studers beiden Kollegen auf der Bank galt, von dem alten

Mann. Während der langen Willkommensadresse des Präsidenten, der zu folgen Thomas durch die Akustik des Raums nachhaltig gehindert wurde, konnte er unauffällig die vielen Gäste mustern und zugleich feststellen, ob er mit seinen Leuten irgendwo eingreifen mußte. An einem der hohen Tische sah er Schwarzenberger in einer Haltung lehnen, die nur damit zu erklären war, daß er sich außer Sichtweite des Präsidenten befand. Schwarzenberger warf Thomas einen raschen Blick zu und machte mit der Rechten eine Geste, die als Einladung an den Tisch gedeutet werden konnte. Zugleich deutete er mit der Linken auf einen ein wenig korpulenten Mann mit südländischem Aussehen an seiner Seite, der Thomas bisher unter den vielen Gästen nicht aufgefallen war.

Auffällig hingegen wieder die jungen Männer mit dem Knopf im Ohr und eine Vielzahl von Damen und Herren, die zum Zweck medialer Berichterstattung gekommen waren. Der Tod Malfattis hatte dem Kongreß auch innenpolitische Berichterstattung verschafft, die Spekulationen über einen terroristischen Hintergrund der Lusterabstürze in der Hofburg sogar journalistische Außenpolitiker ins Parlament gelockt. Der Mann neben Schwarzenberger mochte wohl ein Vertreter dieser Spezies sein, dachte Thomas.

Dies war ein großer, um nicht zu sagen ein bedeutender Empfang, daher hatte man das Catering einer renommierten Firma übertragen. Thomas sah den Russen, wie er mit strengem Blick die jungen Damen und Herren – vor allem die Damen – des Bedienungspersonals überwachte. Huber und Gschaftl, denen bei kleinen Empfängen die Führung der Weinbar anvertraut war, hatten bei großen Empfängen frei. Renata Abendroth schien damit beschäftigt, einen aufgebrachten Gast zu beruhigen, der für sein Gefühl nicht ausreichend prominent plaziert war. Fritz Meyer hielt sich im Hintergrund bereit. Thomas konnte den Dingen ihren gewohnten Lauf lassen.

Er steuerte die Weinbar an, nachdem der Präsident seine Rede beendet und das Buffet eröffnet hatte, ließ sich ein Glas Rotwein geben und schlängelte sich zu Schwarzenberger durch. Der machte ihn sofort mit dem Mann neben ihm bekannt: „Das ist Herr Charitos aus Athen, Kommissar Kostas Charitos.“ Dank Petros Markaris war er Thomas bekannt – ein Mann, der als einfacher Streifenpolizist angefangen und sich mit einer Mischung von Phantasie und Realitätssinn zu einem sehr erfolgreichen Ermittler und zum Chef der Mordkommission hochgearbeitet hatte.

„Sie scheinen sich von dem Lungendurchschuß gut erholt zu haben“, stellte Thomas fest, und augenblicklich verdüsterte sich Charitos Miene. „Petros Markaris läßt ja auch wirklich nichts aus“, grummelte er. „Und Ihr Kollege hier“ – der Grieche deutete auf Schwarzenberger – „hat mir gerade gesagt, wie scheußlich er die Übertragung ins Deutsche findet. Zum einen, weil es deutsches Deutsch ist –“ Schwarzenberger mischte sich erklärend ein: „Ich kann ’s nicht leiden, wenn statt von einer Zigarette von einer ‚Flubbe‘ die Rede ist, und wenn statt der ‚verdammten Scheiße‘ bloß ‚verdammte Kacke‘ dampft. Und, Herr Charitos – wollen Sie sich wirklich nachsagen lassen, daß Sie zu Tieren ‚keinen Bezug‘ haben? ‚Keine Beziehung‘, das ja – aber ‚keinen Bezug‘? Das ist Postler-Sprache, die reden vom ‚Bezug‘ von Zeitschriften und kontrollieren den ‚Erhalt‘ derselben.“ Schwarzenberger redete sich selbst in eine immer stärkere Erregung. „Und was soll man von einer Übersetzung halten, in der man ihnen, Herr Charitos, die Floskel ‚entgegen aller Erwartungen’ in den Mund legt? Entgegen aller Erwartungen! Diese Übersetzer haben noch irgendwo im Hinterkopf, daß der Genitiv vom Aussterben bedroht ist – und drum verwenden sie ihn gelegentlich, und sie verwenden ihn falsch: entgegen aller Erwartungen. Im Singular wäre es richtig gewesen – paradoxerweise, weil da ja Genitiv und Dativ gleich lauten, entgegen aller Erwartung. Ein grammatikalischer Zufallstreffer also.“

Kostas Charitos sah Thomas hilfesuchend an und hob die Schultern, als wollte er sich dagegen wehren, für die schlechte Übersetzung der Romane von Petros Markaris verantwortlich gemacht zu werden. Thomas wußte um die direkte Art des Griechen, um seine notorisch schlechte Laune und seine Abneigung gegen Presseleute, die er insgeheim als „Wiederkäuer“ zu bezeichnen pflegte. Schwarzenberger war also kaum ein geeigneter Gesprächspartner für den Athener; der entschuldigte sich auch, kaum daß Thomas zu ihnen getreten war, unter Hinweis auf eine Presseaussendung, die er stante pede über die Rede des Präsidenten zu verfassen und auszusenden hatte.

„Haben Sie eine Theorie –“

„Hören Sie mir auf mit Theorien! Ich versuche Theorien immer zu vermeiden. Mir sind schon Hypothesen verdächtig. Außerdem betrachte ich meinen Aufenthalt hier nicht als Arbeit, sondern als bezahlten Urlaub. Ganz im Unterschied zu Ihnen, der Sie hier arbeiten müssen. Aber ich wollte nicht unhöflich sein. Sie fragten nach einer Theorie – wofür?“

„Durch die Pause, die Sie mir verschafft haben, haben Sie die Möglichkeiten für Theorien vermehrt: Eine Theorie – oder eine Hypothese – über die Vorfälle im Kongreßzentrum Hofburg zum einen, über den Tod des Politikers zum anderen, über die Beziehung zwischen Opfer und Täter, über die Beziehung zwischen Täter und Kommissar, zwischen Männern und Frauen, über die Entstehung des Universums – was immer Sie wollen.“

Kostas Charitos blickte düster vor sich hin, als hätte er Thomas vergessen. Thomas beobachtete Präsidialchef Mayer, der sich energisch einen Weg zum Buffet bahnte, den Kopf tief gesenkt und wie einen Rammbock nutzend. In seinem Kielwasser ruderte Chalubka-Horstmann, mit der Rechten einen Teller umklammernd – war der am Ende schon ein zweites Mal unterwegs zum Buffet? Thomas war sich sicher: Diesmal hatte nicht nur das Buffet die üblichen Teilnehmer aus dem Haus angezogen, sondern auch die damit untrennbar verbundene Gerüchtebörse.

„Wissen Sie, im Prinzip geht es mir mit Verdächtigen nicht anders als mit Frauen“, nahm Kostas Charitos das Gespräch wieder auf. „Ich lerne sie kennen, alles ist noch wie neu, man weiß nicht, welche Überraschungen warten, ich versuche den anderen zu ergründen. Da ist die Parallele allerdings zu Ende.

Bei Verdächtigen frage ich mich oft: Warum verpasse ich ihm nicht eine Ohrfeige? Warum versetze ich ihm nicht gleich ein paar Mauschellen? Warum feßle ich ihn nicht ausgestreckt zwischen zwei Stühle, ziehe ihm Schuhe und Socken aus und prügle seine Fußsohlen windelweich? Ich war einmal Polizist, schon in den Jahren der Junta. Ein Polizist, der aufgehört hat zu schlagen, ist wie ein Raucher, der das Rauchen aufgegeben hat." Abermals machte der Kommissar eine Pause, während das Gewirr der Stimmen die Säulenhalle füllte. „Auch wenn man sich vernünftigerweise sagte: Wie gut, daß man aufgehört hat – innerlich wünscht man sich nichts sehnlicher, als Prügel auszuteilen. Genauso, wie auch der ehemalige Raucher alles für einen Lungenzug geben würde. Aber was rede ich da wie ein Buch und langweile Sie zu Tode!"

„Keineswegs, ganz im Gegenteil", beeilte sich Thomas zu versichern, in der Hoffnung, Charitos würde in seinem Monolog fortfahren und ihm so einen tiefen Einblick in die Seele eines Polizisten ermöglichen.

„Das ist doch alles nichts als Literatur", faßte der Athener zusammen. „Erfindung, Fiktion, Lüge."

„Da kann ich Ihnen nicht zustimmen, denn Fiktion und Literatur sind doch nicht eo ipso Lüge! Sie können lügen, selbstverständlich, aber sie können auch tiefe Wahrheiten aussagen. Aber Sie, Herr Charitos, machen sich ja nichts aus Literatur. Alles, was Sie lesen, sind Wörterbücher."

„Ja, und in ihnen ist die gesamte Literatur enthalten." Kostas Charitos und Thomas Thomas bewegten sich jetzt gleichfalls auf das Buffet zu. Alfred Schratt war in der langen Schlange unmittelbar vor ihnen, sichtbar indigniert über den in seinen Augen gewiß pöbelhaften Andrang. Thomas grüßte ihn und lud sich demonstrativ einige der Fleischlaibchen auf seinen Teller, dazu eine Variation von Salaten. Charitos vermißte offensichtlich seine Souflaki und tat es daher Thomas gleich, wofür auch er einen mißbilligenden Blick Schratts erntete. Sie kehrten zu ihrem Tisch zurück und kümmerten sich dabei nicht um die anderen, die inzwischen dort Platz gefunden hatten, für Thomas und offenbar auch für Charitos Unbekannte. Scherzer war nirgends zu sehen.

„Nicht nur die gesamte Literatur, sondern sämtliche Literaturen“, versuchte Thomas ihr Gespräch weiterzuspinnen, „in allen ihren regionalen Spielarten. Zum Beispiel hier, diese Fleischlaibchen, auch faschierte Laibchen genannt. Im nordwestlichen und mittelwestlichen Deutschland heißen sie Frikadellen, in der Schweiz Hacktätschli, im Osten Deutschlands Buletten, anderswo wieder Fleischküchle oder Fleischpflanzerl oder Klopse. Viele Worte für ein Ding, viele Literaturen. Jeder Begriff hat seinen geographischen Ort, und ich bin regelrecht erschrocken, als ich in einem Krimi von Eva Rossmann, der in Wien spielt, lesen mußte, daß die Heldin – sie heißt Mira Valensky und ist auch hier bei diesem Kongreß – bei einem Wiener Fleischer mit Frikadellen konfrontiert wird und das ohne Widerspruch hinnimmt. Wörtlich: dralle Frikadellen!“

„Verschiedene Namen – verschiedene Literaturen – verschiedene Kulturen“, meinte Charitos gleichmütig. Ihn schienen die literarischen Frikadellen nicht aufzuregen, zumal die realen Fleischlaibchen ausgezeichnet waren. „Meinen Sie das?“

„Genau so ist es. Manchmal lassen sich kulturelle Unterschiede an zwei Worten beschreiben. Vor vierzig Jahren hat uns ein Lehrer der alten Sprachen den Unterschied zwischen griechischer und römischer Denkweise anhand des jeweiligen Begriffs für das deutsche Wort ‚verzeihen‘ erläutert. Syngignoskein und ignoscere. Der Römer drückt Verzeihen dadurch aus, daß er das Vergehen wegwischt, nicht mehr weiß und kennt: ignosco, ich weiß davon nicht. Der Grieche fühlt sich hingegen in die Psyche des anderen ein, versucht ihn zu verstehen: syngignoso, ich verstehe mit dir, ich verstehe dich.“

„Natürlich, wir Griechen sind einfühlsamer. Wir sind der beginnende Osten, und ‚ex oriente lux‘, wie man weiß.“ Dafür, daß er angeblich nur Wörterbücher las, zeigte Kostas Charitos sich erstaunlich beschlagen – oder einfühlsamer, als Petros Markaris ihn vielleicht haben wollte? „Dieser Unterschied wirkt sich auf das gesamte Leben aus – bis hinein in die Theologie. Für die Westler bedeutet Erlösung eher einen Rechtsakt, für uns Östliche eher einen Akt der Barmherzigkeit, des Mitleids."

„Da haben Sie auch gleich den Grund, weshalb Rom über Athen geherrscht hat und nicht umgekehrt." Der Mann, der sich in das Gespräch der beiden einmischte, war kräftig gebaut, ein wenig übergewichtig, und sein rotbraunes Haar stand nach allen Seiten weg. Thomas konnte sich nicht entscheiden, ob er ihn für müde oder für mürrisch halten sollte. Seine Karte trug er nicht angeklippt, sondern an einem Band um den Hals, und sie war zur Gänze unter seinem Sakko verschwunden, sodaß Thomas es aufgab zu ergründen, wer der Mann war. „Entschuldigen Sie, daß ich zugehört habe. Mein Name ist Erlendur – aus Reykjavik. Erlendur Sveinsson – aber wir Isländer begnügen uns mit dem Vornamen. Ich frage mich, ob sich das Verhältnis zwischen Athen und Rom auch auf das europäisch-amerikanische Verhältnis übertragen läßt, und ob sich dafür auch Anzeichen in der Sprache finden."

„Da wünsche ich Ihnen viel Erfolg bei der Suche", lachte Kostas Charitos breit. „Wie viele Sprachen werden in Europa gesprochen. 25? 30? Mehr? Davon eine, die eine ziemlich auffallende Ähnlichkeit mit der Sprache der Amerikaner hat. Und wollen Sie nur die Sprachen einbeziehen, oder auch die Dialekte – und was ist eine Sprache, was ein Dialekt?"

Eine Sprache ist ein Dialekt mit Marine und Luftwaffe, hatte Thomas vor kurzem gelesen oder gehört, jedenfalls war ihm der Satz im Gedächtnis haften geblieben, und er warf ihn ein. „Dann ist Isländisch eine Sprache, während die österreichische Version des Deutschen ein Dialekt ist", setzte Charitos fort.

Erlendur gab sich nicht so rasch geschlagen. „Bei allen kulturellen Unterschieden, die es zwischen Europäern gibt, scheint mir der Unterschied zwischen den USA und Europa doch der unvergleichlich tieferreichende." Er zögerte, als erwartete er Widerspruch. Da der ausblieb, setzte er fort: „Und kulturelle Unterschiede drücken sich doch auch in der Sprache aus – insofern, als Sprache aus Denkstrukturen kommt. Wir

Isländer liegen zwar, was die Tektonik anlangt, genau an der Grenze – oder präziser: am breiter werdenden Rücken – zwischen den beiden Kontinenten, aber kulturell sind wir eindeutig Europäer, wenn nicht sogar anti-amerikanisch."

„Da war doch diese Geschichte mit dem Flugzeug aus dem 2. Weltkrieg, das vom Gletscher freigegeben wurde, und das die Amerikaner in einer gewaltigen Geheimdienstaktion aus dem Eis holten. Um den Preis von ein paar Toten, glaube ich. Hatten Sie damit zu tun?" Charitos wandte sich direkt an den Isländer, und der schien an einer wunden Stelle getroffen. Thomas erinnerte sich, daß in der Causa „Gletschergrab", wie Arnaldur Indridason sie beschrieben hatte, zwei Polizeibeamte durch die Geschichte geisterten, allerdings ohne Namen. War da nicht von einem älteren, mürrischen Typ und von einem eleganten Jungen die Rede? Das würde auf Erlendur und dessen Kollegen Sigurdur Oli passen.

„Ja, in Reykjavik hat es einen Mord gegeben, und auf dem Gletscher gab es auch einen Toten", sagte Erlendur mit unüberhörbarem Grimm in der Stimme. „Aber die Scheißkerle von den US-Diensten sind ja nicht zu kriegen – dafür sorgen die Amis und unsere Politiker. Die Amis glauben, sie dürfen alles – und unsere glauben das leider ja auch. Die einen sind bigott, die anderen feig."

„Vielleicht haben wir genau da den Unterschied zwischen den beiden Kulturen", warf der Athener ein.

Thomas war es, als hätte er im zuckenden blauen Licht eines nächtlichen Blitzes etwas gesehen, was ihm ebenso neu wie evident war. „Das ist es, genau das ist es! Bigott und feig, USA und Europa – damit ist alles ausgedrückt." Die beiden Männer schauten ihn an, fragend und erstaunt ob seines emphatischen Ausbruchs, als warteten sie auf eine Erklärung.

„Bigott – das ist Amerika, das zwar eine Frucht der europäischen Aufklärung ist, dem aber die Aufklärung als Geschenk in den Schoß fiel. Die Amerikaner mußten nicht durch ein Mittelalter der Geistesgeschichte, sie mußten sich nie den Mühen des Prozesses der Aufklärung unterziehen – vergeben Sie mir den doppelten Genitiv. Sie mußten bloß deren Ergebnisse gegen ihre ehemaligen Kolonialherren verteidigen. So aber blieb ihnen die Bigotterie. ‚God's own Country' – die pure Bigotterie. Morgengebet und Bibellesung im Weißen Haus! Sie haben die Früchte geerntet, sich aber den Prozeß erspart. Aber man kann den Weg nicht abkürzen. Daher ist die amerikanische Gesellschaft zugleich vor- wie nachaufklärerisch. Vom Genocid an den Indianern bis Guantanamo Bay – das ist vor der Aufklärung. Die Selbstreinigungskraft der amerikanischen Demokratie – das ist postaufklärerisch."

Thomas hielt inne, über sich selbst erschrocken. Es entsprach nicht seiner Art und seinem Selbstbild zu dozieren, wie er es eben getan hatte. Und es war ihm klar, daß er sich hatte hinreißen lassen. Aber seine Gesprächspartner wollten ihn auch zur europäischen Hälfte des Bigott-Feig-Theorems hören. Also setzte er tapfer, wenn auch ein wenig zögerlicher als beim US-Teil, fort. „Das, was vielen – vor allem den Amerikanern – als Feigheit erscheint, ist der Aufklärung und den jahrhundertealten europäischen Erfahrungen geschuldet. Im Prozeß der Aufklärung sind die meisten – wenn nicht alle – Gewißheiten verlorengegangen oder zumindest fraglich geworden. Einem Europäer ist es unmöglich, wie ein Amerikaner zu sagen: ‚Right or wrong – my country.' Das ist im Blick auf die europäische Geschichte nicht möglich. Das ist wohl auch der Hauptgrund dafür, daß Europa – wie ich inständig hoffe! – keine militärische Macht aufbauen wird, wie sie Amerika hat. Wer mitten im Recht das Unrecht und mitten im Unrecht einen Rest des Rechts sieht, kann nicht einfach dreinschlagen. Wer aber nicht dreinschlägt, gilt als feig. Können Sie sich eine Sitzung einer europäischen Regierung vorstellen, die mit einem Gebet beginnt?"

„Bei meiner bin ich mir da nicht so sicher", ließ Charitos sich vernehmen. „Aber auch wir Europäer haben unsere voraufklärerischen Züge, fürchte ich. Da müssen wir gar nicht an den blutigen Zerfall Jugoslawiens am Ende des vorigen Jahrhunderts denken."

„Ja, aber diese schrecklichen Dinge haben sich gerade dort abgespielt, wo die Aufklärung nicht Fuß gefaßt hat", ereiferte sich Thomas.

„Und Deutschland zwischen 1933 und 1945?" hakte Erlendur nach.

„Das beweist nur, daß es zum einen keine Garantien gibt, daß zweitens die Aufklärung selbst in der Kritik steht und stehen muß und daß drittens keine Rede von einem Ende der Geschichte sein kann. Horkheimer und Adorno haben dazu schon in der 40er Jahren des vorigen Jahrhunderts alles Nötige gesagt, in ihrer Dialektik der Aufklärung. Die vollends aufgeklärte Erde strahlt im Zeichen triumphalen Unheils." Thomas sagte es mit solcher Bestimmtheit, daß die anderen bloß nickten und nach ihren Weingläsern griffen. Sie prosteten einander zu. „Auf Europa", sagten Charitos und Erlendur wie aus einem Mund, um nach einer Schrecksekunde laut zu lachen. „Auf Europa, in der Tat: auf Europa", sagte nun auch Thomas. Sie leerten ihre Gläser. Thomas nickte den beiden Kommissaren einen Gruß zu und machte sich auf die Suche nach Scherzer – und, noch mehr, Marga Zumsteyn.

Er fand sie im Gespräch mit einem kleinwüchsigen, dunklen Typ. Wo hatte er ihn bloß schon gesehen? Als die Zumsteyn ihn bemerkte, winkte sie ihn aufgeregt herbei. „Darf ich dich mit Commissario Brunetti bekanntmachen? Wir haben uns eben über Venedig unterhalten."

„Wohl kein besonders spannendes Thema für den Commissario", meinte Thomas. „Marga hat mir über Venedig Dinge erzählt, die ich nicht gewußt habe", verteidigte Brunetti seine Gesprächspartnerin. Thomas war sich allerdings nicht ganz sicher, daß Brunetti es als Kompliment gemeint hatte. „Stellen Sie sich vor, ich war zwar im Guggenheim-Museum – aber eben nur im Museum, nicht an der Gartenmauer, wo Peggy neben ihren ‚beloved babies' begraben liegt. Zu meiner Schande muß ich es gestehen."

„Und wie ist es: Haben Sie eine Theorie oder eine Hypothese über den Mord an Malfatti?"

„Gott behüte! Ich habe erst vor kurzem davon erfahren. Schrecklich! Andrerseits: Welch ein Ort für einen Politiker, sein Leben zu enden! Wie eine Sängerin in der Scala oder in La Fenice, wie ein Fischer auf dem Meer, ein Schauspieler im Theater –"

„Was wäre der rechte Ort für einen Kommissar, Signore Brunetti? Bei einer Ermittlung und auf gewaltsame Art?"

„Dafür gibt es ungezählte Beispiele, nicht wahr? Haben Sie von meinem Kollegen Americo Rogas gehört? Er ist den Mächtigen in die Quere gekommen und wurde einfach beseitigt, der Mörder – eigentlich muß man sagen: die Mörder – wurden nie zur Verantwortung gezogen."

„Ja, ich habe das Buch von Leonardo Sciascia gelesen. Die Geschichte macht einen zugleich traurig und zornig. Rogas wurde doch zugleich mit dem Generalsekretär der Revolutionären Partei erschossen – wie hieß er gleich?"

„Amar, richtig. Und der junge Mann, der die beiden liquidierte, trug einen Bart wie ein Franziskaner, sagte ein Zeuge des Museumspersonals. – Tragen Franziskaner Bärte? Das sind doch die Kapuziner, oder? Verwirrende Spuren. Rogas Leiche unter dem Gemälde der Madonna mit der Kette, Amars Leiche zu Füßen einer Madonna mit Engeln und Heiligen. Ist es eine Botschaft? Hat es was zu sagen? Und wenn ja: was? Rogas war dabei, den Mord an Staatsanwalt Varga zu klären, und offenbar war er schon weit vorangekommen mit seinen Ermittlungen."

„Ja, Rogas war im Zuge seiner Ermittlungen über eine Reihe von Verbrechen auf ein anderes Verbrechen gestoßen, ein Verbrechen gegen die Grundprinzipien des Staates – also eigentlich nicht seine Sache. Rogas war nicht berufen, den Staat gegen jene zu verteidigen, die ihn repräsentieren und beherrschen. So ähnlich sagt das Sciascia."

Marga Zumsteyn zog Thomas zur Seite und flüsterte ihm zu: „Jetzt sag' aber nicht, daß dieser Rogas auch da ist – eine weitere lebendige Leiche! Mir wird das langsam unheimlich."

„Keine Angst", flüsterte Thomas zurück, und eine Ahnung von Chanel No 5 stieg ihm in die Nase, als er seinen Mund dem rechten Ohr Marga Zumsteyns näherte. „Und wenn du doch Angst hast: Ich bin ja da –"

„Ich habe Americo Rogas vorhin von fern gesehen", mischte sich Brunetti jetzt in das Gespräch der beiden Parlamentsbediensteten ein. „Aber ich habe keine Gelegenheit gehabt, mit ihm zu reden. Vielleicht ist es auch nur eine frappante Ähnlichkeit."

„Wenn er aussieht wie Lino Ventura, dann ist er es."

„Ja – „Die Macht und ihr Preis", von Francesco Rosi. Ein Film, der einem ebenso den Atem nimmt wie Sciascias Buch."

Die Zumsteyn wunderte sich nun doch ein wenig, daß auch Brunetti die Möglichkeit nicht ausschließen wollte, daß ein ermordeter Kommissar höchst lebendig an dem Kongreß teilnahm, in der Maske Lino Venturas. Träumte sie am Ende nur? Sie kniff sich in das rechte Ohrläppchen – konnte man das auch träumen, daß man sich ins Ohr kniff? Wo fing ein Traum an und wo hörte er auf? Was war die Wirklichkeit, wie wirklich war die Wirklichkeit? Wo verlief die Grenze – wenn es überhaupt eine gab – zwischen Vergangenheit und Gegenwart – und Zukunft? Sie hatte doch nicht einen einzigen Schluck Wein getrunken!

„Sie sind doch, wie man von Donna Leon weiß, ein begeisterter Leser von Edward Gibbons ‚The History of the Decline and Fall of the Roman Empire', Commissario", hörte sie nun Thomas sagen. „Ich habe etwa ein Drittel dieses monumentalen Werks gelesen – und ich bin begeistert. Wenn Sie bedenken, daß es zur Zeit Goethes geschrieben wurde! ‚Ah, wieder so ein verdammt dickes, komisches Buch' soll der Herzog von Gloucester ausgerufen haben, als er das Werk 1781 in Händen hielt. Es ist von unvergleichlicher Lucidität – wenn auch natürlich sehr eurozentrisch, wir sehen das heute anders. Auch mein Kollege Schwarzenberger, der eben zu uns stößt, ist ein begeisterter Leser Gibbons." Der Pressemensch hatte wohl seine Aussendung erledigt und mischte sich wieder unter die illustren Gäste.

Die Zumsteyn glaubte bei Brunetti wachsendes Unbehagen zu bemerken. Donna Leon hatte ihn da schön hineingeritten!

Zwar raffte er sich immer wieder auf, im Gibbon zu lesen, aber ebenso regelmäßig schlief er über dieser Lektüre ein – und jetzt war er zwei Gibbon-Fans und womöglich -kennern ausgeliefert! Thomas eröffnete.

„Schon in der Einleitung schreibt Gibbon, das römische Reich habe den ‚kultiviertesten Teil des Menschengeschlechts' umfaßt – als ob es, nur zum Beispiel, China nicht gegeben hätte. Dabei schreibt er selbst, daß die Abgesandten der fernsten Erdteile nach Rom kamen, und ausdrücklich nennt er – neben Äthiopien, Arabien, Persien, Baktrien und Indien – auch China. Wu Ti, der 1. Kaiser der 7. Dynastie, soll eine römische Gesandtschaft empfangen haben – auch darüber berichtet Gibbon. Und er beschreibt auch, daß vom Hafen Myos Hormos am Roten Meer aus Handelsschiffe bis Ceylon fuhren." Thomas war im Begriff, zum zweiten Mal an diesem Abend über sein übliches Maß hinaus zu parlieren.

Brunetti schwieg, sodaß Schwarzenberger sich aufgefordert fühlen konnte, sich in das Gespräch einzuschalten. „An Selbstbewußtsein mangelt es weder Gibbon noch seinen Helden. Soweit bekannt, hat Gibbon sich nicht für einen Gott gehalten, viele Cäsaren aber sehr wohl – ich fürchte, insgeheim bis auf den heutigen Tag. Wenn man sich die Götter auf menschliches Maß zurechtbiegt, fällt es wohl leichter, sich selbst für göttlich zu halten. Allmachtsphantasien eben. Jedenfalls maßten sich Diokletian und seine Nachfolger göttliche Attribute an, wie Gibbon berichtet – auch jene Nachfolger natürlich, die sich Christen nannten. Und sie umgaben sich mit dem Pomp des persischen Hofs: mit kostbaren Gewändern aus Seide – wieder kommt China ins Spiel –, mit edelsteinbesetzten Schuhen, mit Eunuchen ..."

„Bekanntlich haben die Päpste das alles nahtlos übernommen und weitergeführt – bis zum dreifachen Diadem, zum Sommersitz in Castelgandolfo, der schon den Cäsaren gehörte, zum Fußkuß, zum Tragethron und den Straußenfedern", ergänzte Thomas. „Schon Gibbons erster Band hatte bei seinem Erscheinen 1776 deswegen für gehörige Aufregung unter den

Theologen in Oxford und Cambridge gesorgt. Gibbon galt als Katholikenfresser."

„Soviel zum Thema Rom als Inbegriff der Kultur! Dabei ist es ja zum Teil recht witzig, wie Gibbon schreibt", übernahm wieder Schwarzenberger. „Er berichtet zum Beispiel, daß einem römischen Soldaten bei der Plünderung des persischen Lagers ein mit Perlen gefüllter Beutel in die Hände fiel. Den Beutel bewahrte er sorgfältig auf, die Perlen warf er weg – aus der Überzeugung, daß nutzlose Dinge auch wertlos sind. Mit aller Ausführlichkeit beschreibt Gibbon aber auch die grauenhaftesten Dinge. Irgendein Präfekt der Prätorianer und Lieblingsminister des Kaisers verheiratete seine Tochter mit einem Sohn des Kaisers. Und damit der Bräutigam bei der Hochzeitsfeier über ein Gefolge verfügt, wie es sich für einen orientalischen König gehört, ließ der Vater der Braut 100 freie Römer, darunter Ehemänner und Familienväter, entmannen. Womit wir auch schon wieder bei den Päpsten wären – die hatten ihre Eunuchen bis zum Ende des 19. Jahrhunderts, die Kastraten in der Capella Sistina. Ein Höhepunkt der Kultur!"

Wie bei einem Tennismatch der Ball, so flogen die Sätze und Zitate zwischen Thomas und Schwarzenberger hin und her. Marga Zumsteyn sah den beiden Männern an, welches Vergnügen ihnen diese Unterhaltung bereitete, und wie sehr es noch durch die Anwesenheit Brunettis gesteigert wurde, der einmal auf den einen, einmal auf den andern schaute – wie der Zuseher eines Tennisspiels.

„Auch der größte Theologe des Altertums, Origenes in Alexandria, hat sich selbst entmannt – angeblich mit zwei Ziegelsplittern oder spitzen Steinen – und wird dafür von Gibbon verspottet. Origenes habe, als Alexandriner, die Bibel allegorisch – und nicht wörtlich wie die Konkurrenz in Antiochia – ausgelegt. Da sei es allerdings mißlich, daß er just in diesem einen Fall der Bibel wörtlich gefolgt sei."

„Und was soll man hinsichtlich politischer Kultur sagen, wenn die Prätorianer, nachdem sie ihren Kaiser ermordet hatten, auf die Wälle liefen und dort verkündeten, die römische Welt würde öffentlich an den Meistbietenden versteigert."

„Daran hat sich ja wohl nicht allzu viel geändert", nutzte Marga Zumsteyn eine kurze Pause, wofür sie einen halb dankbaren, halb fragenden Blick Brunettis erntete, dessen dankbare Hälfte aber verschwand, als die Zumsteyn hinzusetzte: „Das wird uns der Commissario aus Venedig vielleicht bestätigen."

„Immerhin hat Diokletian eine große Tat vollbracht, die unter Politikern und anderen Machthabern viel zu wenige Nachahmer gefunden hat", versuchte jetzt Brunetti mit seinen Quälgeistern Schritt zu halten. Er machte eine gedankenvolle Pause und genoß es sichtlich, die fragenden Blicke der drei auf sich zu haben. Und mit wissender Bescheidenheit gegenüber diesen Experten fügte er die dem Ort besonders angemessene Frage an: „Oder ist er nicht als einer von wenigen freiwillig von seinem Amt zurückgetreten?"

„Ja, in seiner Villa in Split hat er Kohlköpfe gezogen. Und als sein Nachfolger Maximinian ihn aufforderte, den Purpur wieder anzulegen, sagte er, wenn er ihm diese Kohlköpfe zeigen könnte, würde er ihm nicht länger zumuten, den Genuß des Glücks gegen die Jagd nach der Macht einzutauschen – oder so ähnlich." Schwarzenberger hatte seinen Gibbon gelesen, das mußte ihm der Neid lassen. Und er setzte noch eins drauf: „Später hat dann dort Johannes der Täufer den Äskulap verdrängt, und aus dem Tempel des Jupiter wurde eine Marienkirche. Ob das ein Fortschritt war, ist noch nicht entschieden."

Jetzt war es wieder an Thomas, sich einzuschalten. Einmal mehr wurde er von seiner Vergangenheit und seiner Liebe zu Augustinus eingeholt. „Es sei denn, man kann eine Wende rückwärts als Fortschritt deuten. Denn das frühe Christentum hat doch, sobald es toleriert und dann Staatsreligion war, den Platonismus zuerst adoptiert und dann adaptiert. Gibbon berichtet, die Neuplatoniker hätten sich eingebildet, die Seele aus dem Gefängnis des Körpers – Platons Thema! – befreien zu können. Sie behaupteten, mit Geistern und Dämonen vertrauten Umgang zu pflegen – ein Salto mortale aus der Philosophie in die Magie, und Augustinus ist ihnen darin ein Stück weit gefolgt. Die Folgen davon tragen wir alle", schloß Thomas seinen Exkurs.

„Konstantin kommt bei Gibbon ja nicht gerade gut weg", ließ sich wieder Brunetti vernehmen. Sollte er doch mehr im Gibbon gelesen haben, als Donna Leon ihm zugestand? „Er ließ nach seinem Sieg die beiden Söhne seines Gegners Maxentius umbringen und das ganze Geschlecht mit größter Sorgfalt ausrotten."

„Soviel zum Thema Fortschritt", konstatierte die Zumsteyn trocken. „Hast du mir nicht einmal erzählt", wandte sie sich an Thomas und gleich weiter an Schwarzenberger, „oder warst es du, daß für den Triumphbogen des ersten christlichen Kaisers der Triumphbogen des Trajan geplündert wurde? So kommt es, daß gefangene Parther dem christlichen Kaiser zu Füßen liegen, der nie den Euphrat überschritten hat. Und aufmerksame Altertumsforscher können auf den vorgeblichen Trophäen Konstantins das Haupt des Trajan entdecken."

„Politiker", sagte Schwarzenberger lakonisch.

„Gibbon würdigt den Sieg des Christentums auf eine heute nachdenklich stimmende Weise", schaltete sich wieder Thomas ein, während Marga Zumsteyn, zur nicht geringen Überraschung ihrer beiden Kollegen, die leeren Gläser nahm und sich auf den Weg machte, sie gegen volle einzutauschen. „Immer noch bekennen die Völker Europas sich zu dieser Religion, schreibt er, und weiter: also jener Teil der Menschheit, der in den Künsten, Wissenschaften und im Kriegshandwerk die größten Fortschritte erzielt hat."

„Schöner Fortschritt", knurrte Schwarzenberger. Thomas warf einen raschen Blick auf seinen Freund. Sollten seine knappen und zynischen Einwürfe dem Alkohol zu verdanken sein? Seit ihrem nächtlichen Gespräch bei Molly Darcy's wußte Thomas um Schwarzenbergers Sorgen, die ihn vielleicht einen einfachen Fluchtweg aus dem übermäßigen Streß angezeigt erscheinen ließen. Aber Schwarzenberger setzte fort: „Gibbon haßte die Jagd und rührte nie eine Waffe an. Also kann er den

Satz nur sarkastisch gemeint haben. Wie unzählige andere Feststellungen. Lesen Sie seine Fußnoten unter diesem Aspekt!" Die letzte Bemerkung schien an niemanden speziell gerichtet, wandte sich aber durch das formelle „Sie" automatisch an den Kommissar. „Übrigens gelten viele Dinge, die Gibbon hellsichtig erkannt hat, zu allen Zeiten. Nur ein Beispiel: ‚Unter der Fahne eines beim Volk beliebten Thronanwärters' – ersetzen Sie dieses Wort durch ‚Politikers' – scharen sich einige aus Zuneigung, manche aus Furcht, viele aus Interesse, keiner aus Prinzip. Besser kann man es nicht sagen. Hugh, ich habe gesprochen!"

Das war so abschließend gesagt, daß eine Fortsetzung des Gesprächs nur mit einer gewissen Anstrengung möglich gewesen wäre. Thomas nutzte die Gelegenheit, nahm sein Glas und wanderte weiter. Im Abgehen registrierte er mit einer Aufwallung von einem der Eifersucht ähnlichen Gefühl, daß Marga Zumsteyn ihre Unterhaltung mit Brunetti über die Schönheiten Venedigs wieder aufnahm.

Schwarzenberger hatte bereits neue Opfer gefunden. Er und Andrew Drake gestikulierten, als wollten sie ihrem Gesprächspartner Formen und Größen von Biergläsern verdeutlichen. Neugierig geworden, lenkte Thomas seine Schritte wie zufällig in die Nähe der kleinen Gruppe, um einen Blick auf das Namensschild des ihm unbekannten Gastes zu erhaschen. „John Rebus", konnte er lesen, darunter „Edinburgh". Schwarzenberger pries, unterstützt von Drake, die Vorzüge irischer Gerstensäfte, vor allem aus Kilkenny, während Rebus mit „Gibson's Dark" dagegen hielt.

Thomas blieb ein wenig bei der Gruppe stehen und hörte den Experten zu, wie sie vom Bier zum Whisky wechselten, die Vorzüge diverser Single Malts priesen und sich in Lobgesängen auf Farbe und Geschmack des Lebenswassers ergingen. Für die drei würde der Abend wohl in einem Pub enden. Er war auf den Zustand Schwarzenbergers am Donnerstagmorgen gespannt.

Endlich traf er Scherzer, der erst jetzt zu dem Empfang gekommen war und das warme Buffet zu seinem Bedauern versäumt hatte. Auf Thomas Frage nach Neuigkeiten bei den Ermittlungen im Fall Malfatti sagte er nur kurz angebunden, daß es keine neuen Erkenntnisse gebe, er aber einigen interessanten Hinweisen nachgehe, mehr könne er im Augenblick nicht sagen. Er freue sich schon auf das Treffen mit Cornelia morgen Abend, bis dahin hoffe er, wenigstens eine valide Theorie zu haben. Hinsichtlich der abgestürzten Luster im Kongreßzentrum Hofburg habe man „oben“ allerdings Entwarnung gegeben, sagte Scherzer auf eine Frage Thomas’ weiter, aber er traue der Sache nicht, und die Entwarnung sei ja vielleicht erfolgt, um mögliche Täter oder Attentäter in Sicherheit zu wiegen und keine öffentliche, medial verursachte Unruhe zu erzeugen.

Gemeinsam waren Scherzer und Thomas auf ihrem Weg durch die dünner werdende Menge in der Säulenhalle zu einer Gruppe gekommen, deren Mitte Mira Valensky bildete. Auf ihrem Weg kamen sie an Vizedirektor Schauer vorbei, der sich mit einigen seiner Trabantinnen und Trabanten weithin hörbar über potentielle Mörder und deren Motive unterhielt. Hier war man offenbar gewillt, alle anderen auszusitzen – auch wenn man es im Stehen tat. „Alles unter Kontrolle?“ Die übliche Frage des Vizedirektors an Thomas, und der gab die übliche Antwort, auch wenn diese einmal mehr keineswegs der Wahrheit entsprach: „Alles unter Kontrolle, Herr Parlaments-Vizedirektor!“

Mira Valensky redete am nächsten Tisch auf Michael Ochajon ein, der müde wirkte, aber aufmerksam zuhörte. Salvo Montalbano, der Sizilianer, stand neben ihnen, wie auf dem Sprung, als wartete er nur auf eine Lücke im Redefluß der Valensky, um einen Satz anbringen zu können. Erlendur Sveinsson war mit einem Glas Wein beschäftigt. Thomas staunte nicht schlecht, als er beim Naherkommen gewahr wurde, worum es in der optisch aufgeregt wirkenden Unterhaltung ging: um die hohe Kunst des Kochens. Als er mit Scherzer schon nah bei der Gruppe und erkennbar war, daß die beiden sich dazugesellen wollten, wandte sich Mira Valensky mitten in ihrem Redefluß ansatzlos, ohne auch nur Raum für einen Beistrich zu lassen, an Scherzer.

„Herr Kommissar, Sie kommen als Schiedsrichter wie gerufen, weil Sie nicht im Verdacht stehen – soviel ich jedenfalls weiß, verzeihen Sie! – ein begeisterter Koch zu sein; Erlendur hat sich als Isländer zwar zuständig fürs Essen, aber unzuständig fürs Kochen erklärt, als Anhänger der Mikrowelle, igitt, oder kalten Fraßes aus dem Kühlschrank, igittigitt, Kommissar Montalbano wollte keine Stellungnahme abgeben, ohne mit seiner Adelina gesprochen zu haben, außerdem verschmäht auch er Kost aus dem Kühlschrank nicht, wie Camilleri-Leser wissen, und Michael Ochajon macht es einfach verkehrt, also rufe ich Sie als Schiedsrichter an in einer Frage des guten Geschmacks, und Sie, wie war doch gleich Ihr Name, richtig: Thomas, Sie dürfen Scherzer dabei assistieren, ihn beraten, alle lassen sich ja heutzutag beraten, auch hier im Parlament, also, Scherzer, entscheiden Sie, nach vorheriger Beratung: Kommt ins Spaghettiwasser zuerst das Öl oder zuerst das Salz?"

Mira Valensky hatte den Satz, denn es war ja ein einziger Satz, ohne Atem zu holen, wörtlich atemlos, ohne irgendeine Interpunktion außer gewissen Interjektionen hervorgesprudelt, und die Satzzeichen im Text sind ein Geschenk des Autors an die geschätzte Leserin und den geneigten Leser. Jetzt holte sie Atem, und in die dadurch entstandene Pause sagte Michael Ochajon mit aller Seelenruhe, deren ein Mensch nur fähig sein kann: „Das ist völlig gleichgültig", womit er allerdings Mira Valensky, die inzwischen ausreichend Luft für einen weiteren Satz eingesogen hatte, zu einem wahren Feuerwerk inspirierte.

„Eben nicht, eben nicht, genau nicht, Michael, denn – ich erkläre es noch einmal, als Frau den Männern hier, als emanzipierte Frau nota bene, für die Kochen eine Leidenschaft ist – denn wenn du zuerst das Öl in das kochende Wasser gibst, und darüber sind wir uns doch einig, daß man Öl und Salz oder, um die Reihenfolge gleich richtig zu haben: Salz und Öl erst in das kochende und nicht schon in das kalte Wasser gibt, dann bewirkt das an der Oberfläche treibende Öl, weil ja Öl leichter als Wasser ist, selbst als kochendes Wasser, das Öl also bewirkt oder kann jedenfalls bewirken, daß das Salz sich verklumpt, irgendwie koaguliert oder so, und damit kann es geschehen, nicht wahr, da stimmen Sie mir doch alle zu, meine Herren, daß zum einen den Nudeln, respektive, um es korrekt zu sagen, denn das gilt ja nicht nur für Nudeln, also daß der Pasta das für den endgültigen Geschmack erforderliche Salz vorenthalten wird oder daß, zweitens, als Folge der Koagulation, nicht wahr, diese Salzklumpen sich direkt an die Spaghetti anlegen, an einzelne Spaghetti, um exakt zu sein, womit ein Genießer, sofern er das Pech hat, diesen Klumpen respektive die davon betroffenen Nudeln zu erwischen, die Spaghetti für teils ungesalzen teils versalzen halten kann, was heißt kann, richtig wäre muß, muß, muß, und das ist ja keinesfalls der Sinn der Spaghetti und der Zweck der Pasta überhaupt, da werden Sie mir ohne Zweifel zustimmen."

Sämtliche Männer in der Runde nickten zustimmend wenn nicht bewundernd, sei es für die Schärfe der Argumentationsführung, sei es für die Kondition der Rednerin oder sei es für die Hochseil-Grammatik der Valensky. Scherzer warf einen fragenden Blick auf Thomas, der bloß mit den Schultern zuckte, um so seine Unzuständigkeit auszudrücken. Scherzer war ein nüchterner Mensch, der seinen Popper gelesen hatte: „Das ist eine Angelegenheit, die sich mit Leichtigkeit einer Verifikation respektive Falsifikation unterziehen läßt. Mit einem Wort, das in diesem Zusammenhang zwar ein wenig unwissenschaftlich klingt, den Sachverhalt aber ganz gut trifft: Man probiert es am besten aus."

* * *

So kam es, daß sich am späten Abend in Mira Valenskys Wohnung, einen Steinwurf vom Parlament entfernt, eine bemerkenswerte Mischung kriminalistischen Scharfsinns und geschmacklicher Rafinesse versammelte: Michael Ochajon aus Jerusalem, Erlendur Sveinsson aus Reykjavik, Salvo Montalbano aus dem sizilianischen Vigata, Johann Scherzer aus Wien, die mit Leidenschaft – und Erfolg! – kriminalistisch tätige Journalistin Mira Valensky als Gastgeberin und Anführerin, dazu der Parlamentsbeamte Thomas Thomas und dessen von ihm heimlich verehrte Kollegin Marga Zumsteyn. Thomas hatte, als sie der Gruppe beim Weggehen über den Weg gelaufen war, einfach den Arm um sie gelegt – der Wein hatte ihm den dafür erforderlichen Mut verliehen – und sie so zum Mitkommen bewogen. Daß die Zumsteyn nach anfänglichem Sträuben mitkam, glaubte Thomas aber eher der eindringlich und atemlos vorgebrachten Einladung Mira Valenskys als seinen Verführungskünsten zuschreiben zu müssen.

Thomas rief seine Frau an und teilte ihr mit, daß es spät, wahrscheinlich sehr spät werden würde, weil noch eine wichtige Frage zu klären sei. Sie allerdings erklärte ihn für verrückt und löste die Frage, als hätte sie sich mit Ochajon verabredet, zwar nicht mit den gleichen Worten, aber im gleichen Sinn und Ergebnis: „Das ist doch völlig Wurscht!"

Mittwoch Nacht

Pasta mit Hypothesen

Marga Zumsteyn hatte sich dem freundschaftlichen Arm Thomas entzogen und ließ sich auf dem Weg zur Wohnung Mira Valenskys von Montalbano über die Vorzüge sizilianischer Gerichte vorschwärmen, mit Johann Scherzer als zweitem interessierten Zuhörer. Die Valensky redete weiter auf Michael Ochajon ein, wenn auch nicht zum Thema Salz oder Öl, und so ging Thomas mit Erlendur Sveinsson am Ende der kleinen Prozession. Er erkundigte sich nach dem Befinden von Erlendurs Tochter Eva Lind, was von Thomas einfühlsam gemeint war, aber zu einer Verdüsterung des Gemüts bei Erlendur führte.

Erst sagte er gar nichts, stöhnte dann auf und brummte: „Daß Arnaldur meine privatesten Alpträume so breit schildert – was soll ich sagen? Oft liege ich im Bett und starre ins Dunkel. Meine Gedanken kreisen um meine zwei Kinder, Eva Lind und Sindri Snaer, und um ihre Mutter, die mich haßt. Ich denke an meinen kleinen Bruder, dessen Hand mir im Schneesturm entglitten ist und den ich immer und immer wieder suche, ohne Hoffnung, ihn jemals wieder zu finden."

Thomas bereute seine indiskrete Frage, die bei Erlendur zu Einsilbigkeit und schließlich zu vollständigem Verstummen führte, sodaß Thomas die Unterhaltung allein bestreiten mußte. Eine Scheidung im Haß, eine schwer drogensüchtige Tochter, die einmal mit Mühe dem Tod entronnen war, ein alkoholabhängiger Sohn – und Erlendur, der sich insgeheim fragte, was er anders hätte machen können und wie er seine Kinder vor diesem Los hätte bewahren können. Es war wohl besser, nicht darauf zurückzukommen.

Der „Steinwurf", den Valenskys Wohnung vom Parlament entfernt war, erwies sich als rein metaphorisch, der Weg zog sich, und Thomas gab sich Mühe, Erlendur wieder aus seinem düsteren Schweigen zu holen. Als ihm das auch mit einem begeisterten Loblied auf die Schönheit Islands nicht gelingen wollte, fragte er den schweigsamen Kommissar, ob er ihm eine Geschichte erzählen dürfe; sie spiele teilweise in Island, und dieser Teil sei dem Kommissar vielleicht sogar bekannt. Erlendur nickte und murmelte: „Erzählen Sie nur, zuhören fällt mir im Augenblick leichter als reden."

* * *

Die Geschichte hat mir ein Freund erzählt, der mit mir gemeinsam die Mittelschule besucht hat, in einem katholischen Internat, und dann, ebenfalls gemeinsam mit mir, das Studium der Theologie angefangen hat. Nach zwei Semestern hat er gefunden, daß sein Interesse Greifbarerem gilt und das „Th" durch ein „G" ersetzt. Er hat die Vulkanologie zu seinem Spezialgebiet gemacht, und für Vulkanologen ist Island ein Eldodrado, was man Ihnen als Isländer ja nicht zu erklären braucht. Schon als Student war er mehrmals in Island, und seiner Begeisterung für die Insel – und ihre Bewohner, muß ich hinzufügen – hat vor kurzem auch mich zu einer Islandreise bewogen, gemeinsam mit meiner Frau. Wir waren auch in Laugarvatn am gleichnamigen See, sogar im gleichen Hotel, das in seiner Geschichte vorkommt, daher kann ich mir zu seinem Text ein gutes Bild machen. Sie vermutlich auch, als Isländer, der Sie das alles sicher bestens kennen.

Vorausschicken muß ich vielleicht, daß wir im Internat einen sehr engagierten Englischlehrer hatten – wie fast alle unsere Lehrerinnen und Lehrer sehr engagiert waren, wenn auch nicht immer ebenso pädagogisch begabt. Dieser Lehrer, Dr. Plöchl heißt er, hat in der fünften Klasse – da kann man sich ja schon ein wenig verständigen in der fremden Sprache – gefunden, daß Briefpartnerschaften den Eifer für die fremde Sprache anfeuern könnten. Wir waren eine reine Bubenklasse, Mädchen gab es damals noch nicht an unsrer Schule, es war ein Knabeninternat, mit der Ausrichtung auf einen späteren geistlichen Beruf. Aber als Externe durften Mädchen die Schule besuchen, die mit dem Internat verbunden war. Nicht in unserer Klasse, aber bereits zwei Klassen hinter uns. Scherzer, der da vorn mit meiner Kollegin und Kommissar Montalbano geht, war übrigens unser Klassenkollege.

Fast alle Schüler machten bei der Brieffreundeaktion mit. Ich erinnere mich noch an das Erschrecken unserer geistlichen Leiter, als sich alle unsere Brieffreunde als Freundinnen entpuppten. Unser Dr. Plöchl ist deswegen kurze Zeit in Schwierigkeiten geraten, er wurde verdächtigt, die hohen Ausbildungsziele des Internats zu gefährden. Aber er hat das durchgestanden. Ehre sei ihm, und dereinst Friede seiner Asche!

Ich erinnere mich, ich hatte eine Brieffreundin in Portugal bekommen. Teresa hat sie geheißen. Wir haben uns ein paarmal geschrieben, Fotos wurden ausgetauscht, und damit hatte es sich. Die Aktion hatte ihren Zweck erfüllt, der Fortschritt in der fremden Sprache war erreicht – wenn auch eher ex negativo, durch die Erkenntnis des nach wie vor vorhandenen Unvermögens, sich im fremden Idiom zu verständigen.

Ganz anders bei meinem Freund Richard. Aus dem Beitrag zum Lernen einer Fremdsprache wurde eine echte Brieffreundschaft. Sie war Amerikanerin, aus Illinois, und hieß Sue. Die beiden schrieben sich die restlichen Jahre in der Mittelschule, sehr zum Mißfallen der geistlichen Herren, aber geschützt durch den guten Zweck. Ja, manchmal heiligt der Zweck ja doch das Mittel!

Die Atmosphäre eines katholischen Knabeninternats, diese latente und gelegentlich auch manifeste Homosexualität, das Heimweh in den unteren Klassen, die fehlende kritische Auseinandersetzung mit den Eltern in den höheren, die echte oder vermeintliche religiöse Begeisterung – das wäre eine eigene Geschichte, und sie ist ja auch vielfach geschrieben worden.

Diese Atmosphäre macht die Sehnsucht verständlich, auszubrechen, aufzubrechen, nach frischerer Luft zu suchen. Richard und ich haben halbe Nächte damit zugebracht, im Waschraum mit dem Rücken zum Heizkörper auf den Handtüchern sitzend, flüsternd unseren Träumen zu folgen. Welche großmütigen Heldentaten haben wir da vollbracht, welche metaphysischen Menschheitsfragen diskutiert und beinahe gelöst, welchen Weltschmerz geteilt! Daher weiß ich um die Verliebtheit, die sich zwischen Richard und Sue entwickelt hat.

Ich weiß um die politischen Debatten, die von den beiden geführt wurden in zahllosen Briefen. Das waren die Jahre des Kriegs der USA in Vietnam, des weltweiten Entsetzens über die Ermordung Martin Luther Kings und Robert Kennedys. Richard hat aus der unreflektierten amerikanischen Patriotin eine nachdenkliche Patriotin gemacht. My Lai: Wir mußten dieses Dorf zerstören, um es zu schützen. Daran hat sich ja leider wenig geändert, nicht wahr.

Sue hat alles daran gesetzt, „ihren" Richard – der andere, Nixon, war nicht der ihre! – leibhaftig zu sehen. Sie hat ihr Ziel mit Energie verfolgt, wurde Mitglied der „American Youth Band", machte mit der Band eine Europatournee und kam dabei auch nach Wien. Das muß Anfang der 70er Jahre gewesen sein. Richard war, wie ich auch, an der Universität inskribiert und ins Priesterseminar eingetreten – unsere Schule hatte ein wichtiges Etappenziel erreicht.

Dann das Treffen der beiden, gegen Ende des 2. Semesters. Ich war dabei, Richard hat mich überall hin mitgenommen. Der schüchterne Richard, 19 Jahre alt, Student der Theologie, auf dem Weg zum geistlichen Beruf, und Sue. „Sweet Sue", nach der Leiterin der Girlband in „Some like it hot". Sweet Sue war eine hübsche junge Frau aus einer anderen Welt, eine Offenbarung für Richard. Hunderte Briefe, die mit einem Mal Fleisch geworden waren, weibliches Fleisch. Die sprachliche Barriere war, nicht zuletzt Dank Dr. Plöchl und der jahrelangen Brieffreundschaft, überwindbar, die moralische nicht. Ich war nur Beobachter, sozusagen in sicherer Deckung – aber ich habe Richard ebenso beneidet wie nicht verstanden. Das war doch der Ausweg, der Weg ins Freie, den wir in langen Nächten, auf unseren Handtüchern im Waschraum sitzend, den Rücken am Heizkörper, gesucht hatten. Hier nun war die Probe aufs Exempel, nicht einmal eine Heldentat galt es zu vollbringen, sondern ganz einfache Dinge waren zu tun, ganz simple Worte zu sagen. Wir waren beim Konzert der „American Youth Band", Sue spielte die Querflöte, in einem selbst in meinen Ohren unfaßbar süßen Solo. Sie spielte es für Richard, für ihn ganz allein:

Für ihn hatte sie alles auf sich genommen, von der Aufnahmsprüfung in die Band angefangen. Er saß neben mir, und ich habe gesehen, wie hypnotisiert er war – aber er ist nicht gesprungen.

Die Amerikaner sind weitergezogen auf ihrer Tour. Zum Abschied hat Richard ihr einen Edelweiß-Anhänger geschenkt, dazu fünf rote Rosen – ich glaube, für die fünf Jahre, die ihre Freundschaft bereits dauerte. Nie werde ich, der unbeteiligte Zuschauer, das Bild vergessen: Sue hinter der Glasscheibe des Busses, das Edelweiß und die Rosen in der Hand, das hübsche Gesicht tränenüberströmt – hier trifft das Wort genau. Und Richard auf der anderen Seite der Scheibe. Ich habe gesehen, wie er gewürgt hat an seinen Tränen. Er hat das entscheidende Wort nicht herausgebracht, der Bus ist losgefahren, wir sind ins Seminar zurückgekehrt, zu unseren Büchern, zu den Ideen, die mit einem Mal tot waren.

Richard hat sich in sein Zimmer eingeschlossen und drei Tage lang Kris Kristofferson gespielt auf seinem Recorder. Sue hatte ihm eine Kassette mitgebracht und eine englische Taschenbuchausgabe von Solscheniznys Buch „Der erste Kreis der Hölle“. Auf die erste Seite hatte sie eine Zeile aus „Me and Bobby McGee“ geschrieben: Freedom's just another word for nothing left to loose.

Sie haben sich weiter Briefe geschrieben. Das Leben ist weitergegangen. Richard hat das Seminar verlassen, Geologie zu studieren begonnen. Von toten Ideen zu totem Gestein, vom toten Gestein zum lebendigen Feuer der Vulkane. Unser Kontakt wurde spärlich und immer spärlicher, Richard hat geheiratet, eine sehr liebe Frau, sie haben zwei Kinder, die inzwischen erwachsen sind.

* * *

Scherzer hatte sich zurückfallen lassen und ging jetzt mit Erlendur und Thomas. „Du erzählt aus unserer gemeinsamen Vergangenheit? Du erlaubst, daß ich zuhöre!“ Erlendur machte sich bemerkbar: „Und jetzt kommt wohl Island ins Spiel?“

Ja, jetzt kommt Island ins Spiel. Richards Institut veranstaltete ein Seminar für Dissertanten mit vulkanologischen und seismischen Themen. Dazu gehörte, neben vielen anderen Dingen, Lokalaugenschein an verschiedenen Stellen des Kontinentalbruchs, der Island in nordöstlich-südwestlicher Richtung auseinanderreißt, etwa zweieinhalb Zentimeter pro Jahr. – Entschuldigen Sie, Erlendur, Sie wissen diese Dinge über ihre Insel natürlich, ich sage sie für Johann Scherzers Ohren. – Man war bei den Geysiren, bestaunte die Eruptionen des Strokkur, bedauerte, daß der große Geysir nicht mehr aktiv ist. Man besuchte den Gulfoss und andere Wasserfälle, bestaunte die Basaltsäulen, genoß die unvergleichliche Frische der Luft – Richards begeisterte Schilderungen haben mich bewogen, Island zu besuchen, ich kann es daher aus eigener Anschauung sagen.

Die Gruppe besuchte Thingvellir, wo 930 zum ersten Mal das Parlament tagte – ein Ort, den auch der Besucher von heute nur als magisch empfinden kann. Auf der einen Seite die Mauern des Bruchs, auf der andern die tiefen Klüfte und Spalten mit einem derart klaren Wasser, daß man in schier unendliche Tiefen sehen kann. Dabei stets im Bewußtsein, wie dünn und brüchig die Erdkruste auf diesem Fleck der Erde, wie gefährdet jedes Leben ist. Island ist ja nicht viel mehr als eine junge Blase, die aus der brodelnden heißen Tiefe unter dem Atlantik aufgetaucht ist, die platzen und wieder versinken kann.

Dort, auf dem Thingvellir, haben die Vertreter der isländischen Familien im Jahr 1000 beschlossen, zum Christentum überzutreten. Und so zogen sie gemeinsam zum warmen See, zum Laugarvatn, wie in der Kristni Saga berichtet wird: „Alle Nordisländer und Südisländer wurden in Reykalaug in Laudagardular getauft, als sie das Thing verließen, denn sie scheuten das kalte Wasser."

Die Quelle kann besichtigt werden, sechs große, glatte Steine markieren den Ort, an dem später, zur Zeit der Reformation, die Leichen des katholischen Bischofs und seiner beiden Söhne geborgen und gewaschen wurden. Erlendur, Sie kennen das sicher besser als ich: Der See dampft dort, wo sich die heißen

Quellen befinden, es sieht aus, als würde das Ufer brennen. Ein mystischer Ort, besonders in der Dämmerung. Direkt am Ufer ist ein Gewächshaus, das die warmen Quellen ebenso nutzt wie die nebenan gelegene Natursauna. Neben dem Gewächshaus ist ein eigenartiger Ort, der wie ein Kultplatz von Verehrern der alten nordischen Götter wirkt. Teile eines Walskeletts, der gebleichte Schädel einer Ziege – fast ein wenig unheimlich in der Dämmerung. Ein Bootsteg ragt ein Stück weit in den See hinaus. Der Teil am Ufer ist infolge des Wasserdampfs der heißen Quellen nicht zu sehen, umso gespenstischer wirkt der sichtbare Teil im Wasser, als gehörte er hier nicht hin, so ohne Zusammenhang zum festen Ufer. Ein paar Boote schaukeln im nur dann und wann bewegten Wasser, aus der Sauna kann man das Zischen der heißen Quellen hören.

Nicht einmal einen Steinwurf vom Ufer logieren heute Touristen im Hotel Edda. Richard war mit seiner Gruppe hier einquartiert, in einem viel primitiveren Vorgängerhotel. Als Leiter der Exkursion, er war Assistent am Institut, hatte er als einziger ein Einzelzimmer bekommen. Es war Anfang der 80er Jahre, glaube ich, jedenfalls in den Reagan-Jahren.

Auch Sweet Sue war nach Laugarvatn gekommen – nicht den weiten Weg aus Amerika, sondern den kurzen vom amerikanischen Stützpunkt in Keflavik, wo ihr Mann als Militärpilot stationiert war. Sie wolle die Insel erkunden, hatte sie ihm gesagt, und war mit einem Mietwagen zum See gefahren, um die Liebe ihres Lebens zu treffen.

Wir können nur ahnen, was in Richard vorgegangen ist, als er Sue nach einigen Jahren, in denen sie einander mehr oder weniger regelmäßig geschrieben hatten, gegenüberstand. So hat er es mir erzählt:

Richard ist in seinem Zimmer. Sir, eine gewisse Sue ist hier und möchte Sie sprechen, eine Amerikanerin. – Gut, ich komme sofort.

Sie steht da, kehrt mir den Rücken zu, schaut durch die Glastür hinaus auf die leere Straße vor dem Hotel. Sie trägt eine blaue Regenjacke, über deren Kragen das blonde Haar fällt.

Leise: Hi, Sue!

Sie dreht sich langsam um, mustert mich, als wollte sie sich vergewissern, daß ich es wirklich bin und nicht eine Phantasmagorie, die sie narrt.

Noch einmal, ein wenig lauter: Hi.

Ich hab' geglaubt ich fall tot um, als du geschrieben hast, daß du nach Island kommst.

Ich bin froh, daß du es nicht getan hast.

Küßchen links, Küßchen rechts. Ein Hauch von Chanel No. 5 – ihrem ersten Brief hatte sie ein Wattebäuschchen beigelegt, das damit getränkt war. Für alle Zeiten würde der Duft von Chanel mit ihr verbunden bleiben.

Du siehst gut aus.

Du bist älter geworden. Du hattest keinen Bart, damals, in Wien.

Geht 's dir auch gut? Wir haben uns viel zu selten geschrieben, wissen daher nur ein paar Äußerlichkeiten. Du bist verheiratet – ist er gut zu dir?

Und du – ist sie gut zu dir?

Es war, als wäre die Zeit stehengeblieben, als wäre sie zurückgesprungen, als wären Jahre ausgelöscht. Es gibt solche Augenblicke. Es ist, als hielte die Welt für einen Moment den Atem an. Ein kleiner Ruck noch, und alles würde kippen, die Zeit würde rückwärts zu laufen beginnen, und für einen Moment ist es, als wärst du aus dem rasenden Strudel herausgehoben, der alles verschlingt. Es ist der Punkt, an dem die Charybdis einen Augenblick lang innehält.

Wir setzten dort fort, wo wir in Wien aufgehört hatten. Wir machten einen ausgedehnten Spaziergang, Sue an meinem Arm. Wir versuchten, unsere beiden Welten in Worte zu fassen und so kompatibel zu machen, einen Zusammenhang herzustellen, wo keiner war und keiner hergestellt werden konnte, nicht ohne Folgen für Beteiligte und wohl sogar Unbeteiligte. Nie zuvor waren wir einander so nahe gewesen, vielleicht mit Ausnahme der ersten Jahre unserer Brieffreundschaft, aber das war ja kindlicher Enthusiasmus, jedenfalls von meiner Seite, eine Schwärmerei – vielleicht ist das meine Sünde, daß es für mich, Jahre und Jahrzehnte später betrachtet, nichts als Schwärmerei war, während es ihr immer ernst war.

Richard schwieg lange. „Sünde" war ein Wort, das ich ihn lange nicht sagen gehört hatte.

Es war – setzte er nach einer langen Pause fort –, als wollten wir alle Gedanken, die wir einander in ungezählten Briefen mitgeteilt hatten, noch einmal, auf endgültige Weise, miteinander teilen. Nie zuvor und nie danach – meine Frau möge mir vergeben! – habe ich mit einem Menschen eine so innige Übereinstimmung erfahren wie an diesem Nachmittag am Laugarvatn. Übereinstimmung auch da, wo wir durchaus nicht einer Meinung waren. Wir verstanden einander, auch wenn wir die Standpunkte nicht teilten. Wir kannten die Gedanken des anderen, schon bevor sie zu Wort kamen. Das Gleiche wollen und das gleiche nicht wollen, das ist wahre Freundschaft, haben wir einmal gelernt. Idem velle, idem nolle – nein, nein, nein! Wahre Freundschaft ist, auch dann ganz für den anderen da und bereit und offen zu sein, wenn und wo es Differenzen gibt.

War dies das Glück? Dieser Stillstand der Zeit? Du kennst die schöne Geschichte, die Tucholsky erzählt hat. Er beschreibt den allein selig machenden Zustand, wo jener, glücklich lächelnd, in der Droschke saß und den Kutscher fragte, wieviel Uhr es sei. Und der Kutscher antwortete: „Elf Uhr, Herr!" Und jener, im Vollbewußtsein der irdischen Seligkeit: „Gestern – oder – heute?" Und Tucholsky: Siehe, das ist das Glück. Auch wir hatten jegliches Gefühl für die Zeit verloren. Mit einem Mal war es dunkel geworden – es war ja bereits Ende September, die langen hellen Nächte waren längst vorüber, die Island so zauberisch machen. Wir beeilten uns, zum Hotel zurückzukommen.

Sues Mietwagen stand vor dem Haus. Du fährst noch nach Keflavik zurück? – Nein. – Hast du dir ein Zimmer genommen? – Nein. Ich weiß nicht einmal, ob noch eins frei ist. – Wo willst du dann schlafen? – Bei dir! – Sie sagte es wie das Selbstverständlichste der Welt – und ist es das nicht? Heute sehe ich es so, damals war ich schockiert. Sie war verheiratet, ich war verheiratet.

Wir haben unser Gespräch in meinem Hotelzimmer fortgesetzt. Aber die selbstverständliche Leichtigkeit war dahin. Fühlte ich mich bedroht? Oder schuldig? Es muß wohl etwas in der Art gewesen sein. Ich war auf der Hut. Ich hatte meine Prinzipien. Ich hatte meine Vorsätze, mein Selbstbild, meine Moral. Noli me tangere. Rühr mich nicht an.

Auch Sue, schien mir, wurde zunehmend unsicher. Meine Weigerung zur totalen Abrüstung ohne Vorbedingungen, und selbst, nachdem sie alle Vorbedingungen erfüllt hatte, machte sie zuerst zurückhaltend, dann einsilbig, schließlich schweigsam. Spät in der Nacht bin ich dann eingeschlafen. Wir hatten einander nicht berührt.

Ob Sue geschlafen hat, weiß ich nicht. Ich glaube nicht. Als ich aufwachte, war sie weg, nichts erinnerte mehr an sie, nicht einmal ein Hauch von Chanel No 5. Ich stürzte, in einer Aufwallung von Panik, ans Fenster. Ihr Wagen stand da, genau wie gestern. Ich schaute auf die Uhr – kurz vor acht. Die Zeit war zurückgekehrt. Jetzt lief sie umso rascher, als gelte es Verlorenes aufzuholen.

Sue war auch nicht beim Frühstück. Ich fragte an der Reception, die diesen Namen kaum verdiente, aber niemand hatte sie gesehen. Man zeigte auf ihr Auto – vielleicht war sie spazieren gegangen?

Wir machten uns auf den Weg, bestiegen unseren Bus für eine Fahrt ins Landesinnere. Wir fuhren los, ohne daß ich Sue noch einmal gesehen hatte.

Mira Valensky und die anderen standen vor einem Haustor und warteten auf die später Kommenden. Thomas blieb stehen, um seine Geschichte für diesmal abzuschließen. „Vielleicht haben wir noch eine Gelegenheit, dann erzähle ich Ihnen den Schluß der Geschichte", sagte er zu Erlendur.

„Ich kenne den Schluß", gab der Isländer zurück. „Die Tote aus dem See, der Mann in Keflavik – ich erinnere mich vage. Man hat sogar ihren Freund Richard einvernommen, in Reykjavik, vor der Rückreise nach Wien. Ich hatte damals gerade bei der Polizei angefangen. Man hat die Untersuchungen mit dem Ergebnis abgeschlossen, daß es ein Unfall oder Selbstmord war, jedenfalls kein Fremdverschulden."

„Meinen Schluß, oder besser den Schluß Richards, kennen Sie nicht, Erlendur", sagte Thomas, „und der ist ein wenig anders. Aber wer weiß, vielleicht greift Arnaldur Indridason den Fall auf, und Sie bekommen Arbeit, zusammen mit Sigurdur Oli und der reizenden Elinborg."

„Ja, wer weiß", sagte Erlendur.

* * *

Während der Bergtour zum fünften Stock gelang es Thomas endlich, Scherzer auf Cornelias Mail anzusprechen. Der lachte nur und meinte, als Thomas mehr wissen wollte, daß sie doch beide erst kürzlich über Cornelia gesprochen hätten, und da sei ihm der Gedanke gekommen, ein Treffen zu dritt wäre doch eine nette Sache: die beiden Rivalen von einst zusammen mit dem Objekt ihrer Begierde. Ihm als Kieberer – wie er sich ausdrückte – sei es doch ein Leichtes, jemanden ausfindig zu machen oder machen zu lassen. Und wie sei dann zu verstehen, daß das Treffen als „durchaus dienstliches" zu sehen sei, wie „die Co" – Thomas erinnerte sich an die beliebte Abkürzung, die sie damals verwendet hatten – in ihrer Mail geschrieben hatte? Nun, sie sei doch längere Zeit mit Malfatti in einer ziemlich engen Verbindung gestanden, da könnte es doch für die Ermittlungen nützlich sein, das Umfeld des Politikers auf eine unverfängliche Weise kennenzulernen, vielleicht ergäben sich ja auch weitere Anhaltspunkte? In gewisser Weise gehörten ja er, Thomas, und Cornelia Weber zum Kreis der Verdächtigen, meinte Scherzer leichthin und zwinkerte Thomas zu. Jedenfalls könnten sie Erinnerungen an alte Zeiten auffrischen, weshalb er gedacht habe, daß er, Thomas, an einem Treffen interessiert sein könnte – aber wenn nicht oder wenn er keine Zeit habe, wäre das natürlich auch kein Problem. Thomas beeilte sich zuzusagen, er hätte sich bloß gewundert, daß Scherzer mitten im Druck der Ermittlungen Zeit für ein Treffen finde, das ihm, Thomas, eher privaten Charakter zu haben schien.

Sie waren in Valenskys Wohnung angelangt und von Mira ins Wohnzimmer gebeten worden, einen geräumigen und durch spärliche Möblierung umso größer wirkenden Raum, der zu einer modern eingerichteten Küche hin offen war. Eine gewaltige, über den gesamten, zentral in der Küche plazierten Arbeitsbereich ausladende Dunstabzughaube sorgte wohl dafür, daß sich die Geruchsbelästigung im Wohnzimmer, von dem ein Teil als Eßzimmer gewidmet war, in Grenzen hielt. Thomas vermeinte einen leicht modrigen Geruch wahrzunehmen, wie von einer feuchten Pappschachtel mit Schimmelkäse.

Valensky bat ihre Gäste, sich an der Bar selbst zu bedienen – Wodka, irischen Whiskey und Weißwein finden Sie im Kühlschrank hier –, um dann sogleich auf den eigentlichen Zweck des Abends zu sprechen zu kommen: den Spaghetti-Test.

Die Gastgeberin hielt, während sich ihre Gäste bedienten, einen kleinen Vortrag über die Kunst des Kochens und entschuldigte sich dafür, daß der Test so einfachen Dingen wie Pasta galt. Die wahre Kunst offenbare sich allerdings zumeist gerade in den einfachen Dingen, in den sozusagen selbstverständlichen Kleinigkeiten, weshalb man die Qualität von Gaststätten zum einen anhand der Sauberkeit des Aborts – schade, daß Schwarzenberger nicht da ist, dachte Thomas, der hätte seine Freude an dem Wort –, zum anderen aber an einfachen, ortsüblichen Gerichten wie Gulasch oder Beuschel messen könne. Im übrigen bat sie ihre Gäste, zwischen einem Konsekutiv-Verfahren und einem Simultan-Test zu wählen.

Man entschied sich für ein Simultan-Verfahren: Valensky würde parallel in zwei Töpfen Wasser erhitzen, in den einen Topf dann, sobald das Wasser kochte, Salz und Öl und in den anderen Öl und Salz in gleicher Menge zugeben, dann parallel die Spaghetti. Da man ja beim Empfang gegessen hätte, würde eine relativ kleine Menge reichen, und sie schlage vor, die Spaghetti nach dem Abseihen nur in Butter zu schwenken, weil so auch der Geschmackstest sicherer sei. Alle erklärten sich einverstanden, nur Scherzer fühlte sich betrogen, hatte er beim Empfang doch nur vom Nachtisch gekostet.

Mira Valensky machte sich in der Küche zu schaffen, fütterte zunächst ihre Katze mit Hühnerrücken, nachdem sie das Tier allen als „Gismo“ vorgestellt hatte. Thomas kam Marga Zumsteyn zuvor, als Unparteiischer über die Vorgänge beim Spaghetti-Test zu wachen.

„Wie kommen Sie mit den Ermittlungen voran?“ wollte Montalbano von Scherzer wissen. Und im Nachsatz: „Falls Sie darüber überhaupt sprechen dürfen, erstens, und zweitens auch darüber sprechen wollen.“

Scherzer fühlte sich geschmeichelt, mit so berühmten Kollegen über einen aktuellen Fall reden zu können. Mira Valensky nahm er das Versprechen ab, von den Informationen dieses Abends in ihrem Magazin „Now“ keinen Gebrauch zu machen. Sie ließ es sich gegen Scherzers Zusage abkaufen, nach Abschluß des Falls exklusive Informationen zu bekommen. Er werde eine knappe Skizze des Falls geben, sagte Scherzer, aber er erhoffe sich dafür Einschätzungen seiner berühmten Kollegen.

„Zuerst zu den vorgeblichen Attentaten in der Hofburg“, begann Scherzer. „Sämtliche Untersuchungen haben keinen Hinweis auf irgendeine Manipulation ergeben. Ich muß zwar einräumen, daß sowohl das Timing insgesamt als auch die Tatsache, daß gerade diese zwei Räume betroffen sind, stutzig macht. Daher haben unsere Kollegen von der Einsatzgruppe gegen Terrorismus sehr sorgfältige Untersuchungen durchgeführt und führen sie auch weiter durch. Ich kann auch nicht ausschließen, daß die Kollegen zu einem anderen Ergebnis gekommen sind, das aber der striktesten Geheimhaltung unterliegt – ich nehme an, Sie kennen das aus ihrer eigenen Praxis.

Zwei Dinge bedürfen einer genauen Klärung. Das eine ist die Sache mit dem Wasser – wie war es möglich, daß an zwei Stellen, wo es weit und breit keine Wasserleitung gibt, das Mauerwerk so stark durchfeuchtet war? Wie kam das Wasser dort hin? Und zweitens: Die elektrischen Anlagen in der Hofburg werden regelmäßig gewartet. Vor einer so bedeutenden Konferenz" – Scherzer machte eine leichte Verbeugung in Richtung seiner Kollegen – „gibt es sogar einen zusätzlichen Check. Das macht seit Jahren die gleiche Firma. Diesmal aber sind sie gleich zweimal da gewesen. Beim zweiten Mal waren sie nur kurz da, und zwar zwei Mann. Sie hatten auf dem Dachboden, besser gesagt in dem Zwischenraum, in den die Leitungen laufen, die Schaltkreise geprüft. Wir haben uns bei der Firma erkundigt, wer die beiden waren und was sie genau zu tun hatten. Dort weiß man aber nichts von einem zweiten Check, die Elektrikerpartie hätte ihre Arbeit nach übereinstimmenden Angaben aller vier Männer in einem Durchgang erledigt. – Da gibt es also noch einiges zu klären.

Kommen wir zu unserem toten Politiker. Carlo Malfatti. Ich beschränke mich auf ein sehr grobes Profil. Aber aus dem Profil des Opfers lassen sich vielleicht Rückschlüsse auf das Profil des Täters gewinnen. Malfattis Vorfahren sind aus Italien zugewandert, daher der Name. Seine Eltern besaßen eine Gemischtwarenhandlung, sein Vater war Vizebürgermeister – das ist der Hintergrund zu Malfattis Eintritt in die Wirtschaft und in die Politik. Studium der Wirtschaftswissenschaften nicht abgeschlossen, politische Karriere, bis zum Bürgermeister seiner kleinen Gemeinde und zum Sicherheitssprecher seiner Partei. Zahlreiche wirtschaftliche Kontakte, zum Teil auch in vielfacher Hinsicht – devisen-, zoll- und steuertechnisch – aufklärungsbedürftig. Verbindungen zur Russenmafia und anderen einschlägigen Vereinigungen werden ihm nachgesagt. Dieser Ruf dürfte verhindert haben, daß er Wirtschaftsminister wurde – man erzählt, daß er sosehr damit gerechnet hatte, schon in der Zeit der großen Koalition, daß er stets einen schwarzen Anzug in seinem Auto hatte. Aber er ist nicht einmal Wirtschaftssprecher geworden. Er war seiner Fraktion offenbar doch zu „heiß". Er hatte sich bemüht, eine parlamentarische Freundschaftsgruppe zuerst mit einigen arabischen Staaten und später mit Israel zu gründen und dort den Vorsitz zu ergattern – ohne Erfolg."

„Das gibt wohl den Gerüchten über ein gegen uns Israeli geplantes Attentat Nahrung", ließ sich Michael Ochajon vernehmen. „Zuerst die Juden, und dann die Judenfreunde."

„Carlo Malfatti war niemandes Freund", sagte Scherzer mit Bestimmtheit. „Er hat immer nur seine eigenen Interessen verfolgt, mit aller Härte. Übrigens auch im Privatleben. Er hatte seit seiner Jugend einen Ruf als Frauenheld. Angeblich liebte er es, sich in seiner Gemeinde als ‚Gemeindestier' vorzustellen. Er ist alimentationspflichtig für mehrere Kinder – eine Verpflichtung, der er immerhin nachkommt. Es gibt Hinweise, daß er verschiedenen Personen – mehrheitlich Frauen – Zahlungen leistet, die ich als ‚Schweigegeld' bezeichnen würde. Es gibt Gerüchte über Vergewaltigungen, zu einem entsprechenden Verfahren ist es aber nie gekommen. Und noch etwas: Carlo Malfatti war hoch verschuldet – bei mehreren Banken, aber auch bei Privatpersonen. Wir haben noch keinen vollständigen Überblick über seine finanziellen Transaktionen."

In Mira Valenskys Küche kochte das Wasser in beiden Töpfen. Unter Thomas Assistenz konnte das wissenschaftliche Experiment seinen Anfang nehmen.

„Also mir war der ja nie sympathisch", ließ sich Marga Zumsteyn vernehmen. „Nil nisi bene de mortuis, aber Carlo Malfatti war – wie sich einmal ein Außenminister über einen anderen Mann auszudrücken beliebte – eine richtige Sau –"

Mira Valensky rief aus der Küche: „Ich dachte, er hätte sich selbst als Stier bezeichnet?"

„Einerlei, der war hinter jedem Rock her, mit seinen Blicken hat er einen regelrecht ausgezogen. Ich habe mich immer gewundert, daß eine Partei, die sich auf ihre christlichen Wurzeln soviel zugute hält, einen derartigen Wüstling in ihren Reihen und in der Parlamentsfraktion duldet. Ich könnte kotzen, wenn ich jetzt die Nachrufe höre oder lese. Gibt es irgendwelche Hypothesen, Herr Scherzer?"

„Diese Frage gebe ich an unsere illustren Freunde weiter. Ich bin da lieber noch vorsichtig."

Salvo Montalbano stieg als erster in das Spiel – war es denn ein Spiel? – ein: „Er wurde im Möbeldepot des Parlaments gefunden. Ist das auch der Ort, an dem der Mord geschah?" Dies sei mit Sicherheit so, meinte Scherzer.

Montalbano redete, als ob er nicht zu anderen spreche, sondern bloß die Gedanken laut aussprach, die ihm durch den Kopf gingen. „Einen Zufallstäter können wir wohl ausschließen. Das bedeutet, daß der Täter – oder die Täterin – in einer Beziehung zu dem Opfer gestanden sein muß. Diese Beziehung kann persönlicher Art sein, sie kann aber auch einen politischen, einen innenpolitischen Hintergrund haben, es kann sich aber auch um einen wirtschaftlichen Zusammenhang handeln. Motive gibt es in allen diesen Bereichen, wie wir wissen, genug."

Thomas fiel dem Sizilianer von der Küche her ins Wort und fragte Scherzer: „Kannst du eigentlich Selbstmord ausschließen? Oder einen Unfall?"

„Nicht ganz, zumindst theoretisch nicht. Zumindest Selbstmord nicht. Obwohl das extrem unwahrscheinlich ist. Selbstmord, mit einem Messer im Rücken? Wie soll das gehen? Und wenn: Da gäbe es doch einfachere Methoden, vom Alkohol-Tabletten-Cocktail angefangen. Malfatti war, nach allen unseren Informationen, auch nicht der Mann dafür. Und was für ein Motiv sollte er gehabt haben?"

„Schulden sind ein gutes Motiv."

„Nicht für Malfatti. Selbstmord schließe ich praktisch aus, Unfall ebenfalls. Wir glauben, daß es Mord war – oder zumindest Totschlag."

Mit einem deutlichen Räuspern erinnerte Salvo Montalbano daran, daß er im Begriff gewesen war, eine Hypothese zu bilden und daß Thomas ihn dabei unterbrochen hatte. „Entschuldigung, war nur so ein plötzlicher Einfall", murmelte er und wandte sich wieder seiner Beobachtung der Spaghetti-Entwicklung zu.

Montalbano hob sein Glas mit Weißwein in Richtung Michael Ochajon: „Erlauben Sie mir, daß ich Ihnen die Bürde abnehme, eine Version zu präsentieren, die – entgegen den Annahmen der hiesigen Polizei – einen terroristischen Hintergrund hat und die auch im Zusammenhang steht mit den abgestürzten Beleuchtungskörpern in der Hofburg. Ich bin natürlich nicht in der Lage, eine seriöse Hypothese zu bilden, dafür fehlen mir bei weitem zu viele Informationen, dazu kenne ich auch die Verhältnisse in Österreich, in Wien und im Parlament viel zu wenig. Daher möchte ich versuchen, Ihnen eine Geschichte zu erzählen, während unsere charmante Gastgeberin mit ihren schönen Augen bei der Pasta und mit ihren bezaubernden Ohren bei uns ist. Ob Sie daraus eine Hypothese bilden wollen, überlasse ich ganz Ihnen."

Montalbano machte eine längere Pause, um den anderen Gelegenheit zu geben, ihre Gläser zu füllen und es sich so bequem wie möglich zu machen. Valenskys Katze strich um Miras Beine in der sicheren Erwartung eines Leckerbissens. Der Kommissar aus Vigata begann:

„Wir haben es mit zwei Fällen zu tun. Die Frage, die wir uns zuerst stellen, ist daher: Haben die beiden Fälle miteinander zu tun? Insgeheim treffen wir, ohne uns dessen bewußt zu sein, unsere Vorannahmen – überprüfen Sie es bei sich selbst. Haben die zertrümmerten Luster mit dem erstochenen Politiker etwas zu tun oder nicht – was meinen Sie, Kollege Ochajon?"

„Ich sehe einen Zusammenhang", meinte der Israeli mit Bestimmtheit. „Ich weiß nicht", fand hingegen Erlendur, und Scherzer pflichtete ihm bei. „Meine Informationen sind noch zu dürftig, ich habe mich noch für keine der beiden Möglichkeiten entschieden."

„Das ist der Punkt", fuhr Montalbano fort. „In dem Stadium, in dem wir uns im Augenblick befinden, ist es eine Frage der persönlichen Entscheidung – einer Entscheidung, von der viel abhängt; denn eine falsche Annahme kann uns in eine völlig falsche Richtung ermitteln lassen. Es ist daher gut, Kollege Scherzer, daß Sie sich noch nicht entschieden haben. Ich möchte Ihnen *eine* Möglichkeit vorstellen. Vielleicht hat sie mit der Wirklichkeit zu tun, vielleicht auch nicht. Mich haben zwei

Dinge stutzig gemacht, die Sie erwähnt haben, Kollege Scherzer: die beiden Angestellten, die nachträglich noch einmal kontrollieren kamen, und das Wasser. Hören Sie also meine Version, die sich auf diese beiden Beobachtungen stützt.

24 Stunden vor der Eröffnung des Kongresses stürzen Luster von der Decke des Kongreßzentrums – genau dort“ – Montalbano machte eine kleine Verbeugung in Richtung Michael Ochajon – „wo gemäß einem seit Wochen erstellten exakten Sitzplan die Kollegen aus Israel sitzen sollten. Eineinhalb Stunden später wiederholt sich das in jenem Raum, in dem der erste Workshop sich konstituieren sollte. Wieder exakt über den Plätzen, die gemäß Plan für die Israeli vorgesehen waren.

Die beiden Arbeiter waren natürlich Agenten. Sie haben nicht irgendwelche Überprüfungen vorgenommen, sondern an der Aufhängung der Luster manipuliert – wie, werde ich noch erklären. Es ist nicht schwer, sich Firmenoveralls zu verschaffen. Ich nehme an, die Firma, die mit diesen Arbeiten betraut ist, wurde durch eine Ausschreibung gefunden?“

„Ja, das ist alles öffentlich“, räumte Scherzer ein. „Aber diese Firma hatte den Auftrag schon seit vielen Jahren.“

„Sie haben kein Kennzeichen des Firmenwagens, nehme ich an. Würde Ihnen auch nichts nützen; das Fahrzeug war vermutlich nur für diesen Zweck übermalt, wahrscheinlich vor Wochen gestohlen, vermutlich mit einem eigens für diesen Zweck hergestellten Kennzeichen ausgestattet. Es steht jetzt entweder in einer verlassenen Garage, ohne Kennzeichen natürlich, oder wurde in einem einsamen Teich versenkt. Es gibt keine verfolgbaren Spuren.

Bleibt das Wasser. Wasser kennt auch andere Aggregatszustände. Unser Wasser war vermutlich Eis. Hat jemand beobachtet, was die beiden Arbeiter bei sich trugen, an Werkzeugen und dergleichen?“

Wieder war Scherzer an der Reihe: „Große Taschen mit dem Firmenaufdruck.“

„Wohl groß genug, daß sich darin handelsübliche Kühltaschen transportieren ließen. Und drinnen Eis. Präpariertes Eis, mit einer Aufhängevorrichtung für schwere Luster darin, frisch gebrochen und nur durch das Eis zusammengehalten, sozusagen eingefroren. Als das Eis schmolz, krachten die Luster von der Decke – es sollte aussehen wie Materialermüdung, das Wasser würde zum größten Teil vom Mauerwerk aufgesogen und verdunsten, der Rest würde den Kriminaltechnikern Rätsel aufgeben – vielleicht war auch ein wenig Chemie im Spiel. Hat man das Wasser analysiert?"

„Es ist im Labor, aber wir haben noch kein Ergebnis", teilte Scherzer mit.

„Dafür habe ich ein Ergebnis", mischte sich Mira Valensky von der Küche her ein. „Die Pasta ist fertig, die Jury kann ihre Arbeit aufnehmen, meine Damen und Herren, ich habe für jede Person zwei Teller vorbereitet und zwei Gabeln, damit jede Vermischung ausgeschlossen ist und wir bei diesem historischen Test zu einem unbezweifelbaren Ergebnis kommen, im Interesse der abendländischen Küchenkultur. Die Probe A befindet sich in der weißen Schüssel, die Probe B in der roten. Nur Herr Thomas und ich wissen, bei welcher Probe zuerst das Öl und bei welcher zuerst das Salz in das Wasser gegeben wurde, wir sind daher von der Abstimmung ausgeschlossen. Die Spaghetti wurden in reiner Butter, Biobutter, geschwenkt, bei allen Ingredienzien wurden die exakt gleichen Mengen verwendet, beim Wasser wie beim Öl und beim Salz und bei der Pasta. Ich bitte, mit der Prüfung zu beginnen."

Ob es mangelnde Konzentration der hohen Jury war, deren Gedanken noch eher bei Montalbanos Theorien waren als bei den Nudeln, oder ob in Zeiten, in denen der Indiviualismus zu einem Massenphänomen geworden ist und sich sogar die Geschmacksnerven diesem Trend angeschlossen haben, das Spaghetti-Urteil enttäuschte Mira Valenskys Erwartungen. Zwar wurde Valensky ob der Qualität des Gebotenen überschwenglich gelobt – bloß Montalbano vermißte seine sizilianische Pasta, wie nur Adelina sie zuzubereiten verstand –, doch vermochte niemand einen Unterschied zwischen der Pasta aus der weißen und jener aus der roten Schüssel festzustellen. Bloß Marga Zumsteyn und Michael Ochajon fanden einen Unterschied, wobei die Dame die weißen und der Herr die roten Spaghetti „kaum spürbar stärker gesalzen" fand.

Mira Valensky und Thomas Thomas deckten schließlich ihre Versuchsanordnung auf: Die Nudeln in der weißen Schüssel stammten aus dem Wasser, dem zuerst Salz, jene in der roten Schüssel aus dem Wasser, dem zuerst Öl beigefügt worden war. „Offenbar genügt nicht die Qualität der Jury, es braucht auch Quantität", seufzte die Valensky. Sollte doch „Now" sich einmal der Frage widmen. „Ich weiß schon jetzt, was dabei herauskommen wird", meinte Marga Zumsteyn dazu. „Das genaue Gegenteil: Offenbar genügt nicht die Quantität, es braucht auch Qualität."

Es zeigte sich, daß Mira Valensky auch einen hervorragenden Sugo fabriziert hatte, mit Thunfisch, Sardellen, Kapern, einem Hauch Knoblauch und Oregano, der nach dem ergebnislosen Test das Mahl zu einem echten Erlebnis werden ließ, selbst für den verwöhnten Montalbano, der darob beinah auf die Fortführung seiner Theorie vergessen hätte.

„Ach ja, der Mord an Malfatti", setzte der Sizilianer fort, nachdem Thomas ihn daran erinnert hatte. „Der hat mit den Anschlägen nichts zu tun. Da gibt es keine Verbindung."

„Und wer steckt hinter den Anschlägen, wenn es denn solche waren?" Marga Zumsteyn war eine gewissenhafte Beamtin, ein unabgeschlossener Akt war ihr ein Greuel.

„Islamisten, palästinensische Islamisten", sagte Montalbano lakonisch. „Seit dem letzten Libanon-Krieg versuchen die doch die Israelis zu treffen, wo immer sie können."

„Könnte zwischen den beiden Fällen nicht doch ein Zusammenhang bestehen, obwohl es keinen Zusammenhang gibt?" Alle starrten auf Scherzer, die mit Nudeln umwickelte Gabel vor dem offenen Mund oder im Kauen innehaltend ob der merkwürdigen Logik Scherzers, der die Frage gestellt hatte. „Es gibt keinen Zusammenhang, weil es nicht um Malfatti ging;

jeder andere Politiker im Parlament war ein potentielles Opfer, und wenn der Kongreß an einen anderen Ort verlegt worden wäre, hätte dort jemand als Opfer gedient. Der Zweck dieses Mordes war nämlich, die Ermittler auf eine falsche Spur zu locken – Malfatti ist ein zufälliges Opfer, ohne Zusammenhang mit den Anschlägen – wenn es solche waren."

„Es gibt immer mehr als zwei Möglichkeiten, nämlich die Kombination von beiden – auch dann, wenn sie sich auszuschließen scheinen", faßte Thomas, von einer philosophischen Anwandlung heimgesucht, zusammen.

„Ich bin noch nicht so weit, in eine bestimmte Richtung denken und ermitteln zu können. Die Möglichkeit, die Sie angedeutet haben, Kollege Montalbano, ist *eine* Variante, die wir ins Auge fassen müssen. Allerdings –" Scherzer ließ das Wort in der Luft hängen, schaute grüblerisch in sein leeres Weinglas, das Mira Valensky eilig füllte. Alle warteten, daß der Wiener Kommissar noch etwas sagen würde.

„Allerdings könnte es ja auch hier umgekehrt sein", versuchte Thomas den Faden aufzunehmen. „Oder ist es nicht denkbar, daß es um den Mord an Malfatti ging, die Anschläge aber eine falsche Fährte legen sollten –"

Die heftigen Proteste der meisten am Tisch schnitten Thomas das Wort ab. Dann hätten die Killer – plötzlich waren es schon mindestens zwei, wenn nicht ein Kommando – doch wissen müssen, daß der Kongreß aus der Hofburg ins Parlament verlegt werden würde, wandte man ein, und sie müßten der Wiener Polizei gefinkelteres Denken zubilligen, als dort üblich wäre – entschuldigen Sie schon, Herr Scherzer.

„Thomas hat recht", sprang ihm Scherzer bei. „Ich denke tatsächlich auch in diese Richtung, und das ist nicht einmal gefinkelt. Denn als wir vor zwei Jahren mit der Planung und Vorbereitung des Kongresses begannen, haben wir die verschiedenen räumlichen Angebote ventiliert. Und da war auch das Parlament darunter. Präsidenten Schwärzlich ist ja sehr an der Auslastung des Hauses gelegen." Scherzer blickte auf Thomas, der bestätigend nickte. „Mit Rücksicht auf unsere internationalen Gäste ist die Wahl dann auf die Hofburg gefallen. Ein Sieg der Monarchie über die Republik."

„Dann müßten der oder die Täter aber über spezifische Informationen verfügt haben", warf Marga Zumsteyn ein. „Die sind nicht schwer zu beschaffen. Ein paar Telefonate genügen." Für Scherzer war dieser Aspekt des Themas abgeschlossen. „Und Sie, Kollege Ochajon, haben Sie eine Hypothese?"

Michael Ochajon machte einen Schluck aus seinem Weinglas. „Ich gestehe, daß mich die kleine Theorie meines geschätzten Kollegen aus Sizilien durchaus anspricht. Das mit dem Eis, das wird schon so stimmen. Es paßt auch zu palästinensischen Terroristen, daß die Luster zum falschen Termin von der Decke fallen. Sie sind zwar sehr viel genauer geworden, aber hier haben sie sich um genau einen Tag geirrt. Trotzdem glaube ich diese Version nicht. Und Malfatti mußte sterben, weil er – zufällig oder nicht – etwas wußte. Und etwas wissen heißt bei diesen Tätern auf jeden Fall zu viel wissen."

„Mach es nicht so spannend, Michael, wer war 's nach deiner Meinung?" Erlendur, der sich bisher kaum an der Unterhaltung beteiligt und sich dafür den Nudeln und dem Wein gewidmet hatte, bevorzugte den direkten Weg. Ochajon allerdings war nicht bereit, ihn zu gehen.

„Die beiden Anschläge sind mit höchster Präzision geplant und durchgeführt worden. Daß die Luster zur berechneten Stunde, aber exakt 24 Stunden zu früh ihre Reise angetreten haben, war natürlich so beabsichtigt. Sie sollten die Plätze treffen, an denen wir Israeli sitzen würden, aber keinem Juden sollte ein Haar gekrümmt werden."

Erlendur starrte Ochajon mit offenem Mund an. „Ich habe einen Verdacht, was du meinst." Alle schauten auf Ochajon. „Reden Sie weiter, sagen Sie schon, wer steckt dahinter, was soll das", riefen sie durcheinander.

„Ich bin der einzige in dieser Runde, der diesen Verdacht äußern kann, ohne dafür geschmäht zu werden, und drum sage ich es: Hinter den Anschlägen und hinter dem Mord an Malfatti steckt unser Geheimdienst, hierzulande bekannt als Mossad."

Einen Augenblick herrschte völlige Stille. Aus einem offenen Fenster einer Wohnung auf der anderen Seite der Straße hörte man einen Fernseher, der nicht gerade auf Zimmerlautstärke lief.

Mira Valensky fing sich als erste. „Waaas?“ Absoluter Unglaube war selten so hörbar gewesen wie in ihrer Frage. Dann riefen alle durcheinander, ehe Erlendur sich durchsetzte: „Lasst Michael doch seine Hypothese vortragen“, rief er, den nachbarlichen Fernseher und die Runde übertönend. „Weshalb sollte der Mossad ein Attentat auf israelische Bürger vortäuschen?“ Marga Zumsteyn stellte ihre Frage in der gewohnten Präzision.

Michael Ochajon lachte bitter. „Es ist ein Glück, wenn sie nur vorgetäuscht werden. Aber der Zweck ist Imagepflege. Oder Sympathiewerbung, nennen Sie es, wie sie wollen. Erinnern sie sich an den Sechs-Tage-Krieg, im Juni 1967? Damals hat Israel die Sympathien fast der ganzen Welt besessen. Und dann noch einmal nach der Befreiung der Geiseln von Entebbe. Aber sonst? Israel hat sein Opferimage verloren, aber auch sein Siegerimage. Die Zerstörung palästinensischer Häuser, Schabra und Schatila im Libanon, der Bau dieser schändlichen Mauer, die beiden Libanon-Kriege – das alles hat uns Sympathien gekostet, unserem Image schwer geschadet.

Unser Kampf gegen den Terror ist legitim, weil Kampf gegen Terror an sich legitim ist. Wir haben, nach Jahrhunderten, endlich ein Land, das wir *unser* Land nennen können. Niemand, keine Macht der Welt wird uns daraus vertreiben – wie es damals, 1967, unsere arabischen Nachbarn angekündigt haben, und wie es terroristische Gruppen und Staaten auch heute fordern oder ankündigen. Wir verteidigen uns, und diese Verteidigung ist legitim.

Aber wir haben bei dieser Verteidigung eine Grenze überschritten. Wir bieten das Bild eines Agressors. Wir sind im Kampf gegen Terroristen selbst Terroristen geworden. Staatsterroristen.

Eine zusätzliche Tragik liegt darin, daß wir diesen Kampf, wenn wir ihn wie einen Krieg oder als Krieg wie im Libanon führen, mit Sicherheit nicht gewinnen werden. Wir kämpfen gegen einen Feind, der sich unter der Zivilbevölkerung ununterscheidbar wie ein Fisch im Wasser – gemäß der Lehre von Mao Dsedong – bewegt und der die gesamte Zivilbevölkerung als Geisel genommen hat.

Sie kennen die Bilder von getöteten Zivilisten, von Frauen und Kindern, Sie kennen die Klagerufe palästinensischer Frauen über ihren toten Söhnen. Unser Vorgehen und die Bilder davon erzeugen täglich neue Terroristen. Ich fürchte, daß wir den Krieg der Bilder verloren haben – und dieser Krieg ist heute entscheidend. Wir selbst sind verachtete und geächtete Täter geworden. Wir haben uns am amerikanischen Virus infiziert. Ich hoffe, daß diese Infektion nicht tödlich ist.

Übrigens kommt das alles aus einer monströsen Verwirrung der Begriffe. Was ist Krieg? Bis ins vorige Jahrhundert war Krieg eine mit Waffengewalt ausgetragene Auseinandersetzung zwischen Staaten. In aller Regel mit den zur Verfügung stehenden Waffen, gemäß der Aussage von Präsident Truman im Jahr 1945. ‚Wir haben diese Waffe', sagte er im Hinblick auf die Atombombe, ‚daher werden wir sie einsetzen.'

Bei allen Unterschieden zwischen den Kriegsparteien blieb doch diese Symmetrie erhalten, daß es sich auf beiden Seiten um Staaten handelte. Im Krieg gegen den Terror ist diese Symmetrie verlorengegangen, oder man hat sie bewußt aufgegeben, um gegen terroristische NGO auch jene Mittel einsetzen zu können, die man gegen Staaten eingesetzt hat. Ich bin für den Kampf gegen den Terror – mit den Mitteln des Kampfes. Aber nicht für einen Krieg gegen den Terror."

Keiner sagte ein Wort. Das bedrückte Schweigen dauerte eine Viertelminute, die Thomas wie eine Viertelstunde schien. Ochajon sah sie der Reihe nach an: Erlendur und Montalbano, Scherzer und Thomas, Zumsteyn und Valensky. Thomas glaubte einen spöttischen Unterton zu hören, als Ochajon fortfuhr.

„Leider ist das europäische Gegenmittel nicht so wirksam, wie Sie und ich es uns wünschen würden. Zum Teil ist es nicht mehr als ein Placebo, zum anderen Teil schmeckt es nicht anders als das amerikanische Gift. Ich persönlich bedauere zutiefst, daß Europa es nicht schafft, ein Gegenmodell zur amerikanischen Todeskultur zu entwickeln. Es wäre hoch an der Zeit. Es bleibt nicht mehr viel Zeit – weder im Hinblick auf die knapper werdenden Ressourcen, noch unter sozialen und ökologischen Gesichtspunkten."

In das Schweigen knatterten Gewehrsalven vom Fernsehgerät in der gegenüberliegenden Wohnung wie eine akustische Illustration. Marga Zumsteyn brach das Schweigen: „Was Sie zur Verwirrung der Begriffe gesagt haben, ist ein europäisches Leiden. Der Krieg wird schon in der Schule als Vater aller Dinge gefeiert, dabei ist es nichts als eine falsche Übersetzung des Wortes polemos. Im vorigen Jahrhundert hat Kurt Tucholsky dieses Mißverständnis bekämpft. Vergeblich, wie wir wissen. Heute erleben wir mit Huntingtons Clash of Civilisations, was mit Vorliebe als Kampf der Kulturen übersetzt wird, das Gleiche. Dabei meint weder Clash den Kampf, noch ist eine Zivilisation eine Kultur."

„Ich verstehe nicht, was Israel oder der Mossad damit bezwecken sollten, einen Anschlag vorzutäuschen", versuchte Montalbano jetzt zum Thema zurückzuführen.

Ochajons Gesicht überzog ein kaum merkbares Lächeln. „Israel als Opfer – das hat uns Sympathien gebracht, denken einige bei uns, Leute in wichtigen Positionen. Leute, die zwar nicht demokratisch legitimiert sind und kaum kontrolliert werden, aber die Macht haben. Und sie meinen: Lassen wir Juden wieder als Opfer erscheinen. Dann wird man vielleicht auch unsere Vergeltungsschläge respektieren und akzeptieren. Daher steckt der Mossad hinter diesen Anschlägen in der Wiener Hofburg."

Betroffenes Schweigen machte erneut den Fernsehapparat von der anderen Straßenseite hörbar. „Das glauben Sie aber nicht wirklich?" Die beiden Frauen in der Runde hatten gleichzeitig gefragt.

„Es geht darum, denkbare Varianten gegeneinander abzuwägen", replizierte Ochajon. „Kollege Montalbano hat eine Version skizziert, im Gespräch sind wir zu weiteren Möglichkeiten gekommen, und ich habe eine weitere entwickelt. Lösen muß sie unser Freund Scherzer hier."

Mira Valensky hakte nach: „Sie haben aber sogar gemeint, der Mossad hätte Malfatti als Mitwisser beseitigt."

Ochajon wirkte müde. Er wehrte ab. „Das ist eine Denkmöglichkeit. Kommt bei Geheimdiensten vor. Das ist der Rest Realität, der sich sogar bei James Bond findet. Und das Wenige, was ich über Carlo Malfatti weiß, würde ins Bild passen. Aber vielleicht ist ja alles ganz anders. Vielleicht sind die Luster abgestürzt, weil das Material müde war. Und vielleicht ist Malfatti von einem eifersüchtigen Ehemann erstochen worden. Oder von einer Frau, deren Liebe von ihm nicht erwidert wurde. Kommt ja auch vor. Er redet mit ihr, bleibt kalt, dreht sich um, um zu gehen – und sie sticht zu. Cherchez la femme, was weiß ich!"

Mira Valensky füllte einige inzwischen geleerte Gläser, bot von den Spaghetti an und sagte beiläufig, während sie Montalbanos Teller füllte: „Da wäre meine Hypothese viel einfacher. Ich sag euch: Der Schwärzlich war 's."

Thomas und die Zumsteyn wollten Begründungen für die ihrer Meinung doch ziemlich kühne These hören. Scherzer meinte bloß, daß Präsident Schwärzlich wie alle anderen Mitarbeiterinnen und Mitarbeiter des Parlaments im aktuellen Stadium nicht als Täter auszuschließen sei.

„Als Schwärzlich zum Präsidenten des Nationalrats gewählt wurde, habe ich für mein Magazin ein Porträt gemacht. Schien den Herausgebern eine originelle Idee zu sein, nicht die Innenpolitik sondern mich als Gesellschaftskolumnistin auf Antonius Schwärzlich anzusetzen, Politik aus einer anderen Perspektive sozusagen.

Ich habe mich damals ganz schön hineingetigert. Habt ihr gewußt, daß der Schwärzlich und der Malfatti einmal nicht nur Parteifreunde – was ja bekanntlich die Steigerungsstufe von

Todfeind ist – sondern enge persönliche Freunde waren? Ich habe dieses Detail und die damit verbundene Geschichte damals nicht ausführlich beschrieben, weil sie mir nicht wichtig genug war und sich natürlich niemand dazu zitieren lassen wollte. Schwärzlich kann man ohne weiteres als erfolgreichen Politiker sehen. Er hat zwar eine relativ lange Zeit seine Tage als Hinterbänkler fristen müssen, und das ist bei einem so ehrgeizigen Menschen, der am liebsten wie Cicero seinen Cursus honorum im Galopp durchlaufen möchte und noch lieber alles zugleich wäre, einschließlich pontifex maximus, schon hartes Brot, aber zuletzt ist er dann ja doch Präsident geworden und inzwischen ist er, glaube ich, in dieses Amt nachgerade verliebt. Immerhin ist er protokollarisch der Zweite Mann im Staat, und während es Minister sonder Zahl gibt, gibt es doch nur einen einzigen Präsidenten des Nationalrats –"

Das konnte die Zumsteyn nicht durchgehen lassen. Sie fiel Mira Valensky in den Redefluß, was allerdings einer deutlichen Anhebung der Stimmstärke bedurfte. „Außer dem Zweiten und dem Dritten Präsidenten", rief sie mit schiedsrichterlicher Autorität. Mira Valensky hielt mit offenem Mund inne, fing sich aber rasch. „Ja schon, natürlich, klar, aber –" „– natürlich spielen die keine wirkliche Rolle", setzte Marga Zumsteyn ihren verfassungsrechtlichen Exkurs fort, „sie haben keinen eigenen Zuständigkeitsbereich. Ihre Verantwortlichkeit beschränkt sich auf ihren Vorsitz bei Plenarsitzungen des Nationalrats. Daher hat es schon seine Richtigkeit, daß das Amt des Präsidenten des Nationalrats einzigartig ist. Aber ich wollte sie eigentlich nicht unterbrechen, entschuldigen Sie", sagte Marga Zumsteyn in Richtung Mira Valensky, die nun den verlorenen Faden wieder aufzunehmen versuchte.

„Ich habe damals recherchiert, ob es im Leben des erfolgreichen Politikers Antonius Schwärzlich nicht auch so etwas wie Mißerfolge gegeben hat. Und da kam Malfatti ins Spiel. Es muß zwanzig, was heißt zwanzig, eher dreißig Jahre her sein. In Niederösterreich wurde ein Landesparteisekretär gesucht, und die haben damals in einem Anfall von Offenheit und Transparenz gefunden, daß sie diesen wichtigen Posten nicht einfach nach Gutdünken besetzen sollten, sondern im Wege einer öffentlichen Ausschreibung. Man stelle sich vor: durch eine öffentliche Ausschreibung, bei der sich jedermann und, nota bene, jede Frau bewerben konnte. Wenn die wirklich so offen vorgegangen wären, wie sie sich damals rühmten, hätten sie sich einen Sozi als Landessekretär der niederösterreichischen Schwarzen holen können – ein wirklich interessantes Experiment. Aber diese Offenheit war ja nur gespielt, ein pr-Gag sozusagen, schaut her, wie toll wir sind, wir sind für alles und für alle offen!

Nun gut, Schwärzlich hat damals den Job unbedingt haben wollen. Und seine Chancen waren gar nicht schlecht, zumal Malfatti – zumal Malfatti, daraus muß ich noch was machen, journalistisch – Vorsitzender der Berufungskommission war. Ich weiß nicht mehr mit Sicherheit, aber ich glaube, er war damals Kabinettchef oder Büroleiter oder wie immer das damals geheißen hat beim alten Kranewetter, heute schon lange tot, damals niederösterreichischer Landeshauptmann und Parteivorsitzender in Niederösterreich. Jedenfalls Malfatti also Vorsitzender der Kommission, die, glaube ich, vier Mitglieder hatte, irgendwie nach den Bünden war das, also Bauernbund, in NÖ immer wichtig und mächtig, Kranewetter war Bauernbund-Obmann damals, dann einer vom Wirtschaftsbund, sind also schon drei, und ein Vierter vom ÖAAB.

Es hat eine Unmenge von Bewerbern gegeben, auch von Bewerberinnen, beinah hundert, stellt euch das vor. Und der alte, naja, damals war er ja noch nicht so alt, der Kranewetter hat das ganz professionell aufziehen lassen, mit externer Beratung und dem ganzen Klimbim. Aber der alte Fuchs hat natürlich auch dafür gesorgt, daß keine Überraschungen passieren. Er wollte das Spiel bis zum Ende durchziehen, aber am Ende mußte der Kandidat seiner Wahl herauskommen, d. h. die Kandidatin seiner Wahl, ursprünglich jedenfalls. Und beim Demokratiespiel halten sich die Demokratiespieler brav an die Regeln, mit anderen Worten, bei gleicher Qualifikation hätte eine Frau den Sieg und den Job davongetragen.

Bloß daß sich keine der Damen, die der große Chef im Aug gehabt hat, um den Job beworben hat. Schön blöd wären sie gewesen, für jede Frau wäre das nichts anderes als Harakiri mit Anlauf. Und den Schwärzlich wollte der Kranewetter nicht, wegen irgendwelcher Unbotmäßigkeiten, was weiß ich, wegen blöder Fragen bei einem Parteitag oder wegen eines aufmüpfigen Artikelchens im Organ der Parteijugend, irgend sowas. Wenn ich mich richtig erinnere, hat nicht einmal Schwärzlich selbst gewußt, was Kranewetter gegen ihn hatte. Er hat es ihm nie gesagt, wie in zahllosen anderen Fällen auch. Der Alte hat so regiert, daß alle sich irgendwie schuldig gefühlt haben, und sie waren es auch, denn irgendwas hatte jeder auf dem Kerbholz.

Als Insider hatte Schwärzlich allerdings, nach den kalten Füßen, die sich Kranewetter bei den Damen geholt hatte, gute Aussichten, von der Kommission primo loco gereiht zu werden – zumal er seinem Freund Malfatti, dem Vorsitzenden der Berufungskommission, im Verfahren und schon in der Vorbereitung mit Rat und Tat zur Seite gestanden war.

Nun war Kranewetter natürlich in keiner Weise an den Vorschlag seiner Berufungskommission gebunden, er war völlig frei. Aber er hatte sich nun einmal auf das Demokratiespiel eingelassen, daher wollte er es bis ans Ende spielen, was bedeutet, daß Schwärzlich nicht primo loco gereiht werden durfte, und wenn das schon nicht zu verhindern war, dann mußte Kranewetters Kandidat ex aequo gereiht werden. Also hat er einen alten Spezi exhumiert, der aus der Politik, nun ja, nicht gerade in die Privatwirtschaft, sondern in eine Standes- oder Interessenvertretung geflüchtet war, wo man ja auch der Politik nicht entgeht, weil man in Österreich der Politik nirgends entgeht, nicht einmal auf dem Friedhof, womit ich zum Exhumieren zurückkomme, und den hat er dazu bewogen, sich zu bewerben.

To make a long story short, nach den verschiedenen Vor-Auslesen und Zwischenrunden blieben eine Handvoll Kandidaten – Frauen haben es, glaube ich, nicht bis ins Finale geschafft – übrig, und in den Hearings der Berufungskommission kristallisierten sich Schwärzlich und der von Kranewetter

Exhumierte als Sieganwärter heraus. Ich habe damals, als ich an dem Schwärzlich-Porträt gearbeitet habe, natürlich auch Malfatti befragt. Zuerst wollte er mir an die Wäsche, das habe ich ihm sofort abgestellt, und dann hat er brav geplaudert. Man muß die Herren Politiker nur bei ihrer Eitelkeit packen, man muß ihrem Ego ein wenig schmeicheln, dann werden sie mitteilsam bis zur Verblödung. Ist jedenfalls meine Erfahrung. Malfatti hat mir damals Dinge erzählt, die ich selbst dann nicht schreiben hätte können oder jedenfalls nicht geschrieben hätte, wenn er es mir erlaubt hätte, und von ihm weiß ich das meiste, was ich euch da erzähle, ist ja keine Veröffentlichung, und ist auch nicht so, daß ich mich nach Malfattis Tod nicht an das Versprechen halten würde, das ich ihm damals gegeben habe.

Vielleicht war er ja auch betrunken bei unserem Gespräch, auch diesen Ruf hatte er ja, und manchmal kommt man ja erst drauf, daß einer säuft, wenn er einmal ausnahmsweise nüchtern ist. Malfatti hatte damals als Vorsitzender der Kommission eine nicht ganz einfache Position. Da war sein Freund Schwärzlich in aussichtsreicher Position, und da war der Auftrag seines Chefs, Kranewetter, daß der Exhumierte als Sieger die Ziellinie passieren sollte. Er hätte die Prozedur vereinfachen und abkürzen können, indem er seinem Freund Schwärzlich einfach sagte, du, lieber Freund, der Schwärzlich will den anderen, ich habe einen entsprechenden Auftrag, zieh die Kandidatur zurück, und die Sache wäre gelaufen gewesen. Wahrscheinlich hätte es in ein paar Blättern Mutmaßungen über die Hintergründe von Schwärzlichs Rückzieher gegeben, und das Demokratiespiel hätte auch nicht so tadellos öffentlich funktioniert, jedenfalls hat der Malfatti den Schwärzlich im Glauben gelassen, daß er eine Chance hätte.

Dann war also die letzte Runde des Hearings vorüber, und die Schlußberatungen der Kommission waren von einer Kürze, die alle Beobachter überrascht hat. Ich gebe wieder, aus meiner Erinnerung, was Malfatti mir damals erzählt hat. Er, Malfatti, wollte zunächst erkunden, wie eine allfällige Abstimmung ausgehen würde. Zuerst also die Frage an den Bauernbündler –

natürlich nicht, für wen er sei, sondern wie er die Lage beurteile, welche Eindrücke er in dem langen Verfahren von den Kandidaten gewonnen habe usw., der ganze Schmus. Der Bauernbündler redete nicht lange herum und meinte, der Exhumierte habe auf ihn den besten Eindruck gemacht. Dann ließ der ÖAABler seine Präferenz für Schwärzlich erkennen, also stand es 1:1. Jetzt kam es auf den Wirtschaftsbündler an, von dem Malfatti gerechnet hatte, daß er gegen Schwärzlich stimmen würde, zumal ihn der im Hearing nicht gerade hofiert hatte. Damit wäre die Sache 2:1 für die Mumie gestanden. Von Malfatti wußten alle, daß er ein Freund Schwärzlichs war und erwarteten daher, daß er für ihn votieren würde. Zwar hatte er als Vorsitzender eine halbe Stimme zusätzlich, und die hätte den Ausschlag für Schwärzlich gegeben, aber man konnte sich nicht sicher sein, daß Malfatti, als Kranewetters Chef de Cabinet, von seinem Dirimierungsrecht Gebrauch machen, für seinen Freund stimmen und damit seinen Chef verstimmen wollte.

Es kam ohnedies ganz anders, denn der Wirtschaftsbündler sprach sich zur Überraschung aller – und zum Grimm des Bauernbündlers – deutlich für Schwärzlich aus. Ich glaube, er hatte eine Rechnung mit Kranewetter offen, der ihn mehrfach schlecht behandelt hatte. Mit dem Wirtschaftsbündler wäre, das erwartete Votum Malfattis für Schwärzlich vorausgesetzt, Schwärzlich mit 75 Prozent der Stimmen als erster und geeignetster Kandidat gereiht gewesen. Aber, wie Malfatti in dem Gespräch mit mir betonte, es kam ja gar nicht zu einer Abstimmung. Malfatti hat es vorgezogen, den Auftrag Kranewetters auszuführen und dafür zu sorgen, daß die Mumie primo loco gereiht wurde. Da dies bei einer regulären Abstimmung nicht möglich gewesen wäre, machte es Malfatti kurz. Er sehe, daß man sich nicht auf einen Kandidaten einigen könne, sagte er, und mir hat er gesagt, daß ihn das bis heute reue, vor allem deshalb, weil Kranewetter es ihm nicht gelohnt und ihn sehr bald darauf fallen gelassen hat. Er schlage daher vor, sagte er, um das Verfahren abzukürzen und sich eine unnötige Diskussion und vielleicht die Zerschlagung von viel Porzellan zu ersparen,

Schwärzlich und die Mumie ex aequo und beide als „in hohem Maße geeignet" als erste zu reihen, den Rest der Kandidaten aber zu vergessen. So gelang es Malfatti, die Schwärzlich-Anhänger zu überrumpeln. Die Sitzung war zu Ende, ehe sie recht begriffen hatten, was geschehen war.

Kranewetter hat dann noch eine Show draus gemacht, persönlich die beiden Kandidaten zu getrennten Hearings kommen lassen, bedeutungsschwer mit dem Kopf gewackelt, wie es seine Art war, die Stirn in Sorgenfalten gelegt, die Bedeutung der Entscheidung für das Wohl des Landes und der Partei betont, die Kandidaten öffentlich seiner Wertschätzung versichert – das ganze Demokratiespiel rauf und runter, Kranewetter war darin Meister. Die Mumie wurde inthronisiert, und Schwärzlich ist zu seinem Bis-dahin-Freund Malfatti gegangen, und auch den folgenden Dialog hat mir Malfatti erzählt."

Mira Valensky hatte ihre Geschichte im Stehen vorgetragen, unterstrichen mit weit ausholenden Gesten und begleitet von schauspielerhaften Grimassen. Jetzt sprang sie förmlich zwischen zwei Positionen hin und her und charakterisierte zusätzlich die beiden darzustellenden Personen durch unterschiedliche Stimmlagen.

„Schwärzlich: Ich halte dich nicht lang auf, Malfatti. Ich möchte dir nur sagen, was ich von dir halte.

Malfatti: Lieber Freund –

Schwärzlich: Solltest du mich je öffentlich als deinen Freund bezeichnen, sehen wir uns vor Gericht wieder.

Malfatti: Ich versteh' ja, daß du verärgert bist, erregt, zornig, vielleicht auch verletzt.

Schwärzlich: Nichts davon, ich bin ganz ruhig.

Malfatti: Was hätt' ich denn tun sollen? Ich wollte den Alten nicht reizen, indem ich von meinem Dirimierungsrecht Gebrauch mache.

Schwärzlich: Jetzt bist du auch noch zu feig, die Wahrheit zu sagen. Es hätte eine klare Mehrheit für mich gegeben.

Malfatti: An die Kranewetter nicht gebunden gewesen wäre, und es war doch ein schöner Prestigeerfolg für dich –

Schwärzlich: Du kapierst überhaupt nichts. Und ich will mit dir nichts mehr zu tun haben.

Malfatti: Du schaffst mir also das Arschlecken?

Schwärzlich: Die Realisierung dieses Angebots würde eine körperliche Nähe voraussetzen, die mir unerträglich wäre. Adieu.

Schwärzlich ging. Malfatti hatte erwartet, daß er die Tür knallend zuschlagen würde, doch Schwärzlich schloß die Tür behutsam, und das machte auf Malfatti größeren Eindruck als ein donnernder Abgang. Für ihn war klar, daß er seit jener Stunde nicht nur einen Freund verloren, sondern einen Feind gewonnen hatte, der mit Geduld auf eine Gelegenheit zur Rache warten würde."

Valensky ließ sich in ihren Sessel fallen. „Ist das ein ausreichendes Motiv für einen Mord? So sehr mich deine Darstellung gepackt hat." Erlendur Sveinsson, der wortkarge Isländer, meldete Zweifel an, um sogleich laut denkend an den eigenen Zweifeln zu zweifeln. „Anderseits: Haß ist immer ein starkes Motiv. Obwohl die letzte Äußerung weniger auf Haß hindeutet als auf Verachtung. Kann man einen Menschen auch aus Verachtung töten? Kann man überhaupt jemanden noch hassen, den man nur noch verachtet?"

Scherzer war Valenskys Vorführung, denn das war es eher gewesen als eine Erzählung, mit Spannung gefolgt. Er stimmte Erlendurs Zweifeln zu. „Es ist schwer, einen Haß so lange, rund drei Jahrzehnte in diesem Fall, zu konservieren, überhaupt dann, wenn er aus einem Affekt kommt. Haß verraucht wie Zorn, wird schwächer. Außerdem kann ich mir nicht vorstellen, daß Schwärzlich nicht früher, als der Haß noch frisch war, genug Gelegenheit gehabt hätte, Malfatti zu beseitigen."

„Mich irritiert bei dieser Hypothese, daß Schwärzlich sich vor Lob über den ermordeten Malfatti geradezu überschlagen hat." Marga Zumsteyn zeigte sich einmal mehr als scharfe Analytikerin. „Das kann der Camouflage dienen", wandte Scherzer ein.

Thomas sah noch ein anderes Motiv, und einen weiteren Aspekt der Persönlichkeit seines Präsidenten. „Nil nisi bene de mortuis, wie du vorhin ganz richtig bemerkt hast, Marga. Außerdem ist Schwärzlich jetzt endgültig Sieger. Der Triumph des Überlebenden. Würde er nichts sagen, würde das doch zu sehr auffallen, wo er doch jedes Ableben von ehemaligen Parlamentariern und" – eine Verneigung in Richtung Zumsteyn und Valensky – „Parlamentarierinnen nicht bloß kurz kommentiert, sondern sich als üppiger Nachrufer betätigt. Ich glaube, seine Nachrufe sind nicht nur für die Lebenden bestimmt, sondern auch, wenn nicht in erster Linie, für die Toten. Gewissermaßen als Großmut gegenüber Besiegten, versteht ihr? Schwärzlich arbeitet da an seinem Ruf wie an seinem Nachruf."

Die letzten Worte hatten die Aufmerksamkeit Michael Ochajons erregt, und auch Montalbano blickte interessiert von seinem Teller auf. „Das müssen Sie näher erklären", sagte der Israeli.

„Der Wein ist hervorragend, Frau Valensky, und ich fürchte, ich habe schon zu viel getrunken. Das verleitet mich offenbar nicht nur zu reden, sondern dummes Zeug zu reden. Aber wenn Sie erlauben: Wurde Julius Cäsar nicht wegen seiner clementia gerühmt, wegen seiner Milde gegenüber besiegten Feinden? Bei allem, was wir von ihm wissen, hat er allerdings nicht aus Barmherzigkeit so gehandelt, sondern aus Berechnung, um aus Feinden Verbündete zu machen gegen weitere Feinde. Und außerdem wollte er damit Größe beweisen: Seht her, welch großzügiger und mutiger Mann! Seine Rechnung ist aufgegangen. Er herrschte in Rom als ungekrönter König, und sein Ruf hat die Jahrhunderte überdauert."

„Diese Gefahr besteht bei Schwärzlich wohl nicht", warf Marga Zumsteyn ein.

Doch Thomas gab sich nicht geschlagen. „Da hast du recht, aber bedenke: Schwärzlich wird nicht als kleinlich oder kleinkariert taxiert, wenn er seine Gegner großzügig behandelt und sie eher größer als kleiner macht. Er erhöht sich damit selbst, denn nur große Männer haben große Gegner. So arbeitet er an seinem Ruf. Daß er sich penibel um die kleinsten Kleinigkeiten kümmert, sich überall einmischt, lästig und besserwisserisch, daß er seine Meinungen und Aufträge sprunghaft ständig ändert – das wissen wir als seine Mitarbeiterinnen und Mitarbeiter, den anderen bleibt es verborgen. An seinem Nachruf arbeitet er, indem er als Panegyriker –" –„Ruhmredner bei Begräbnissen", erklärte Marga Zumsteyn – „Maßstäbe setzt. Wenn ein großer Grabredner zu Grabe getragen wird, ist das eine Herausforderung für alle Redner an *seinem* Grab."

„Wir haben jetzt September. Warten wir die Iden des März ab." Zumsteyn sagte es wie ein finales Verdikt, und keiner in der Runde mochte dem noch etwas hinzuzufügen.

* * *

Erlendur schien immer noch seinen Gedanken nachzuhängen, und Scherzer forderte ihn auf, laut zu denken, damit alle an seinen Überlegungen teilhaben konnten. „Es scheint mir tatsächlich sehr unwahrscheinlich, daß Präsident Schwärzlich als Täter in Frage kommt. Nein, ich muß es anders sagen. Es scheint mir unwahrscheinlich, daß der Vorfall, den du, Mira, geschildert hast, und der 30 Jahre zurück liegt, als Motiv für die Tat in Frage kommt, wenn Schwärzlich sie begangen haben sollte. Ich beneide dich im übrigen nicht um deine Aufgabe", wandte Erlendur sich an Scherzer, „Schwärzlich und andere Politiker, die sich ja immer für etwas Besonderes halten, in die Ermittlungen einbeziehen zu müssen. Mitglieder der Gesetzgebung tendieren vermutlich dazu, sich als Herren und nicht als Unterworfene der Gesetze zu fühlen."

Erlendur versank wieder in Schweigen. Er nippte an seinem Wein und setzte dann sein Selbstgespräch fort. „Manchmal sitzt eine Verletzung sehr tief und heilt auch in Jahrzehnten nicht. Mißbrauchte Kinder, vergewaltigte Frauen, auch Männer – sie vergraben ihre seelischen Wunden, und dann, nach langer Zeit, brechen sie plötzlich mit einer schockierenden Urgewalt auf, oder werden aufgerissen. Wenn die Geschichte vor 30 Jahren Schwärzlichs einzige Niederlage von Bedeutung war, kann schon sein ... Man muß auch bedenken, daß für die meisten Politiker eine Kränkung ihres Egos, ein Mißerfolg, ein

Einbruch ihrer Karriere besonders schmerzhaft sind, schmerzhafter als alles andere wahrscheinlich.

Aber wenn Malfatti im Möbeldepot umgebracht worden ist, dann brauchen wir eine Antwort auf folgende Frage: Welchen denkbaren Anlaß gibt es, der den Präsidenten des Nationalrats mit seinem Fraktionsgenossen Malfatti mitten in der Nacht im Möbeldepot zusammenführte? Ich bin mit den österreichischen Verhältnissen nicht so vertraut, daß ich darauf eine Antwort geben könnte – vielleicht kannst du uns dabei helfen, Thomas?"

Der so angesprochene Thomas konnte allerdings nichts beitragen. Zwar war bekannt, daß Schwärzlich sich um Details zu kümmern pflegte, die unter allen seinen Vorgängern auf der Ebene eines Abteilungsleiters erledigt wurden – aber mitten in der Nacht im Möbeldepot? Das paßte nicht, schon gar nicht ein Treffen mit Malfatti an diesem Ort zu dieser Stunde.

Erlendur straffte seinen Oberkörper, schaute seine Tischgenossen der Reihe nach an. „Machen wir einmal ein Gedankenexperiment, alle, die wir hier um den Tisch sitzen. Nehmen wir einmal als Tatsache an, daß Schwärzlich und Malfatti in der Nacht von Montag auf Dienstag im Möbeldepot des Parlaments zusammengetroffen sind. Machen wir ein Brainstorming zu folgender Fragestellung: Was könnte die beiden zusammengeführt haben, was meint ihr – und schließt keine Möglichkeit aus."

„Der Zufall", platzte Thomas heraus. Er mußte tatsächlich zu viel getrunken haben, daß er als erster eine Meinung vorbrachte. „Ja, das ist natürlich denkbar", stimmte ihm Erlendur zu. „Aber wir brauchen für diesen Zufall zwei plausible Voraussetzungen, eine für Malfatti, eine für Schwärzlich, die sie an diesen für Politiker nicht so üblichen Ort führten."

„Der Präsident hat im Hinblick auf den Kongreß persönlich einen Sicherheitscheck vorgenommen", bot Thomas als Erklärung an, und Marga Zumsteyn unterstützte ihn: „Das würde durchaus zu ihm passen." „Und Malfatti hat das Möbeldepot, besagen jedenfalls Gerüchte, gelegentlich als Versteck für seine amourösen Abenteuer genutzt."

„Auch durchaus plausibel“, stimmte Erlendur zu. „Aber würde das nicht eine dritte Person involvieren, eine Frau? Wissen wir etwas von einer Frau, Hans? Irgendwelche Anhaltspunkte?“ Scherzer verneinte und meinte, daß die entsprechenden Untersuchungen noch nicht abgeschlossen seien, jedenfalls fänden sich zahllose Fingerabdrücke, die noch zugeordnet werden müßten. Gemeldet habe sich aber niemand, weder Mann noch Frau.

„Dunkle Geschäfte.“ Michael Ochajon stieg in das Brainstorming ein, er bestand offenbar nicht auf seiner Mossad-These. „Malfatti war, wie wir wissen, hoch verschuldet. Schwärzlich könnte ihm Geld angeboten haben, für irgendeine Gegenleistung. Schwärzlich könnte Malfatti aber auch unter einem Vorwand hingelockt haben, um endlich seine lang gehegten Rachepläne in die Tat umzusetzen.“

„Scheint mir nicht sehr plausibel“, mischte sich jetzt Salvo Montalbano ein. „Eine derart öffentliche Person wie Schwärzlich kann doch keinen Schritt tun, ohne daß er erkannt wird – wahrscheinlich nicht einmal mitten in der Nacht im Parlament. Aber versuchen wir einen weiteren Schritt. Ein noch so dunkles Geschäft hätten die beiden doch wohl besser in den präsidentiellen Amtsräumen abgewickelt – wie es in der ganzen Welt üblich ist. Die größten Verbrechen werden in dieser Welt am hellen Tag begangen, von Männern in teuren Anzügen mit dem besten Ruf und in den höchsten Positionen, machen wir uns doch keine Illusionen. Wenn wir aber schon einen Blick auf die Nachtseite werfen wollen: Wissen wir wirklich Bescheid über die sexuelle Orientierung und die betreffenden Vorlieben der beiden Herren?“

Mitternacht war längst vorüber, als sich die Gesellschaft auflöste. Thomas fand seine Frau im Wohnzimmer vor, beim Fernsehen fest eingeschlafen, und hatte Mühe, sie wachzukriegen. „Daß man dich auch einmal sieht“, murmelte sie, um sofort wieder in Morpheus Arme zu sinken, und Thomas teilte ihr Schicksal nur wenig später.

Donnerstag

Caravaggio : Rembrandt 1 : 0

Thomas fühlte sich wie in Watte gepackt, als er am nächsten Morgen ins Büro ging. Er nahm nicht wahr, wie schön der Tag war und wie schön er noch zu werden versprach. Zwar hatte er das Haus gemeinsam mit seiner Frau verlassen, sie aber entgegen seiner Gewohnheit nicht ein Stück begleitet, sondern den Weg zum Stephansdom eingeschlagen. Beim Maria Pörtsch-Altar hatten sich wie stets Beter versammelt, Menschen kamen und gingen, manche schlurfenden Schritts, zündeten eine Kerze an, wobei das warme Licht ihre Gesichter erleuchtete und Brillen blitzen machte.

Thomas setzte sich auf den dem Eingang nächsten freien Platz in der vorletzten Reihe. Ein Traum beunruhigte ihn, oder waren es zwei Träume? Hatte sich ein Traum mit einer benachbarten Wirklichkeit vermengt? Er hatte eine unruhige Nacht gehabt und kaum geschlafen, wie ihm schien.

Eine Amsel singt vor dem Fenster, „schwarzer Mann" ist ihr Name. Ihm träumt, daß er von dem Gesang des schwarzen Mannes aufgewacht ist. Es ist eine Melodie von unnennbarer Süße und zugleich namenloser Traurigkeit. Der Poverello von Assisi begegnete einmal einem Engel, der auf einer Geige spielte. Hör auf, rief Franziskus, sonst zerspringt mein Herz. Der schwarze Mann vor dem Fenster ist der Engel des heiligen Franz, denkt Thomas im Traum, oder der zurückgekommene Mozart. Unter der Oberfläche der Fröhlichkeit seiner Musik liegt eine so große Trauer, manchmal sogar Verzweiflung, man muß es nur hören. Da sind Soldaten, sie nehmen seine Pferde gefangen, er sieht es aus der Ferne. Er gleitet den steilen Hang hinunter, ohne die Beine zu bewegen, wie auf einem Surfboard. Im Haus herrscht große, beunruhigende Unordnung, wie soll er da etwas finden, er weiß nicht einmal, was er finden soll, aber er muß es finden. Da sind zwei junge Soldaten. Er weiß, daß es sich um Russen handelt, da, auf dieser Wiese, hatten die Russen 1945 ihr Feldlager aufgeschlagen, und als sie weiterzogen, haben sie ihre große Gulaschkanone geleert, und die Vögel kamen und pickten die Grütze auf, sein Vater hatte es ihm erzählt. Er verlangt nach dem „commanding officer", die Russen sind Kaugummi kauende Amerikaner, das Zimmer ist voller Soldaten. I want to make it perfectly clear to you that this is my house. For which reason you are here I do not know and I do not want to know. Ein Soldat sagt etwas, aber er versteht ihn nicht. I could not understand you, but if it was a joke I will laugh later. I want to tell you that you are not welcome repeat NOT welcome here. Wieder sagt ein Soldat etwas, diesmal glaubt er ihn zu verstehen: We're here to take you with us. Die Soldaten werden zunehmend feindseliger. Seine Frau – wie ist seine Frau plötzlich hierher gekommen? –, seine Frau versucht, beruhigend auf ihn einzuwirken. Die Soldaten fangen an, seine Pferde eins nach dem anderen zu erschießen. Die Tiere brechen in die Knie, mit dem letzten Atem dringt blauer Pulverrauch aus ihren Nüstern. Vor dem Fenster singt der schwarze Mann, sein Lied ist von schmerzhafter Schönheit, sein Herz droht zu zerspringen.

Thomas stand auf, zündete eine Kerze an, setzte sich wieder an seinen Platz. Haben Träume eine Botschaft? Vielleicht hat dieser Traum eine Botschaft, er war, bei aller Wirrnis, von geradezu kristallener Klarheit und Plastizität. Er schaute auf die Menschen neben und vor ihm. Viele beten, bewegen dabei die Lippen, er sieht Rosenkränze. Ob sich seine Unruhe auflösen würde, wenn er beten könnte? Er weiß, daß ihm die Formeln schon lang keine Hilfe sind. „Darauf sah er gen Himmel, nannte Gott zweimal du und schwieg lange." Das war Jean Paul, glaubte er sich zu erinnern. Nietzsche fiel ihm ein, sein Wort über „jene zarte Gelassenheit, welche sich Gebet nennt und eine ständige Bereitschaft für das Kommen Gottes ist". Er wußte: Hier konnte er Dinge von seiner Seele laden, die er keinem lebenden Menschen anvertrauen mochte.

* * *

Als Thomas nach einer knappen Viertelstunde den dämmrigen Dom verließ, in den Wirbel des Stephansplatzes eintauchte und der U-Bahn zustrebte, war die Unruhe von ihm gewichen. Er sah die nächsten zwei Tage klar vor sich – das genügte ihm.

Eine Zeile eines Gedichts fiel ihm ein, er wußte weder von wem sie stammte noch ob es sich um den Anfang oder das Ende des Gedichts handelte oder um eine Zeile irgendwo in dem Gedicht: „Es gibt eine Verszeile von Verlaine, die mir nicht mehr einfallen wird ..."

Das gesamte Parlament war bemüht, den Eindruck von „business as usual" zu machen, aber Thomas spürte die alles beherrschende Anspannung. Nirgendwo sonst war die Kunst so entwickelt, den Schein für das Sein auszugeben wie hier. Die Abgeordneten und Bundesräte gaben vor, die Repräsentanten des Souveräns Volk zu sein – und waren doch zu allererst die Marionetten ihrer Parteien, vielleicht noch von Interessenvertretungen und Verbänden. Das Volk? Das war nicht mehr als eine wohlfeile Vokabel. Wie „Demokratie". Das gesamte Parlament trug seine Aufgabe der Gesetzgebung vor sich her und rühmte sich bei jeder Gelegenheit dieser wichtigsten demokratischen Funktion – und doch nickte die parlamentarische Mehrheit nur ab, was die Regierung in den Ministerien ausarbeiten hatte lassen. Das war immer so gewesen, das würde immer so sein, gänzlich unabhängig von den wechselnden Mehrheiten. Die Oppositionsfraktionen beklagten den viel zu schwach ausgebildeten Kontrollmuskel – und gingen daran, ihn weiter zu schwächen, wenn sie zur Regierungsfraktion mutierten. Man befetzte sich – und trank anschließend in der Cafeteria zusammen einen Spritzer. Wie Verbündete. Nein, wie Komplizen, partners in crime. Die Servilität, die geradezu religiös anmutende Inbrunst mancher Abgeordneter aus den Regierungsfraktionen gegenüber ihren Ministerinnen und Ministern verursachte Thomas regelmäßig Brechreiz.

Es hatte einmal einen Wirtschaftsminister gegeben, einen gebürtigen Kärntner, der sich einer eigenwilligen Technik bediente, um die Dialektfärbung seiner Aussprache zum Verschwinden zu bringen. Er sprach stets von „Össterreich", und für „rissige Probleme" fand er ebenso „rissige Lössungen". Seine Fraktion folgte ihm darin blindlings.

Das Kärntner Idiom war in Wien offenbar nicht salonfähig, damit ließen sich kaum Sympathien erringen. Mit dem kehligen Tiroler Akzent war das anders. Thomas erinnerte sich an seine Zeit im Finanzministerium, das damals von einem Tiroler geleitet worden war. Erst nach dem Abgang des Tiroler Ministers kam er drauf, daß ein Sektionschef ein waschechter Wiener war; denn solange der Tiroler das Ressort geleitet hatte, befleißigte sich der Beamte eines tadellosen Tiroler Dialekts. Das Servile, Anpaßlerische gehörte längst zur Natur, hatte sich in den Genen festgesetzt, nicht nur bei diesem Individuum. Es war zum Nationalcharakter geworden, wehe allen, die sich zu unterscheiden wagten. Die Hierarchie hatte zwar nominell andere Stufen, aber es blieben die des Kaffeehauses: Piccolo, Kellner und Ober. Was die Angehörigen der einzelnen Stufen verband, war die statistische Normalverteilung der Fähigkeit und Bereitschaft zur uneigennützigen Gemeinheit, wie Friedrich Heer das einmal genannt hatte. Heer hatte noch untertrieben, dachte Thomas, als er nach dem Begrüßungsritus mit dem Portier des Neunerhauses den Aufzug bestieg, denn man war sogar bereit, großen Schaden in Kauf zu nehmen, wenn nur der Schaden für den Konkurrenten größer war.

Seine „Frau Sakristeidirektorin" fragte Thomas besorgt, ob ihm „nicht gut" sei, er sähe leichenblaß aus, und die Ringe um seine Augen „gehören eigentlich dem Saturn", wie sie sich auszudrücken beliebte. Mit Thomas Hinweis, daß es gestern „mit ein paar von den Kriminellen" sehr spät geworden sei, gab sie sich zufrieden.

Die Befragung der Mitarbeiterinnen und Mitarbeiter der Parlamentsdirektion hatte bereits begonnen. Sämtliche Lokale, die nicht vom Kongreß beansprucht wurden, hatte die Polizei beschlagnahmt, um die Befragung der rund 500 Personen möglichst rasch abwickeln zu konnen. Mit den Hausarbeitern, die früh mit der Arbeit begannen, war man bereits fertig, wußte Tilly. „Von denen hat man jede Menge Fingerabdrücke gefunden", berichtete sie, „aber das ist ja kein Wunder, die schleppen ja die Möbel." Scherzer und seine Kollegen mußten sehr zielstrebig zu Werke gegangen sein, denn offenbar hatten sie – wenn Tillys Angaben stimmten – die Fingerabdrücke im Möbeldepot bereits mit denen der Hausarbeiter verglichen. Von ihm hatte noch niemand einen Fingerabdruck genommen oder auch nur verlangt.

Ein E-Mail seines Dienstleiters und des Personalchefs luden seine gesamte Abteilung zur polizeilichen Einvernahme und zur Abnahme von „Fingerprints", wie es wörtlich hieß. Nun ja, auch beim ORF war aus der Hauptsendezeit längst die „Primetime" geworden, und statt eines nicht vorhandenen Rückgrats trugen manche kein „Backbone". „Lokal II, ab 9 Uhr", meldete die elektronische Post. Sein Besuch im Dom wirkte nach: Heute würde ihn kaum etwas aus der Ruhe bringen können.

Vor dem Lokal II wurden Thomas und seine Mitarbeiter von Scherzer begrüßt. Scherzer entschuldigte sich, daß er die Befragung nicht selbst vornehmen werde; dies sei infolge seiner persönlichen Bekanntschaft und ihre gemeinsame Vergangenheit nicht statthaft, wie er sich ein wenig geschraubt ausdrückte. Thomas äußerte dafür Verständnis und wies darauf hin, daß er um 10 Uhr beim Besonderen Ausschuß als „Zweiter" engagiert sei. Scherzer beruhigte ihn, daß die Befragung nicht so lang dauern würde.

So war es dann auch. Der Raum war stark verändert gegenüber der üblichen Anordnung der Möbel. Die Tische waren in der Mitte des Saales zusammengeschoben und zum Teil übereinander gelegt worden, umgeben von einigen Sesseln. Zusätzlich hatte man mittels Paravent den Raum in zwei gleich große Hälften geteilt, sodaß zwei Teams parallel arbeiten konnten. Eine hübsche junge Frau in Polizeiuniform fragte ihn nach seinem Namen und der Abteilung, verglich seine Angaben mit einer Liste auf einem Clipboard und bat ihn dann – sehr höflich, wie ihm schien – auf die andere Seite des Paravents. Ein lässig gekleideter Mann mittleren Alters stand von einem Sessel neben einem Schreibtisch auf, an dem eine weitere junge Beamtin saß, und streckte ihm die Hand hin: „Froschauer", stellte er sich vor. „Ich weiß, daß Sie alle nur wenig Zeit haben, daher sparen wir Zeit. Während meine Kollegin ihre Fingerabdrücke nimmt, stelle ich Ihnen einige Fragen, die Sie bitte möglichst kurz und präzise beantworten. Ich nehme an, daß Sie damit einverstanden sind, wenn wir unser Gespräch aufzeichnen. Fürs stenographische Protokoll, sozusagen."

Auf dem Tisch, die Polizei hatte einen der Tische des Lokals zu einem Schreibtisch umfunktioniert, sah Thomas einen Laptop und eine Reihe von zusätzlichen Geräten, aber kaum Papier. „Nehmen Sie bitte auf dem Sessel neben meiner Kollegin Platz", forderte ihn Froschauer auf, und die Beamtin sagte kokett: „Darf ich um Ihre Hand anhalten, Herr Doktor Thomas?" Thomas reichte ihr seine Rechte. Sie ergriff sie und preßte einen Finger nach dem anderen auf eine Glasplatte, die sie jedesmal danach reinigte.

„Wo waren Sie zwischen Montag dieser Woche, 21 Uhr, und Dienstag, vier Uhr früh, Herr Doktor?" Froschauer kam ohne Umweg zur Sache. Er stellte seine Frage in einem Ton und in einer Lautstärke, als säße er in einem Beichtstuhl, und Thomas mußte sich anstrengen, ihn zu verstehen. Aus der anderen Hälfte des Saales war ein ähnliches halblautes Murmeln zu hören. „Ist das die Zeit, in der der Abgeordnete Malfatti umgebracht wurde, nach dem Befund der Autopsie?" Froschauer ging mit keinem Wort auf Thomas' Frage ein. Er lächelte nur säuerlich: „Bitte!"

„Ab sieben Uhr bei einer Lesung, mit meiner Frau."

„Gibt es dafür – außer Ihrer Frau natürlich – Zeugen?"

„Eine ganze Reihe. Die Lesung war Teil eines Lesemarathons aus Kriminalromanen, und wir waren dort, um den Auftritt eines Kollegen aus dem Parlament mitzuerleben. Albert Hoffer, er arbeitet in der Pressestelle. Die meisten Leute aus meiner Abteilung waren dort, und fast alle aus der Pressestelle. Die Veranstaltung war ein Marathon, wie ich schon sagte, und lief schon einen ganzen Tag in diesem großen Zelt auf dem Rathausplatz. Wir kamen um etwa sieben Uhr hin, die Lesung Hoffers war für halb acht angesetzt, hat dann aber erst nach acht angefangen."

„Wir lange waren Sie dort?"

„Bis circa halb elf, oder kurz danach. Ich wüßte es nicht so genau, weil ich nicht darauf geachtet habe. Aber Hoffer bemerkte, als wir zusammen aufgebrochen sind, daß die ZiB 2 jetzt auch schon aus wäre und er den Beitrag über seinen Auftritt leider versäumt habe – natürlich ein Scherzerl."

Froschauer runzelte ob der Nennung des Namens seines Chefs, noch dazu in leicht verballhornter Form, die Stirn, kehrte aber sofort zu seiner Befragungsroutine zurück. „Und danach?"

„Bin ich mit meiner Frau in ein Lokal gegangen." Thomas konnte auch lakonisch sein, wenn Froschauer es so wollte. Er beschloß, bei dieser Vernehmung nur noch zu sagen, wonach er ausdrücklich gefragt wurde, vielleicht kürzte das die Sache ab.

„Welches Lokal?"

„Akakiko."

„Welches Akakiko?"

„Heidenschuß."

„Bis wann?"

„Bis zur Sperrstunde."

„Das war wann?"

„Mitternacht."

„Zeugen?"

„Ja."

„Welche?"

„Meine Frau."

„Außerdem?"

„Vielleicht der Kellner."

„Vielleicht?"

„Wenn er sich an uns erinnert."

„Und danach?"

„Sind wir nach Hause gegangen. Keine Zeugen."

„Und dann?"

„Was meinen Sie mit ‚und dann', Herr Froschauer?"

„Sind Sie danach noch einmal aus dem Haus gegangen?"

„Nein, erst am Dienstag in der Früh."

Froschauers Kollegin hatte schon ab der Mitte dieser Unterhaltung im Stil eines Ping-Pong-Spiels nur darauf gewartet, Froschauer etwas zu sagen. Jetzt nutzte sie die Gelegenheit, und sie paßte sich der knappen, geradezu minimalistischen Form an: „Keine Übereinstimmung", sagte sie, um dann doch, überflüssiger Weise, hinzuzufügen: „Nichts."

Thomas schaute fragend auf Froschauer, dann auf die junge Polizistin, die sich aber schon wieder ihrem Laptop zugewandt hatte. Froschauer schien doch ein menschliches Wesen und kein Fragen stellender Automat zu sein, denn er erklärte Thomas, daß in dem Möbeldepot keine „Fingerprints" – Thomas zuckte bei dem Wort zusammen – gefunden worden seien, die mit den soeben eingegebenen übereinstimmten. Aber maliziös fügte er hinzu, daß das natürlich wenig zu bedeuten habe, denn man könne ja davon ausgehen, daß der Mörder seine Spuren, sofern er überhaupt welche hinterlassen habe, sorgfältig verwischt habe.

* * *

Bis zur Sitzung des „Besonderen Ausschusses" blieb noch genug Zeit, dem nach der letzten Nacht matten Kreislauf ein wenig auf die Sprünge zu helfen. Die Cafeteria war, ungewöhnlich für diese Stunde, zum Brechen voll. Mit einem Blick durch den Tabaksqualm überzeugte sich Thomas, daß das Publikum sich zu etwa je einem Drittel aus Bediensteten der Parlamentsdirektion, Abgeordneten und Klubbediensteten, die vor der Sitzung ihres Ausschusses noch rasch einen Kaffee trinken waren, und Teilnehmern des Kongresses rekrutierte, die ihren Workshop schwänzten. Er steuerte, bei dem seinen Weg kreuzenden Herrn Rudi eine Melange ordernd, einen Tisch an, an dem ein älterer Mann und eine junge Frau saßen, beide offenbar Teilnehmer des Kongresses. Der Mann beantwortete seine Frage, ob er Platz nehmen dürfe, mit einem knappen Nicken, während die Frau „bitte, gern", sagte. Der Mann trug seinen Anhänger nicht, ein verstohlener Blick auf jenen der Frau belehrte Thomas, daß er es mit Linda Wallander zu tun hatte.

„Sind Sie inzwischen fix bei der Polizei, oder sind sie noch Anwärterin, Frau Wallander?“ Die so Angesprochene reagierte keineswegs überrascht, als hätte sie die Frage erwartet. „Wir teilen uns derzeit einen Arbeitsplatz, mein Vater“ – sie deutete mit dem Kinn in die Richtung des Mannes zu ihrer Linken – „und ich. Er arbeitet auf Altersteilzeit, ich bin noch auf Einschulung. Ende des Jahres geht mein Vater in Pension, dann fange ich richtig an.“

„Ich gratuliere Ihnen beiden! Freuen Sie sich auf den Ruhestand, Herr Wallander?“

„Aber ja! Ich hab ein Häuschen auf dem Land, dort werde ich wohl die meiste Zeit zubringen, bis ich ganz abtrete.“

„Das hat ja wohl noch Zeit!“

„Vielleicht weniger, als Sie denken. Man hat es ja auch selbst in der Hand. Fragen Sie meine Tochter hier.“

„Er spielt auf meinen Freitodversuch an; ich habe versucht, mir die Pulsadern zu öffnen, habe damals aber nicht gewußt, wie man es richtig macht. Er hat mich gefunden.“

Thomas war nicht entgangen, daß sie das Wort „Freitod“ betont hatte. Das war etwas gänzlich anderes als das schreckliche Wort „Selbstmord“. Damit unterließ man jede moralische Disqualifikation, ja brachte mit dem Wort von der Freiheit sogar eine positive Möglichkeit ins Spiel. Die Stoiker der Antike hatten das so gesehen. War es Mark Aurel, oder nein, es war wohl Seneca, der davon geschrieben hatte, falls ihm vom Leben einmal nur noch der Atem bleibe, wollte er das baufällige Gebäude seines Körpers verlassen.

„Und es ist nicht nett von dir, Dad, daß du das erwähnst. Ich hoffe und wünsche jedenfalls, daß du deine Pension lange und bei guter Gesundheit genießt – auch in meinem Interesse. Ich habe nämlich vor, dich gelegentlich um deinen Rat zu fragen.“

„Warum wollen Sie partout aufs Land?“

„Es war immer mein Traum, morgens aus dem Bett zu steigen und direkt hinaus ins Freie zu treten und pinkeln zu können.“

„Ist es gestattet?“ Ein massiger Mann bemühte sich um den letzten freien Stuhl in der Cafeteria, Benno Berghammer aus Bad Tölz. Er ließ sich ächzend nieder. „Ich möchte Sie alle drei drauf hinweisen, daß ich als Benno Berghammer bei diesem Kongreß registriert bin. Fragen Ottfried Fischer betreffend kann ich also nicht beantworten.“

„Das ist aber schade“, bemerkte Thomas, und auch Linda Wallander schien es zu bedauern. „Sie sollten endlich anfangen, sich von Ihrer Mutter zu emanzipieren!“ Kurt Wallander schien an Ottfried Fischer gründlich desinteressiert – eine Haltung, der Thomas eine flächendeckende Verbreitung wünschte.

„Aber das Leben, das Benno Berghammer führt, ist immerhin vor den Verwicklungen sicher, die Ottfried Fischer durchmachen mußte.“

„Da haben Sie schon recht“, setzte Wallander nach. „Und wer erst gar nicht heiratet, braucht sich auch nicht scheiden zu lassen wie ich.“

Berghammer war bestrebt, dem Gespräch eine Wendung zu geben. „In dem Fall mit den brennenden Schwänen, dem bei lebendigem Leib verbrannten Kalb, der erdrosselten Frau und dem Dom, der in Flammen aufging, haben Sie da eigentlich die Täter erwischt? Die Beschreibung des Falles durch Henning Mankell scheint mir irgendwie unabgeschlossen.“

„Das ist eben der Unterschied zwischen dem Leben, wie es Mankell beschreibt, und der Scheinwelt einer Fernsehserie. Bei Ihnen gehen alle Fälle nach höchstens eineinhalb Stunden glatt auf, und das Fernsehpublikum geht beruhigt zu Bett, denn Benno Berghammer wacht darüber, daß das Böse nicht die Oberhand behält.“ Kurt Wallander knurrte es mehr als er es sagte.

„Sie schwanzen den Workshop, Herr Kommissar, und verlegen Ihre Ermittlungen in diese friedliche Cafeteria“, mischte sich Linda Wallander in das Gespräch ein. „Dann müssen auch Sie sich eine Frage gefallen lassen. Woher kommt es, daß in Bad Tölz so viele Kapitalverbrechen, vor allem Morde, begangen werden? Bad Tölz scheint sich ja zu einem Zentrum des Verbrechens entwickelt zu haben."

Benno Berghammer war durch diese Frage nicht in Verlegenheit zu bringen. „Jo mei, da bin i schuld", bekannte er freimütig. „Bevor ich in Bad Tölz angefangen habe, war die Gegend kriminell im Durchschnitt, erst seit ich dort meine Polizeiarbeit mache, hat es sich über den Durchschnitt erhoben." „Da sieht man wieder die negativen Folgen des Fernsehens", meinte Thomas, und keiner am Tisch widersprach diesem Befund.

Berghammer wandte sich Thomas zu. „Hat man schon eine Ahnung, wer hinter dem Mord an diesem Politiker stecken könnte, dem Kalfatti, oder wie er heißt?"

„Malfatti. Ihre Wiener Kollegen sind eifrig am Ermitteln – so eifrig, daß sie soeben auch mich vernommen haben. Vielleicht haben Sie eine Theorie?"

„In allen meinen Fällen spielen zwei Personen immer als Verdächtige mit, ohne daß es dann einer der beiden wirklich gewesen wäre: der Baulöwe Toni Rappolt und der frömmlerische Prälat Hinter. Ich muß zugeben, daß das eigentlich ziemlich einfallslos ist, und zwar beides: die Verdächtigung und die Entlastung. Aber den Drehbuchschreibern fällt halt nix G'scheiteres ein."

„Darunter leidet wohl auch Ihre werte Mutter, Herr Berghammer. Die Frau Lorenz hat es da besser – die hat sich aus dem Staub gemacht und ist der einfältigen Ödnis entflohen."

„Ich hab' ja immerhin die Hoffnung, daß auch ich eines Tages von der Serie erlöst werde", seufzte Kommissar Berghammer, und er wirkte dabei bekümmert. Thomas entschuldigte sich bei seinen Tischgenossen, zahlte seine Melange und machte sich auf den Weg zur Sitzung des „Besonderen Ausschusses".

* * *

Die Sozialdemokraten spielten gern mit Schwärzlichs notorischer Pünktlichkeit und versuchten zu von ihm geleiteten Sitzungen gerade soviel zu spät zu kommen, daß sie Schwärzlich am Übergang von der kontrollierten Nervosität zur schwer zu kontrollierenden Aggression antrafen. Das war keine geringe Kunst, denn diese Grenze wurde von vielen Faktoren bestimmt, die zum großen Teil außerhalb der Einflußmöglichkeiten der roten Fraktionsmitglieder lagen. Als sie jetzt, betont gemächlich und miteinander tratschend, das Lokal VIII betraten, hatte Schwärzlich bereits einen roten Kopf. „Ich ersuche die Plätze ohne weitere Verzögerung einzunehmen und nehme die am Dienstag unterbrochene Sitzung des Besonderen Ausschusses wieder auf. Zur Debatte steht der Entwurf eines Ausländer- und Linkshänder- Aus- und -fortbildungs- sowie -förderungsgesetzes ALAFFG. Die Regierungsfraktionen haben neuerlich einen gesamtändernden Abänderungsantrag eingebracht, der den Fraktionen gestern –" Erst jetzt bemerkte Schwärzlich die erhobene Hand des roten Fraktionsführers Robert Schlapp. „Wünschen Sie das Wort zur Geschäftsordnung, Herr Abgeordneter?"

Schlapp wünschte. Thomas hörte, wie die hinter ihm an einem eigenen Tischchen sitzende Redakteurin der Parlamentskorrespondenz lang und tief seufzte und „geht das schon wieder los" murmelte. Schlapp umriß die Position seiner Fraktion, betonte, daß der neuerliche Abänderungsantrag das Ganze nicht besser gemacht habe und es geradezu grotesk wäre, nun gar die Ausländer und die Linkshänder in einen Topf zu werfen. Er könne bei den Regierungsfraktionen keinerlei Bereitschaft erkennen, auf Argumente der Opposition einzugehen und auch nur einen Millimeter nachzugeben. Er ersuche daher um Auskunft, ob dieser Eindruck zutreffend sei. Seine Fraktion behalte sich in diesem Fall vor, sich aus dem Ausschuß zurückzuziehen.

Andreas Wölflein wollte die gewünschte Auskunft gern geben: Ja, man sei gewillt, das Gesetz in der vorliegenden Form plenumsreif zu machen. Er und seine Fraktion würden aber in der Öffentlichkeit deutlich machen, daß die Sozialisten sich als Fundamentalopposition der demokratischen Auseinandersetzung verweigerten.

Das Seufzen der Redakteurin der Parlamentskorrespondenz entwickelte sich zu einem Schnauben, als Wölflein die Verdienste der Konservativen zu rühmen begann.

* * *

Thomas dankte in Gedanken Sigisbert Schauer für seinen Rat, das Schlafen mit offenen Augen zu lernen.

Er sitzt bei seinem Hausarzt.

„Und?"

„Ich habe noch keine absolute Sicherheit, aber es schaut nicht sehr gut aus."

„Du weißt, daß ich dieses Herumgerede hasse. Also schieß los, die Wahrheit ist besser als alles andere. Der Verdacht hat sich offenbar bestätigt. Wie hoch ist, annäherungsweise, meine Lebenserwartung?"

„Wenn die Diagnose Pankreaskarzinom richtig ist, und ich fürchte sie ist richtig, maximal zwei Jahre, eher weniger – wenn die Chemo greift. Die zweite Hälfte nicht mehr schön."

Warum war er so ruhig, warum schmetterte ihn nicht nieder, was sein Arzt und Freund ihm eröffnete? Warum stürzte er nicht aus der Ordination, warum rannte er nicht mit dem Kopf gegen die Wand? Er erinnerte sich an eine Szene in einem Film von Woody Allen. Er spielte einen Hypochonder, dem von seinem Arzt eröffnet wird, daß er gesund sei. Nachher, schon auf der Straße, macht er vor Freude beinah einen Luftsprung – und es ist, als hielte er mitten im Sprung inne, weil ihm bewußt wird, daß dies nicht mehr bedeutet als einen Aufschub. Die Unausweichlichkeit des Todes. Jetzt war sie aus einer fernen Möglichkeit zu einer bevorstehenden Wirklichkeit geworden. Noch einmal fiel ihm Woody Allen ein: Ich habe keine Angst vor dem Tod; ich möchte nur nicht dabei sein, wenn es so weit ist.

„Warum lächelst du?"

„Ich habe grad an Woody Allen gedacht. Was für Möglichkeiten habe ich?"

„In diesem Stadium nicht viele. Chemo, wahrscheinlich mit hoher Dosierung. Wir können in Wahrheit nur auf Zeitgewinn spielen. Chemo mit allen Begleiterscheinungen."

Thomas erinnert sich an Beschreibungen, die er gelesen hatte, an den einen oder anderen Fall aus seiner näheren Umgebung, an den Fall eines bekannten Kabarettisten. Während es gelegentlich hieß, der oder jener habe „den Krebs besiegt", fiel ihm kein einziger Fall eines Pankreaskarzinoms ein, der so ausgegangen wäre. Zuletzt hatten sich die Patienten aufzulösen begonnen, ganze Brocken kamen über die diversen Schläuche, an denen sie hingen, nach außen.

„Schmerzen?"

„Dagegen läßt sich etwas machen – aber ganz beherrschen lassen sie sich nicht, es sei denn um den Preis des Bewußtseins."

Nach einem längeren Schweigen, in dem nur das Ticken der großen Armbanduhr des Arztes und der ferne Verkehrslärm zu hören sind, sagt Ferdinand leise: „Es tut mir sehr leid."

Sie hatten den Termin eigens an einem Sonntagvormittag vereinbart. Da hatte Ferdinand zwar Dienst, aber der verlief in aller Regel so ruhig, daß Zeit für eine längere Plauderei blieb, für Erinnerungen an gemeinsame Erlebnisse, zum Politisieren, über zuletzt gelesene Bücher. Thomas schätzte diese Gespräche mit Ferdinand, zumal er wußte, daß sie beide sich dabei wie durch ein Beichtgeheimnis gebunden fühlten.

„Was steht eigentlich am Ende, ich meine: Was ist die Ursache für den Exitus?"

„Sauerstoffmangel. Nicht nur in diesem Fall, sondern ganz grundsätzlich immer – für jedes lebende Wesen. Das kann sehr schnell gehen, wie das Ausknipsen eines Schalters. Das kann aber auch relativ lang dauern, wie das Erlöschen einer Batterie. Das Ende selbst kriegt man nicht mehr mit, wenn die Synapsen im Gehirn nur noch wirr feuern. Die Erfahrung des Todes ist noch nicht beschrieben worden. Die vulgäre und lapidare Meinung, daß noch keiner zurückgekommen ist, entspricht der Wahrheit. Es gibt nur Beschreibungen von Nahtoderfahrungen, die kennst du sicher. In der Natur gibt es selten scharfe

Grenzen. Wir bewegen uns auf einem Kontinuum, mit Leben auf der einen und Nicht-Leben auf der anderen Seite."

„Vielleicht tut es mir deshalb leid um die Schlußworte des Ave Maria in der alten Fassung, in der die Rede war von der ‚Stunde unseres Absterbens'. Jetzt klingt es irgendwie wissenschaftlich-korrekt und kalt: ‚in der Stunde unseres Todes'. Die ‚Stunde unseres Absterbens' – du nennst das Kontinuum. Und ich bin schon auf diesem Weg."

„Nicht nur du. Denk an Woody Allen."

„Nur daß ich schon weiter bin als viele andere. Im Augenblick würde ich gern tauschen, zum Beispiel mit dir ... Ich glaube, ich lebe einfach noch ein wenig weiter. Ich tu so, als wäre da nichts. Ich werde auch meiner Frau kein Wort sagen. Und wie ist das bei dir? Ich weiß, daß meine Daten bei dir sicher sind, besser geschützt als durch die ärztliche Schweigepflicht durch unser gegenseitiges Beichtgeheimnis. Du könntest ja auch die Daten über meine letzte Erkrankung löschen – im Bedarfsfall, meine ich, oder?"

„Es sind schon gelegentlich Daten aus Versehen gelöscht worden."

„Habe ich dir einmal von meiner ganz persönlichen großen Angst erzählt? Ich hätte ‚Schmetterling und Taucherglocke' nicht lesen dürfen – du kennst diese Geschichte von dem Journalisten, der ein ‚Locked-in-Syndrome' erlitt und nur das Lid des linken Auges bewegen konnte. Aufmerksame Schwestern haben das mitbekommen, und so hat der arme Teufel in einer Art Morsesprache mit dem linken Auge das ganze Buch diktiert. Er war Chefredakteur der französischen Frauenzeitschrift Elle und knapp über vierzig Jahre alt – Jean Dominique Bauby. Ein solches Schicksal als Möglichkeit vor sich zu haben – das war für mich das Schlimmste, das Tor zum Wahnsinn. So gesehen habe ich mit meinem Pankreaskarzinom ja noch Glück."

„Gott mög' abhüten alles, was noch a Glück ist, sagt die Tante Jolesch. A propos Literatur: Du hast doch sicher Tolstoj gelesen, ‚Der Tod des Iwan Iljitsch'. Wenn philosophieren sterben lernen heißt, dann ist das höchste Philosophie. Unübertroffen.

Unerreicht. Obwohl ich zugeben muß, daß mich in jüngster Zeit Philip Roth mit seinem ‚Everyman' ziemlich verstört hat. Ich habe, als ich am Ende war, sofort von vorn begonnen zu lesen."

„Immerhin bleibt mir, im Gegensatz zu Bauby, die Möglichkeit zu gehen – und das veranschlage ich sehr hoch. Freiheit ist für mich ein sehr hoher Wert, das weißt du. Und *ich* weiß, daß du das respektierst."

* * *

Andreas Wölflein hatte seine Rede beendet. „Sarközi", trug Thomas in sein Formular ein. Sie schließe sich den Ausführungen des Kollegen Schlapp an, sehe sich aber durch die Vorgangsweise der Regierungsfraktionen veranlaßt, etwas demokratiepolitisch Grundsätzliches zu sagen. Mit ihrer neoliberalen Politik, für die auch der vorliegende Gesetzentwurf stehe, habe die Volkspartei, die sich ständig öffentlich auf die christliche Soziallehre berufe und christliche Prinzipien im Mund führe, nicht nur von diesen verabschiedet, viel schlimmer, sie spreche aller Humanität Hohn. „Sie leisten einer neuen Sklavenhaltergesellschaft Vorschub, sie setzen in der Konsequenz alles aufs Spiel, was sich die Menschheit in Jahrtausenden erarbeitet hat. Sie sind nicht nur mit Blindheit geschlagen, sie sind dort, wo Sie es zu einer gewissen Bewußtheit bringen, bösartig und gefährlich", rief Sarközi. Es war ihr gelungen, die Aufmerksamkeit sogar der abgebrühten Beamten zu erringen. In den Reihen der Regierungsfraktionen wurden „Aber, aber"-Rufe laut. „Reg' dich nicht so auf, das ist schlecht für die Schönheit", sagte ein Abgeordneter der kleineren Koalitionsfraktion, von der nicht einmal die Farbe im politischen Spektrum eindeutig definiert war. Blaue lagen im Krieg mit Orangen, einige widersetzten sich jeder Zuordnung. „Daß Sie inhaltlich schon lange nichts mehr beizutragen haben, hat sich ja herumgesprochen", quittierte Sarközi den Zwischenruf trocken.

„Frau Kollegin, wir sind in einer Geschäftsordnungsdebatte, zur Gesetzesvorlage können Sie sich nachher zu Wort melden", mahnte Ausschußobmann Schwärzlich die Grüne. „Herr

Präsident, ich war noch nie näher bei der Geschäftsordnung", replizierte Sarközi. „Es geht um den Sinn und den einzigen Zweck einer jeden parlamentarischen Geschäftsordnung, um das Funktionieren der Demokratie, und Sie sind für dieses Funktionieren eine ernste Gefahr." Thomas wettete mit sich, daß die Sitzung in Kürze entgleisen würde, und Thea Schimmel leistete unverzüglich mit einem in der allgemeinen Unruhe nicht eindeutig nachvollziehbaren Zwischenruf einen Beitrag dazu. Jede Wirklichkeit ist ein Konstrukt, sagte sich Thomas, und Erkenntnis ist vom Interesse geleitet. Man hört, was man hören will. Die Abgeordneten der Opposition waren sich darin einig, daß Schimmel „Zigeuner!" gerufen habe und machten ihrer Empörung mit „Schweinerei"- und „Skandal"-Rufen Luft. Sie taten es immerhin unverzüglich nach Schimmels Zwischenruf, was die „Zigeuner"-Version stützt. Bei früheren Anlässen und in anderen Gremien hatte es gelegentlich eine beträchtliche Sickerzeit gebraucht, von der „ordentlichen Beschäftigungspolitik" im Kärntner Landtag bis zu den „Kameradenmördern" im Bundesrat.

Schwärzlich bemühte sich zunächst redlich, die Sitzung nicht entgleisen zu lassen. Aber er hatte keine Chance gegen die Empörung, die immer höher gegen seinen Vorsitz anbrandete. Thomas konnte sich nicht erinnern, daß dem in seiner Vorsitzführung ebenso strengen wie effizienten Schwärzlich jemals eine Sitzungsleitung entglitten war, aber diesmal fand er kein Mittel gegen den wachsenden Tumult. „Sitzungsunterbrechung", forderten die Oppositionspolitiker. Schwärzlich unterbrach und bat die Fraktionsführer zu sich an den Präsidiumstisch.

Fünf Minuten später nahm er die Sitzung wieder auf und erteilte Abgeordneter Schimmel das Wort. Sie sei offenbar gravierend mißverstanden worden, erklärte diese, müsse aber die Unterstellung, sie habe Abgeordnete Sarközi als „Zigeuner" tituliert, mit aller Entschiedenheit zurückweisen. Sie habe vielmehr, von den Ausführungen der Abgeordneten Sarközi provoziert, diese mit den Worten „Zieh Leine!" zur Abkürzung ihrer Rede veranlassen wollen. Sie gestehe der Abgeordneten aber zu, daß dieser Ausdruck einer parlamentarischen Verhandlung nicht angemessen sei, und wenn sie damit die Abgeordnete Sarközi gekränkt habe, stehe sie nicht an, sich bei ihr dafür zu entschuldigen und den Zwischenruf mit dem Ausdruck des Bedauerns zurückzuziehen.

„Am Wort ist die Abgeordnete Sarközi", rief Schwärzlich zur Fortsetzung der Geschäftsordnungsdebatte auf. Sie sei im Begriff gewesen, über die Demokratie und deren Gefährdungen zu sprechen, und der Zwischenruf der Abgeordneten Schimmel sei geradezu ein Signal und eine Illustration dafür, ob der Zwischenruf nun „Zigeuner" oder „Zieh Leine" gelautet habe. Im ersten Fall stelle er eine ungeheure minderheitenfeindliche, ja rassistische Entgleisung dar, im zweiten eine demokratiepolitisch in höchstem Maß bedenkliche Einschränkung des parlamentarischen Rederechts einer frei gewählten Mandatarin. Sarközi geriet immer mehr in Fahrt, und nach dem Zwischenfall hatte sie so bald keine gravierenden Attacken zu erwarten. Sie spannte einen weiten Bogen von der Kinderarbeit in den Ländern der Dritten Welt über die in der gesamten EU stattfindende Umverteilung von denen, die über immer weniger verfügten, zu jenen, die immer mehr Reichtümer anhäuften, sie geißelte die kurzsichtige Profitmaximierung auf Kosten der schwindenden Ressourcen und einer gesunden und lebenswerten Umwelt, prophezeite einen „Welt-Bürgerkrieg" um die letzten Trinkwasserreserven. „Einige von Ihnen haben Kinder", schien sie nach einer halben Stunde in die Zielgerade ihrer Philippika einzubiegen, „denken Sie denn nie an die Zukunft Ihrer Töchter und Söhne, Ihrer Enkelinnen und Enkel? Wenn Sie schon nicht bereit sind, Ihre Verantwortung für unseren Planeten wahrzunehmen, denken Sie wenigstens an die paar Menschen, die Ihnen – vielleicht – nicht gänzlich gleichgültig sind."

Sarközi habe die Gelegenheit genützt, im Ausschuß für die Plenarsitzung zu trainieren, meinte darauf, als letzter Redner im Rahmen der Geschäftsordnungsdebatte, Astulf Braunauer.

Die Opposition übe sich einmal mehr in Fundamentalopposition und Gesprächsverweigerung. Wohin das führe, könne man am tragischen Los des Kollegen Malfatti erkennen. Er beabsichtige tatsächlich, zur Geschäftsordnung zu reden, die Vorlage stelle einen wichtigen, ja überfälligen Schritt dar, sichere die Zukunft von Ausländern wie Linkshändern und werde in dieser Sitzung vom Ausschuß dem Plenum zur Annahme empfohlen.

Abermals meldete sich Robert Schlapp zu Wort. „Verstehe ich richtig, daß die Regierungsfraktionen nicht bereit sind, von der Vorlage insgesamt oder in einzelnen Details abzugehen?" Wölflein und Braunauer nickten stumm, und Thea Schimmel rief spitz: „Was denn sonst!" Mit einem Ruck standen die Abgeordneten der SPÖ von ihren Stühlen auf und verließen, wie in einer Prozession, den Saal, gefolgt von den Klubmitarbeitern, die noch rasch ihre Papiere zusammenrafften.

Der Berichterstatter stellte kurz die durch den Abänderungsantrag zum Ausländer- und Linkshänder- Aus- und -fortbildungs- sowie -Förderungsgesetz mutierten Vorlage dar, kurz ALAFFG. „Klingt irgendwie nach Fasching: alaf, helau, leilei, alaffg", hörte Thomas einen schwarzen Abgeordneten seinem Nachbarn zuraunen. Der Berichterstatter ersuchte, „falls Wortmeldungen vorliegen", in die Debatte einzutreten. Keine Hand erhob sich. Auch die Innen- und die Sozialministerin hatten nicht das Bedürfnis, sich zu der Vorlage zu äußern. Schwärzlich konnte seine Genugtuung kaum verbergen: „Dann kommen wir zur Abstimmung. Wer der Vorlage in der Fassung des von den Abgeordneten Wölflein und Braunauer eingebrachten Abänderungsantrags seine Zustimmung gibt, gebe ein entsprechendes Zeichen." Die Vorlage wurde mit den Stimmen der Abgeordneten der Regierungskoalition an das Plenum des Nationalrats weitergeleitet.

* * *

Thomas hatte mit einer mehrstündigen Sitzung gerechnet und war über das unerwartete Geschenk einiger Stunden sehr erfreut. Er rief Tamara Tilly gleich vom Saalapparat an, um ihr mitzuteilen, daß er die Zeit für ein Mittagessen nützen werde – falls nicht irgendwelche höchst dringende Angelegenheiten dem entgegenstünden.

Thomas machte sich auf den Weg die Stadion- und die Josefstädter Straße hinauf zur „Frommen Helene“. Er sah seine Hoffnung, ob des schönen und warmen Wetters würde der Gastgarten im Innenhof geöffnet sein, erfüllt, und während er nach einem geeigneten Platz und der Kellnerin Ausschau hielt, die ihn stets kompetent plazierte, winkte ihm Proteo Laurenti zu. Er saß an einem Tisch, und Thomas nahm sein Winken als Einladung.

Laurenti war in Begleitung einer aparten Dame unschätzbaren Alters. Er stellte ihr Thomas vor, wobei er sein Kunstverständnis rühmte und ihn – zu Thomas nicht geringer Verlegenheit – als „Caravaggio-Experten“ pries. Sie hieß Maria Carezza, war eine Kollegin von Laurentis Frau und viel in der ganzen Welt unterwegs, um im Auftrag von Museen und Galerien Auktionen zu besuchen und das eine oder andere Stück für ihre Auftraggeber zu erwerben.

Proteo Laurenti gelang es gerade noch, eine Frage nach dem aktuellen Stand im Mordfall Malfatti anzubringen, und Thomas berichtete über seine Einvernahme im Stile der Spartaner, doch sogleich begann die Signora zunächst von Wien und seinen Kunstschätzen, dann von den Malern des 16. und 17. Jahrhunderts zu schwärmen. „Als Caravaggio-Experte haben Sie doch sicher in Amsterdam die große Ausstellung Caravaggio – Rembrandt gesehen“, stellte sie mehr fest als daß sie gefragt hätte. Thomas hatte die Exhibition besucht und war deswegen eigens, zusammen mit seiner Frau, mehr als drei Jahrzehnte nach einem Besuch in seinen Studentenjahren, wieder nach Amsterdam gekommen. Er hatte die Stadt in vielen Details anders in Erinnerung gehabt, aber eines war geblieben: die Entspanntheit und Lockerheit, ein sich ständig von selbst ordnendes Verkehrschaos aus Radfahrern, Fußgehern und Autos. Während der vier Tage, die sie in der Stadt zugebracht hatten, erlebten sie ein einziges Mal, daß ein Autofahrer nicht sofort weiterfahren konnte und vor Ungeduld hupte. Thomas liebte die von der kolonialen Vergangenheit des Landes geprägten Straßen, in denen sich die Düfte exotischer Speisen mit dem süßlichen Geruch von Marihuana mischten, er liebte die mit den Jahren in Schräglage geratenen alten Häuser und die Unaufgeregtheit ihrer Bewohner. Amsterdam, das war eine Stadt, in die man einmal jährlich für ein Wochenende kommen mußte, um Nachhilfe in Sachen Lockerheit zu nehmen.

Signora Carezza bekannte, selbst eine Jüngerin Rembrandts zu sein, den sie für das größte Malergenie aller Zeiten hielt – „einige steinzeitliche Höhlenmaler vielleicht ausgenommen", aber das sei ja vermutlich eher Religion als Kunst gewesen. „Beide verweisen auf die Transzendenz", warf Laurenti ein, was ihm einen raschen Blick der Signora und ein anerkennendes „benissimo, Proteo mio" eintrug. Er hätte die Ausstellung nicht gesehen, sagte Laurenti, Veit Heinichen habe es ihm – jedenfalls bis zum heutigen Tag – nicht gegönnt, und ohne ihn könne er keinen Schritt tun, weshalb er ja in Wirklichkeit auch gar nicht in Wien und in diesem schönen Lokal wäre. Der Vorteil einer literarischen Existenz sei aber, daß immer noch werden könne, was noch nicht sei, zumindest solange der Autor lebe.

Manchmal auch darüber hinaus, ja gar nicht so selten, fand hingegen Thomas. „Denken Sie an Homer, an Ovid, an Walther von der Vogelweide, an Oscar Wilde und James Joyce, an Catull und Shakespeare. Sie leben nicht nur in den Schulen weiter, sondern in ungezählten Bearbeitungen und Weiterführungen. Und daß Sie hier sitzen, danken Sie ja auch einem Autor, wenn auch nicht Veit Heinichen. So, wie Fruttereo und Lucentini Charles Dickens unvollendet gebliebenen Roman „The Mystery of Edwin Drood" aufgegriffen haben, um „Die Wahrheit über den Fall D." ans Licht zu bringen – ihre Wahrheit, wohlgemerkt –, so führen viele Figuren ihr Leben weiter. Die einen in neuen Versionen, die anderen in der Phantasie ihrer Leser oder auch im Film. Und sie nehmen dabei recht unterschiedliche Gestalten an. Wenn ich allein dran denke, welches Bild ich von Dr. Schiwago in meinem Kopf hatte, als ich Pasternaks Buch gelesen habe – und wie anders der war als jener Schiwago, den Omar Sharif im Film verkörperte!"

„Ich habe zuerst den Film gesehen und dann erst das Buch gelesen, daher trug Schiwago auch in meiner Phantasie die Züge Omar Sharifs. Aber erst als ich das Buch gelesen habe, habe ich verstanden, weshalb das Werk unter kommunistischer Herrschaft verpönt war", sagte Laurenti. Die Signora bekannte, nur den Film gesehen zu haben, und aus dem werde die ablehnende Haltung der kommunistischen Machthaber tatsächlich kaum verständlich.

„Wie sehen Sie das, Herr Laurenti", fragte Thomas.

„Wenn ich es in einem Absatz zusammenfassen soll, dann ist der Film die Darstellung einer Liebesgeschichte zweier besessen Liebender vor dem Hintergrund der russischen Revolution. Das Buch aber stellt die Liebe von Lara und Schiwago als geradezu besessenen Protest von zwei Individuen gegen die kollektiven Ideale der Revolution dar."

„Bravo, Proteo!" Die Signora applaudierte so heftig, daß einige der Gäste die Köpfe wandten, und auch Thomas gefiel die Charakterisierung, die allerdings ein wenig eingelernt klang, als hätte Laurenti sie schon mehrmals verwendet oder als hätte er sie sich angelesen.

„Und was hat Ihnen in Amsterdam, bei der Ausstellung, am besten gefallen?" Signora Carezza wollte offensichtlich auf das Terrain zurückkehren, auf dem sie von den drei Anwesenden eindeutig am besten zu Hause war. Thomas, der nichts von den Rankings hielt, die sich in den letzten Jahren zu einer wahren Seuche entwickelt hatten, konnte diese Frage nicht beantworten. Um seine uneingeschränkte Zustimmung zu erringen, müßte etwas perfekt sein – und was war das schon? Und war einmal etwas der Perfektion nahe, strahlte es zumeist eine Kälte aus, die seine Schönheit zerstörte. „In vitio decor est", zitierte er daher Ovid, und lieferte gleich seine eigene Übersetzung mit: „Charme liegt im Fehler."

Einzeln betrachtet, habe ihn Caravaggios Bild der heiligen Familie am meisten beeindruckt, in dem der um ein halbes Jahr ältere Johannes dem Jesusknaben an die Hüfte greift und Josef im Begriff ist, die Hand des Johannes wegzunehmen – oder führt er sie im Gegenteil hin, im Sinn von „da, greif ihn nur an unseren Erlöser? „Es wäre ein Idyll, die typische Darstellung der heiligen Familie eben, wäre da nicht der Blick der blutjungen Maria“, strömten die Worte aus Thomas heraus. „Was legt Caravaggio nicht alles in diesen Blick! Ich lese daraus die ganze Vergangenheit der jungen Frau, die nicht recht weiß, wie sie zu diesem Kind gekommen ist und wie ihr geschieht. Und die ganze Zukunft der Mutter, die ihren Sohn nicht versteht. Der als Verbrecher am Kreuz endet. Ich kenne nichts Vergleichbares – außer bei einem anderen Bild von Caravaggio.“

„Und welches wäre das?“ Laurenti und Carezza waren begierig, daß Thomas fortfuhr. „Rast auf der Flucht nach Ägypten“, gab Thomas bereitwillig Auskunft. Maria und das Jesuskind sind eingeschlafen, wohl vor Müdigkeit, vielleicht auch durch die süße Geigenmusik eines Engels. Josef hält, die müden Augen auf den androgyn wirkenden Engel gerichtet, die Partitur. Hinter dem Kopf des Josef ist der Kopf des Esels zu sehen. Und hier das Auge! In ihm ist für mich das Seufzen der gesamten Schöpfung versammelt, in diesem stummen Blick auf den Engel, alle Unerlöstheit und Erlösungsbedürftigkeit. Ich muß Ihnen gestehen“, sagte Thomas, und er fühlte, wie er dabei rot wurde, „daß diese Augen, die Augen der Maria und das Auge des Esels, imstande sind, mich zu Tränen zu rühren und im Innersten aufzuwühlen.“

„Theologisch interessant finde ich eine Emmaus-Darstellung von Caravaggio“, fuhr Thomas nach einer Pause fort, in der die Kellnerin das Essen gebracht hatte, während sich die beiden ihren Ravioli widmeten. „Da macht ein sehr junger Jesus eine Art Segensgeste über die Speisen – nicht allein Brot, sondern auch ein Brathuhn, und auf dem Tisch steht, ganz an der Kante, auch eine Schale mit bereits ein wenig angegammeltem

Obst. Caravaggio stellt den Augenblick dar, in dem den Jüngern die Augen aufgehen. Der eine breitet die Arme aus, der andere reißt seinen Sessel zurück, um aufzuspringen. Aber da ist eine vierte Person im Raum, augenscheinlich der Wirt. Er sieht keinen ‚Auferstandenen', er hat nicht Teil am Schrecken der beiden Jünger. Er schaut skeptisch auf die Szene, als fragte er sich, ob die ein wenig merkwürdigen Gäste auch ihre Zeche bezahlen würden."

„Was ist daran theologisch interessant?"

Die Signora schien nicht aus purer Höflichkeit zu fragen.

„Die theologisch korrekte und von der Bibel gestützte Aussage, daß man den Auferstandenen nur im Glauben erkennen kann, nicht aber als sozusagen historische Tatsache. Die beiden Jünger stehen für diesen Glauben, der Wirt hingegen für die ungläubige Welt. Man hat Caravaggio deswegen heftig kritisiert – sehr zu Unrecht, sage ich."

„Mich hat die Gegenüberstellung der Darstellung der Opferung des Isaak besonders beeindruckt." Die aparte Signora lenkte das Gespräch behutsam auf die Amsterdamer Ausstellung und zu ihrem Idol Rembrandt zurück. „Sie werden mir vielleicht zugeben, daß hier die Darstellung durch Rembrandt die reifere, ausgewogenere ist, oder nicht? Dann bin ich gern bereit, dafür zu kämpfen."

„Signora, preisen Sie Rembrandt, und ich will anschließend Caravaggio rühmen." Thomas bedeutete seiner Lieblingskellnerin, noch drei weiße Gespritzte zu bringen. Dieses Mittagessen konnte sich zu einer längeren Kunstdiskussion entwickeln. Thomas hatte nach dem unverhofft frühen Ende der Ausschußsitzung Zeit dafür und war obendrein froh, von der leidigen Mordsache abgelenkt zu werden.

„Ich beginne mit der Darstellung – für unseren Proteo hier, der das Bild vielleicht nicht so genau kennt – mit dem Format: Hochformat, etwa einsneunzig mal einsdreißig, gut geeignet als Altarbild. Das untere Drittel des Bildes ist vom hellen Leib Isaaks ausgefüllt. Isaak liegt auf dem Rücken, Oberkörper und Kopf bereits auf dem Holzstoß des Opferaltars. Seine Hände sind auf dem Rücken gefesselt, die Beine angezogen, wie in Erwartung des Schächtungsschnitts oder wie in einem unterdrückten Fluchtimpuls. Abraham ist ein alter Mann, mit wallend weißem Haar und Bart. Mit der linken Hand – ich bin versucht zu sagen Pranke – hält er den Kopf des Isaak nieder, hält ihm zugleich Mund und Augen zu. Der Rechten entfällt gerade das prächtige Opfermesser. Sein Blick ist auf einen in der Luft schwebenden Engel gerichtet, der die Linke wie zur Warnung hebt und mit der Rechten die rechte Hand Abrahams hält. Er hält sie nur leicht, beinahe zärtlich, und schon entfällt ihr das Messer. Der Blick des Engels ist auf Isaak gerichtet, während Abraham auf den Engel schaut. So drückt Rembrandt den bedingungslosen Glauben Abrahams aus. Der Herr fordert von ihm das Liebste – und Abraham ist bereit, es zu geben. In diese Bereitschaft ist selbst Isaak als Opfer noch einbezogen. Seine Haltung drückt Angst aus, das schon, aber keine Gegenwehr, sondern vielleicht sogar Bereitschaft. Es kommt aber auf Abraham an. Rembrandt hat seiner unbedingten Hingabe an Gott unübertrefflich Ausdruck verliehen. – Und jetzt Sie", forderte Signora Carezza Thomas auf.

„Dann will ich versuchen, analog zu Ihrer Darstellung vorzugehen und beginne mit dem Format. Es ist als Altarbild weniger geeignet, weil Querformat, und es ist einiges kleiner als das Rembrandt-Bild, etwa einen Meter hoch und gute einsdreißig breit. Bei Caravaggio ist das Licht immer schärfer, härter als bei Rembrandt. Auch Caravaggios Isaak liegt, aber hier ist er von seinem Vater überwältigt, der den Kopf des Sohnes auf den Opferalter drückt. Isaak liegt auf dem Bauch, man sieht nur den Kopf und einen Teil der rechten Schulter und des rechten Arms. Seine Augen sind vor Entsetzen geweitet, der Mund ist zu einem schrecklichen Schrei aufgerissen – geöffnet wäre ein Euphemismus. Dieser Isaak wehrt sich mit allen Kräften, und dieser Abraham ist grimmig entschlossen, den Auftrag auszuführen. Während er mit der linken Hand den Kopf des Sohnes niederdrückt, umspannt seine rechte Hand das schmucklose, aber sichtlich geschärfte Opfermesser. Der Engel steht bei

Caravaggio auf dem Boden, er schwebt nicht. Mit seiner Rechten packt er Abrahams Hand mit dem Opfermesser, mit der Linken zeigt er auf einen Widder am rechten Bildrand, auf den auch sein Blick gerichtet ist. Caravaggios Abraham scheint jünger als jener bei Rembrandt: brünetter, leicht angegrauter Rauschebart und Kahlhaupt. Er schaut grimmig auf den Engel, wie erbost über die Störung, als wollte er sagen: Was ist denn jetzt schon wieder, ich habe hier einen Befehl zu vollstrecken, wer wagt mich dabei zu stören. Aber er wird auch dem neuen Befehl gehorchen, weil er einer ist, der Befehlen zu gehorchen gewohnt ist."

„Das sind allerdings zwei völlig verschiedene, um nicht zu sagen konträre Deutungen dieser Geschichte." Proteo Laurenti war beiden Darstellungen mit gespanntem Interesse gefolgt. „Ich habe den Eindruck gewonnen, daß Rembrandt die Tat des Abraham verherrlicht, während Caravaggio sie kritisiert."

Thomas pflichtete dem scharfsinnigen Kommissar bei. „Ja, bei Rembrandt ist Abraham der gläubige Mensch, der Gottes Willen unter allen Umständen zu erfüllen bereit ist. Bei Caravaggio hingegen ist er ein autoritätshöriger Vollstrecker von Befehlen. Der wahre Skandal aber ist für mich der gleiche in beiden Bildern, nämlich ein Gott, der von seinen Anhängern so etwas verlangt. Da sieht der Italiener allerdings viel schärfer als der Niederländer. Die Frage, die ich mir schon als Jugendlicher bei dieser Geschichte gestellt habe, wird bei Caravaggio viel schärfer thematisiert: Wie können diese beiden Menschen, Vater und Sohn, nachher miteinander leben? Auf diese Frage antwortet Rembrandt „im gemeinsamen Hören auf den Herrn", während Caravaggio die realistische Antwort gibt: „Gar nicht." Wie soll ein Sohn mit einem Vater leben können, wenn der das Messer schon bereit hielt, es ihm in die Gurgel zu stoßen. Selbst Gott darf nicht alles verlangen. Und mehr: Abraham und Isaak sind ja auch ein Typos für ein anderes Opfer: für das Kreuzesopfer Jesu, im Gehorsam gegenüber dem Vater. Was für ein erschreckendes Bild eines Vater-Gottes, der seinen Sohn so opfert! – Entschuldigen Sie, ich habe mich wohl fortreißen lassen“, sagte Thomas, als er die betroffenen Blicke seiner Tischgenossen bemerkte. Nach einer Pause fügte er, das Thema abschließend, hinzu: „Gott darf nicht alles verlangen, weil es immer Menschen sind, die Gottes Gebote, Verlangen und Wünsche darstellen. Immer, ohne jede Ausnahme.“ Und so leise, daß es seine Gesprächspartner fast nicht hörten, fügte er noch hinzu: „Wir sind allein.“

Die Signora führte zu Caravaggio zurück, indem sie bemerkte, daß der Künstler sieben Jahre früher bereits eine andere Darstellung dieser Szene angefertigt hatte. Die sei allerdings bei weitem nicht so dramatisch, und Isaak liege „wie ein Model“ da, ein dummer Kerl, der den Ernst der Situation nicht zu begreifen scheint, obwohl ihn der Vater schon am Schopf gepackt hat.

* * *

Tamara Tilly, seine „Sakristeidirektorin“, empfing Thomas mit einem gelinden Vorwurf ob der ausgedehnten Mittagspause und mit einigen wichtigen Dingen: „Alle deine Chefs wollen mit dir reden, weil sie wissen wollen, wie der Kongreß läuft und ob es Probleme im Zusammenhang mit dem Mord gibt. Zwirner, Schauer und Czernin erwarten deinen Rückruf. Scherzer hat angerufen, wird sich aber wieder melden. Und eine Dame, die gesagt hat, daß sie Nausikaa heißt, hat angerufen und bittet um deinen Rückruf. Die Nummer liegt auf deinem Schreibtisch. Schwarzenberger hat angerufen und war wütend – und zwar auf mich –, weil du nicht da warst und auch auf dem Handy nicht erreichbar bist. Kein Wunder, es liegt ja auf deinem Schreibtisch“, fügte sie mit einem milden Ton des Vorwurfs hinzu.

„Das ist alles, sonst war nichts?“ fragte Thomas im Ton der Unschuld vom Land. „Als wäre das nicht genug, fehlt grad noch, daß der Präsident nach dir verlangt und du nicht da bist. Natürlich war da noch jede Menge sonst, aber das hab’ ich alles erledigen können.“ Thomas schickte ein kurzes Dankgebet zum Himmel für seine Tilly. Er wollte eigentlich nach dem Gedicht suchen, zwang sich aber, die eingegangenen Mails zu überfliegen, schrieb eilig die nötigen Antworten, rief „Nausikaa“ an und beteuerte, wie sehr er sich auf den Abend mit Scherzer und ihr schon freue. Während er einen knappen Bericht über den Kongreß verfaßte, bei dem alles programmgemäß lief und wo keine negativen – und auch keine positiven – Auswirkungen des Malfatti-Mordes erkennbar waren, rief Scherzer an und fragte, ob es bezüglich des Abends bei Adam so bleibe wie vereinbart. Nachdem Thomas bejaht hatte, fragte er, ob Thomas etwas dagegen hätte, wenn er ihn vom Büro abhole und ein wenig früher käme, um noch über ein paar Dinge reden zu können. „Komm, wann du willst“, ließ Thomas seinen früheren Kollegen wissen und wandte sich wieder dem Bericht zu.

Der Russe und Renata Abendroth steckten nacheinander ihren Kopf bei der Tür herein, aber er scheuchte sie mit einer Handbewegung und der Bemerkung „später!“ weg. Den Anruf Schwarzenbergers nahm er nicht an, nur um ihn zwei Minuten später selbst anzurufen. „Du bist noch auf freiem Fuß?“ Er wollte witzig sein, aber das ging diesmal daneben. „Daß ich noch nicht in U-Haft sitze hängt nur damit zusammen, daß sie dann die halbe Parlamentsdirektion einsperren müßten“, schimpfte er los. „Sie haben einfach zu viele Fingerabdrücke, das heißt zu viele Übereinstimmungen. Aber bei mir haben sie so gebohrt, daß ich schon geglaubt habe, du hättest ihnen einen Tip gegeben, in Richtung Molly Darcy's, du verstehst.“

„Du spinnst ja komplett“, wies Thomas diese Verdächtigung zurück. Er werde sich morgen melden, er müsse jetzt rasch einen Bericht abliefern.

Den fertigen Bericht mailte er an den Parlamentsdirektor, Kopien an PVD Schauer und an Zwirner, um die drei dann in der gleichen Reihenfolge anzurufen. So konnte er am besten Zeit sparen; denn wenn er Schauer sagen konnte, mit dem PD „schon darüber gesprochen“ zu haben, war der in aller Regel ein wenig beleidigt, weil dann ja „nichts mehr zu machen“ sei. Umsomehr galt dies, wenn Zwirner von ihm erfuhr, daß „PD und PVD schon informiert“ seien.

Keiner hatte den Bericht gelesen, was nicht weiter verwunderlich war, hatte er ihn doch erst vor wenigen Minuten abgesandt. Aber es verschaffte ihm einen leichten Vorteil, wenn er auf Vorhaltungen, wo denn sein Bericht bleibe, antworten konnte „den habe ich Ihnen schon gemailt, Sie müßten ihn schon haben". Dieser leichte Vorteil bestand auch diesmal darin, daß er die Telefonate kurzhalten konnte. So konnte er sich von Tilly, Abendroth und dem Russen den jüngsten Tratsch erzählen lassen. Er war nicht wenig erstaunt, sowohl die Montalbano-Version des islamistischen Anschlags als auch die Ochajon-Variante mit dem Mossad zu hören als auch eine Vermutung, Präsident Schwärzlich habe mit Malfatti eine offene Rechnung beglichen, ohne daß allerdings die einzelnen Positionen dieser Rechnung dargestellt wurden. Der Russe machte sich über Fritz Meyer lustig, der sowohl in der Islamisten- als auch in der Mossad-These eine Bestätigung für seine Theorie vom „Schwarzen September" zu sehen vermochte.

Tamara Tilly erzählte ihm, bevor sie nach Hause ging, ein entfernter Bekannter habe sich mit seiner Jagdwaffe erschossen. Der Mann hatte bei den gescheiterten Bemühungen um eine Betriebsansiedlung in ihrer früheren Heimat eine wichtige Rolle gespielt, ob Thomas sich erinnere? „Ja, sicher, wann war denn der Selbstmord", fragte er seine Sekretärin. „Na gestern Abend oder in der Nacht", war ihre Antwort. „Ich habe es heute Vormittag erfahren. Ich hätte es dir ja schon früher gesagt, aber du warst heute ja nur wenig da."

„Und? Hat er einen Abschiedsbrief hinterlassen? Hat er den Mord an Malfatti gestanden? Was weiß man, laß dir doch nicht jeden Wurm einzeln aus der Nase ziehen!" Weshalb war er plötzlich so ungeduldig, so gehetzt, als hätte er nur sehr wenig Zeit und furchtbar viel zu erledigen? Er entschuldigte sich bei Tilly, die stabil genug war, sich von den Launen ihres Chefs nicht beeindrucken zu lassen.

„Ja, es gibt einen Abschiedsbrief. Soviel ich weiß, war der Anlaß, den er in dem Brief genannt hat, daß er den Zeitpunkt nicht verpassen möchte und selbst entscheiden wollte, wann es

Zeit zu gehen sei. Er litt seit einigen Jahren an Parkinson." Man soll nicht aus einer Gleichzeitigkeit eine Verbindung konstruieren, mahnte Thomas sich selbst. Der Schein trügt fast immer, nur ganz selten ist etwas, wie es scheint.

„Er hat sich bei seiner Familie entschuldigt und um Verzeihung gebeten, daß er ihnen das antut. Seine Frau tut mir leid. Die Kinder sind längst aus dem Haus, er ist ... ich meine, er war 82 Jahre alt", schloß Tilly ihren Bericht, schnappte ihren geräumigen Lederbeutel, schenkte Thomas ein, dem Trauerfall angepaßt, nur angedeutetes Lächeln und verschwand.

* * *

Sie war noch nicht ganz verschwunden, ihr Duft hing noch im Raum, als Thomas Handy sich meldete. „Sag, wie komm ich in deine Festung?" Scherzers Frage war berechtigt, das Neunerhaus war um diese Zeit längst gesperrt. Thomas wies den Inspektor an, vor dem Tor auf Tamara Tilly zu warten, sie würde ihn ins Haus schlüpfen lassen. Bis Scherzer kam, wollte er das Gedicht aufspüren, das ihn seit dem Morgen verfolgte. „Es gibt eine Verszeile von Verlaine" gab er in Google ein. Schon stand Scherzer in der Tür.

„Google ist ein wahres Wunder", begrüßte ihn Thomas. „Da verfolgt mich seit der Früh eine Gedichtzeile, und ich weiß nicht, wo ich sie hintun soll. Ich geb' sie in Google ein – und da ist das ganze Gedicht. Schau dir das an." Gemeinsam lasen sie stumm „Grenzen" von Jorge Luis Borges:

Es gibt eine Verszeile von Verlaine, die mir nicht mehr einfallen wird,
es gibt eine Straße in der Nachbarschaft, die meinen Schritten verboten ist,
es gibt einen Spiegel, der mich zum letzten Mal erblickt hat,
es gibt eine Tür, die verschlossen bleibt bis ans Ende der Welt,
unter den Büchern meiner Bibliothek (ich habe sie vor mir)
ist eines, das ich nie mehr aufschlagen werde.
Diesen Sommer werde ich fünfzig Jahre alt;
der Tod verheert mich, unablässig.

Scherzer brach das Schweigen: „Dazu muß man nicht fünfzig werden. Der Tod ist uns in die Wiege gelegt."

„Wie kommst du mit den Ermittlungen voran?"

„Die Geschichte in der Hofburg machen unsere Terrorspezialisten. Wir gehen inzwischen davon aus, daß das mit dem Mord an Malfatti nichts zu tun hat. Ich bin mir da zwar nicht so sicher, aber soll sein. In der Sache verfolgen wir eine neue Spur. Hast du gewußt, daß Kater Carlo Geschäfte mit der Russen-Mafia gemacht hat?"

„Gewußt habe ich es nicht, aber es wundert mich auch nicht."

„Wobei das Wort Russen-Mafia ja beinah verharmlosend ist. Das ist ein dichtes Geflecht von Firmen und Clans, die sich untereinander brutal bekämpfen. Könnte sein, daß Malfatti die Firma wechseln wollte und ihn dieser Verrat das Leben gekostet hat. Die sind nicht gerade zimperlich. Ich wollte über zwei Dinge, oder besser zwei Personen, mit dir reden. Erstens über Malfatti, zweitens über deinen Kollegen, den Thronfolger."

Thomas war zu müde, als daß er sofort begriffen hätte, wen Scherzer meinte. Nach einem Augenblick, in dem er Scherzer verständnislos anschaute, deutete der mit dem Daumen nach oben, und jetzt fiel bei Thomas der Groschen: „Ach, du meinst den Schwarzenberger. Was soll mit dem sein?"

„Er ist so ziemlich der einzige, von dem wir frische Fingerabdrücke gefunden haben. Im Möbeldepot, du verstehst? Eigentlich hätte ich ausreichend Hinweise und Gründe, ihn in Untersuchungshaft zu nehmen, und nur die Russenmafia schützt ihn. Noch."

„Die Russenmafia. Schwarzenberger? Wie meinst du das, Hans?" Thomas mußte auf Scherzer einen ziemlich debilen Eindruck gemacht haben. Der Kommissar lachte laut auf. „So wie du dreinschaust, sollte ich dich wohl auch gleich festsetzen. Ihr jungen Leute haltet wohl überhaupt nichts mehr aus, oder? Also langsam, extra für die schwächeren Schüler: Wir gehen der Spur zur Russenmafia nach und behelligen daher im

Augenblick keine anderen möglichen Verdächtigen. Und wenn du mich fragst, und das würdest du tun, wenn du in einem normalen Zustand wärst, dann halte ich den Schwarzenberger nicht für einen Mörder – es sei denn im Affekt, und damit könnte es sich auf Totschlag ausgehen. Bevor ich in der Sache aktiv werde, und wenn die Spur mit der Russenmafia nix hergibt, werden wir deinen Freund rannehmen müssen. Bevor ich das tue, wollte ich mit dir drüber reden. Von Freund zu Freund, nicht offiziell."

„Was willst du wissen?"

„Das weiß ich nicht, aber vielleicht weißt du 's."

Scherzer konnte anstrengend sein, auch wenn er das Spiel ihrer gemeinsamen Internatsvergangenheit spielte, für das Thomas an diesem Abend einfach zu müde war. „Es gibt eine Verszeile von Verlaine, die mir nicht mehr einfallen wird", las er stumm vom Bildschirm. Er druckte das Gedicht aus, klinkte sich aus der Suchmaschine aus und faltete das Blatt, das er in der Innentasche seines Sakkos verschwinden ließ. Heute würde ihm viel mehr nicht einfallen als eine Zeile von Verlaine. Er fühlte sich weiser als Sokrates: Er wußte nicht nur, daß er nichts wußte – er war sich auch im klaren, daß ihm nichts mehr einfallen würde. Aber Scherzer wartete auf eine Antwort. Und daher gab er ihm die Erklärung für die Fingerabdrücke Schwarzenbergers im Möbeldepot des Parlaments.

„Schaut nicht gut aus für deinen Freund", quittierte Scherzer Thomas Darstellung. „Auf jeden Fall wird das unangenehm für ihn – und für sie auch, denn wir werden auch ihre Aussage brauchen."

„Du wolltest auch was über Malfatti wissen?"

„Nur eine rein technische Frage. Ist es denkbar, daß Malfatti seinen Mörder gekannt hat und ihn daher selbst ins Parlament gelassen hat? Ich meine, im Hinblick auf die Sicherheitseinrichtungen im Haus? Wir haben die Videobänder sämtlicher elektronisch gesicherter Zugänge durchgesehen, aber weder er noch ein möglicher Begleiter sind auf einem drauf."

„Das ist leicht möglich. Er brauchte nur durch das Tor III zu gehen. Das ist das letzte Tor ohne elektronische Sicherung und das ganze Klimbim. Am Portier kommt jeder Abgeordnete ungefragt vorbei, und zwar samt Begleitung – ob männlich oder weiblich."

„Übrigens hat dein Schwarzenberger –"

„Das ist nicht *mein* Schwarzenberger!"

„Und abermals krähte der Hahn."

„Also was ist mit Schwarzenberger?"

„Er und Malfatti haben ja eine interessante gemeinsame Vergangenheit."

„Ja, ich weiß. Aber die ist älter als die gemeinsame Vergangenheit, die Malfatti mit Schwärzlich hat."

„Du meinst, Haß- und Rachegefühle wären bei Schwarzenberger noch viel eher längst abgekühlt als bei Schwärzlich? Du magst Schwärzlich wohl nicht besonders?"

„Niemand mag Schwärzlich. Und Schwärzlich mag niemanden."

„Schauschau, du bist wieder zum Leben erwacht. Willkommen! Dann können wir uns ja auf den Weg zum ‚Adam' machen. Wollen wir wetten, daß sie uns schon erwartet?" Thomas wollte ausnahmsweise nicht wetten. Schweigend schaltete er seinen PC ab, schweigend machten die beiden Männer sich auf den Weg.

„Ich weiß zwar noch nicht, wer Malfatti umgebracht hat", sagte Scherzer, als sie im Aufzug nach unten schwebten. „Aber ich weiß, warum er sterben mußte." Thomas schaute ihn erstaunt und fragend an, während Scherzer die Spannung der Pause genoß. Thomas schloß das Tor des Neunerhauses auf. Sie traten in den lauen Abend hinaus. Es dämmerte bereits.

„Und?" fragte Thomas, als sie bereits ein Stück weit gegangen waren. „Warum?"

„Malfatti mußte sterben, weil ein Autor Lust bekam, einen Politiker zu ermorden", sagte Hans Scherzer. Es klang, als hätte es ein Nachrichtensprecher gesagt.

Donnerstag Nacht

Odysseus auf Scheria

Ich habe eine unsinnige Angst, sie tut mir überall weh im Körper. Ist nun Herr Mantelsack der Mann, vor dem man sich derartig fürchten dürfte? Wenn diese widerliche Ovidstunde erst vorüber wäre! Wenn ich meinen Tadel im Klassenbuch hätte und sitzenbliebe und alles in Ordnung wäre!

Das war Thomas Mann, vor Hanno Buddenbrooks Lateinstunde. Daran dachte Thomas, während er mit Hans Scherzer schweigend zum „Adam" unterwegs war. An den kleinen Hanno und seine panische Angst, wie er dann von Doktor Mantelsack geprüft wird, wie ihm sein Vordermann das offene Buch hinhält und Hanno daraus Ovid rezitiert, aurea prima sata est aetas, erstes Zeitalter war das Goldene, und infolge seiner panischen Angst vor der Entdeckung des Schwindels liest Hanno die Verse mit so glaubwürdig falscher Betonung, daß der Schwindel unentdeckt bleibt und Hanno eine befriedigende Note einfährt.

Thomas erinnerte sich an eine analoge Szene aus seiner eigenen Schulzeit, allerdings nicht aus der Lateinstunde. „Naturgeschichte" hieß das Fach damals, und er hatte keine Zeile dafür gelernt. Sein Vordermann hielt ihm das Heft hin, Thomas brauchte nur abzulesen und bekam seine verdient gute Note. Ja, verdient – durch Eifer, Fleiß, Wohlverhalten die Jahre hindurch, und durch das daraus resultierende Image als guter Schüler. Er war darin Adolf Todtenhaupt vergleichbar, dem Primus in Hanno Buddenbrooks Klasse, bei dem die Lehrer sich hüteten, ihn etwas zu fragen, was er vielleicht nicht hätte wissen können.

Image war alles. Bei einer anderen Prüfung im Fach Naturgeschichte hatte ihm der Professor ein Modell eines mineralischen Kristalls in die Hand gedrückt und ihn aufgefordert, ihm die Symmetrieachsen zu zeigen. Er hätte ihm genausogut die Beschreibung der Rückseite des Monds abverlangen können; Thomas hatte nicht die blasseste Ahnung, und entsprechend linkisch hielt er das Modell. Sein verlegenes Lächeln deutete der Professor als überlegenes – als wäre die Frage nach den Symmetrieachsen unter der Würde eines Klassenprimus. Und er hieß Thomas sich zu setzen: „Du willst mich wohl am Schmäh halten!“ Thomas ehrlich zur Schau gestellte Ratlosigkeit fand keinen Glauben und wurde mit einem „Sehr gut“ honoriert.

Hans Scherzer hätte seine Wette verloren. Cornelia Weber war noch nicht in dem wie fast immer vollen Lokal, wie die beiden Männer bei einem mit suchendem Blick absolvierten Rundgang feststellten. Scherzer hatte unter seinem Namen einen Tisch reservieren lassen, aber sie zweifelten daran, daß Conny nach einer Reservierung unter diesem Namen fragen würde. Sie nahmen Platz und studierten die in jeder Hinsicht üppige Speisekarte. Leberwurst mit Speckerdäpfeln und Sauerkraut – Thomas warf augenblicklich alle diätetischen Vorsätze über Bord, legte die Karte weg und bestellte, wie Scherzer, Leberwürste und ein großes Bier. Thomas hatte sich so gesetzt, daß er die Tür im Auge behalten konnte.

* * *

Auftritt Mag. Cornelia Weber. Thomas fühlte eine leichte Beengung in der Kehle und räusperte sich, um sie zu beseitigen. Wie lang hatte er sie nicht mehr gesehen? Es mußten mehr als zehn Jahre vergangen sein seit jenem Abend im Cafe Schottenhof. Ihr zufälliges Treffen hatte sich nachträglich als Abschied herausgestellt. Damals hatte sie Tränen in den Augen, und er hatte lange gerätselt, was deren Ursache gewesen sein mochte. Sie war eine Frau, die einem erst auf den zweiten Blick auffiel. Von mittlerer Größe, zwar ein wenig voller geworden, aber immer noch schlank. Das dunkle Haar umrahmte ein Gesicht, das durch die hohen Backenknochen und die leicht schrägen nachtdunklen Augen beinah orientalischen Zuschnitt hatte. Sie schaute fragend in den Raum, lächelte in der Freude des Wiedersehens, als sie Scherzers und Thomas ansichtig wurde, die ihr heftig zuwinkten.

„Das Sommer-Christkindl und der alte Odysseus“, strahlte sie die beiden Männer an, die zu ihrer Begrüßung aufgestanden waren. Sommer-Christkindl! Thomas hatte es vollständig vergessen gehabt, was ihnen damals ihr Präfekt erklärt hatte. Anfangs hatten sie ja geglaubt, ihr Vorgesetzter sei ein „Defekt“, und mancher Brief an die Eltern passierte die Zensur der Internatsleitung mit diesem Defekt. Dieser Mann hatte auch Thomas seinen Namenspatron erläutert, einschließlich der biblischen Bezeichnung „Didymus“.

Der Präfekt, ein gebürtiger Tiroler mit kehliger Aussprache und einem für Thomas faszinierenden Adamsapfel, der über dem Kollar auf und ab tanzte, hatte ihnen erklärt: Hans Ungersböcks Namenspatron war Johannes der Täufer, dessen Fest am 24. Juni gefeiert wird, genau sechs Monate vor dem Heiligen Abend. Darauf achtete die Kirche, daß alles seine Ordnung hatte im Kirchenjahr, hatte der kehlige Tiroler ihnen erklärt. Die selige Jungfrau war also mit dem Josef bloß verlobt, daher hat sie dem Erzengel Gabriel kaum glauben mögen, als ihr der verkündet hat, daß sie ein Kindlein bekommen soll, das noch dazu der Erlöser sein wird. Und deswegen hat er ihr, damit sie ’s glaubt, auch gleich g’sagt, daß ihre alte Tant’, die Elisabeth, auch ein Kindlein erwartet, wo die doch eigentlich dafür schon zu alt war. Und daß sie schon gar im 6. Monat ist. Na, und ein Kind braucht neun Monat von der Ankündigung bis auf d’ Welt kommt. Und Mariä Verkündigung feiern wir wann? Richtig, am 25. März. Fehlen also für die Elisabeth noch drei Monat, macht in etwa den 24. Juni. Und so ist der Johannes also im Sommer geboren, genau sechs Monat vor dem Heiligen Abend, und daher reden wir in Tirol von der „Sommerweihnacht“, als wär’ der heilige Johannes ein Sommer-Christkindl, und alle dazu, die seinen Namen tragen wie unser Hansi hier.

Damit hatte Hansi Ungersböck, der spätere Hans oder Johann Scherzer, seinen Spitznamen für den Rest der Internatszeit weg, und sie lachten herzlich bei der Erinnerung daran. Conny strahlte, wie nur glückliche Menschen strahlen. „Es geht dir offenbar gut“, sprach Scherzer sie drauf an und verlangte mehr zu erfahren: Was sie treibe, wie sie lebe, wovon sie träume usw.

Sie werde sich auf das Wesentliche beschränken, denn eigentlich habe sie gehofft, Erinnerungen auszutauschen, dies sei doch ein echtes „Veteranentreffen“, sagte sie mit einem schelmischen Lachen. Also: Ja, es gehe ihr gut, nach einer abwechslungsreichen beruflichen Karriere habe sie einen ebenso interessanten wie gut dotierten Job bei einem großen Konzern in Deutschland, schon morgen Vormittag werde sie wieder nach Frankfurt fliegen, wo sie eigentlich lebe. Sie hatte nach dem Studium in einer Bank begonnen, war von dort in das Büro des Handelsministers gerufen worden – „da haben wir uns ja noch gelegentlich gesehen“, erinnerte sie Thomas –, war dann eine Zeit im Klub der SPÖ im Parlament gewesen, hatte dann zu einer großen Security-Firma gewechselt und war schließlich nach Frankfurt gegangen.

Und privat? – Da sei es nicht so gut gelaufen. Während ihrer Zeit im Verkehrsministerium hatte sie geheiratet, einen Mittelschullehrer. Diese Ehe sei später, obwohl es zwei Kinder gab und die Ehe lange glücklich gewesen war, zu Bruch gegangen. „Ein gewisser Carlo Malfatti, der es in der letzten Zeit zu ziemlicher Bekanntheit gebracht hat, war daran nicht unbeteiligt“, sagte Cornelia Weber, „aber darüber werden wir sicher nicht reden heute“. Ja, und jetzt lebe sie frei und ungebunden, und sie genieße es. Die Kinder, ein Sohn mit 17 und eine Tochter mit 20, lebten mit ihr in Frankfurt, der Sohn sei jetzt für ein paar Tage mit ihr nach Wien gekommen, und aus.

Es folgte Thomas mit einer ebenso summarischen Darstellung. Er leitete mit der Beschreibung des unerwarteten Zusammentreffens mit Scherzer, in dem er den früheren Hans Ungersböck identifiziert hatte, zu dessen Kurzbiographie über. Inzwischen waren sie auch kulinarisch versorgt worden, und während sich die Männer über ihre Leberwürste hermachten, widmete Cornelia Weber sich einem Salat, der sich in Begleitung eines Fläschchens Mineralwasser befand.

„Du kannst den Polizisten wohl nie ganz ablegen“, quittierte Cornelia Weber eine Nachfrage von Hans Scherzer nach der Art der Bekanntschaft, die sie mit Carlo Malfatti verband.

„Wenn du jetzt ein Verhör veranstalten willst, steh ich auf und geh“, drohte sie und löste damit Scherzers Versprechen aus, nur grobe Informationen zu wollen, aus rein freundschaftlichem Interesse.

Ziemlich bald, nachdem sie im Wirtschaftsministerium angefangen habe, sei sie ihrem Mittelschullehrer begegnet, und zwei Jahre später hätten sie geheiratet. Eigentlich hätten sie ja nicht zusammengepaßt, sie mit ihrem Interesse an der Nationalökonomie und an der Politik, und er mit seiner Vorliebe für Literatur und Musik, sehr introvertiert, mit wenig Kontakt und auch keinem Interesse daran. Als sie dann im Parlamentsklub der SPÖ arbeitete, sei Carlo Malfatti bereits Abgeordneter gewesen. Sie habe ihn vom Ministerium her bereits flüchtig gekannt, und diese Bekanntschaft habe sich in der Folge, auf Initiative Malfattis, vertieft. Um es kurz zu machen: Sie habe sich mit „diesem Menschen“ eingelassen, dessen Charakter sie leider nicht erkannt habe, mit der Folge, daß ihre Familie zerbrochen sei. Ihr Mann habe zu trinken begonnen, was ihr erst aufgefallen sei, als es zu spät und er dem Alkohol verfallen war.

Sie habe vergeblich versucht, ihre Ehe zu retten, sagte Cornelia Weber, sich von Carlo Malfatti trennen wollen, der aber habe ihre Probleme als „blöde Skrupel“ verlacht und gegen ihre „Gewissensstörungen“ als einziges Mittel „Peniscillin“ empfohlen. Als ihre Ehe zerbrochen war und sie ihre Hoffnung auf Malfatti zu setzen begann, habe der sie verlacht und ihr erklärt, daß sie ihm für eine fixe Bindung „zu alt und abgenutzt“ erscheine. „Nimm meinen Dank für alles, und tschüss mit ü“, habe er gesagt, und sie regelrecht hinausgeschmissen. „Ich habe ihn danach nicht mehr gesehen, außer hin und wieder im Fernsehen. Und natürlich jetzt in den Zeitungen.“ Nach einer Pause setzte sie, an Scherzer gerichtet, hinzu: „Wie du siehst, Hans, hätte ich sogar ein Motiv für einen Mord an diesem üblen Menschen. Und durch meine Jahre im Klub bin ich auch ortskundig: Ja, ich weiß, wo sich das Möbeldepot befindet. Vielleicht willst du mich auch verhören – aber, bitte, nicht hier und nicht jetzt.“

„Wir interessieren uns derzeit eher für seine geschäftlichen Verbindungen", beruhigte sie Scherzer, „speziell zur Russenmafia. Übrigens haben unsere Untersuchungen ergeben, daß Malfattis Tod keinerlei sexuelle Aktivität vorausgegangen ist. Es ist durchaus denkbar, daß sein Mörder – oder die Mörderin – seine Kleidung so arrangiert hat, damit wir ein wenig in die Irre geführt werden. Und das Messer stammt eindeutig aus der Küche des Parlamentsrestaurants."

Ein Schatten war auf die Runde gefallen und hatte die anfängliche Fröhlichkeit ausgelöscht. Weder Thomas, der aus dem parlamentarischen Alltag auf eine Weise erzählte, die aus jeder Situation die skurrilen Aspekte herausstrich, noch Scherzer mit Schnurren aus dem Polizeibetrieb konnten die leichte Heiterkeit des Anfangs wieder herstellen.

Das gelang hingegen Conny. „Ich werde euch jetzt prüfen", kündigte sie mit geheucheltem Ernst an, und intonierte in korrekt psalmodierendem Tonfall: „Dominus vobiscum!" Nach einer Schrecksekunde antworteten Scherzer und Thomas wie aus einem Mund: „Et cum spiritu tuo!"

„Das war ja leicht, aber wie wär 's damit: Panem de coelo praestitisti eis", konterte Thomas, und auch diese Prüfung wurde bestanden: „Omne delectamentum in se habentem." Die Gäste an den Nachbartischen hielten verstohlen Ausschau nach der Quelle der seltsamen Gesänge. „Die fangen damit unter Garantie nichts an", kommentierte Thomas. „Und wenn sie des Lateinischen so weit mächtig wären, daß sie unseren makellosen Text verstanden hätten, würden sie das Brot vom Himmel eher auf den Wirt beziehen, und die Süßigkeit auf die Nachspeise."

„Ab, ex, de", begann Scherzer, und wie aus der Pistole geschossen setzten die beiden anderen fort: „cum und sine, pro und prae." Die lateinischen Präpositionen, die den 6. Fall verlangen. Sie fingen an, sämtliche Eselsbrücken des „Liber Latinus" herzusagen, an die sie sich erinnern konnten, und es waren nicht wenige, wenn auch die meisten nicht mehr vollständig waren nach 40 Jahren. „Als sächlich sieht man an nicht nur ein Wort auf -men sowie auf -ur", „Die weiblichen bestimmst du so: als weiblich werte die auf -o – doch sermo, ordo, ordinis als Maskulina nicht vergiß." Vom Lateinischen wechselten sie zum Griechischen. Sie bemühten sich, die Anfänge der Ilias und der Odyssee herzusagen, nach dem 3. Vers begannen sie unsicher zu werden und deklamierten nur noch Bruchstücke. „Ho me dareis anthropos ou paideuetai", seufzte Thomas, „das war oberster Grundsatz unserer Bildung: Ein Mensch, der nicht geschunden wird, wird nicht erzogen."

„War es für dich wirklich so schlimm? Du warst doch ein Modellschüler, uns Jüngeren wurdest du oft genug als Vorbild hingestellt", sagte Cornelia.

„Nein, auf keinen Fall. Ich war eigentlich glücklich, ich war gern im Internat. Ich empfand es als Privileg, mit Gleichaltrigen und Gleichgesinnten zusammensein zu können, ich liebte das reiche Sportangebot, das ich als guter Schüler bis zur Neige nutzte. Ich hatte schon damals eine Ahnung, welch gute Lehrer wir hatten. Natürlich von Ausnahmen abgesehen, aber wo gibt 's die nicht."

Sie hätten keinen Dr. Mantelsack gehabt wie Hanno Buddenbrook, bemerkte Thomas, er denke immer noch mit einer gewissen Verehrung an den inzwischen alten Adelsam, der ihnen Latein und Griechisch beigebracht hatte. „Mir ist eine Zeile im Gedächtnis geblieben, vielleicht kannst du dich dran erinnern: Maioresque cadunt altis de montibus umbrae – ich glaube, sie ist von Vergil. Und länger fallen von den hohen Bergen die Schatten. Adelsam hat sie nicht als Naturschilderung gelesen, sondern als Hinweis auf den Niedergang der Kultur – der römischen damals wie der gegenwärtigen. Er sah mit der Liturgiereform des Konzils das Ende des Imperium Romanorum gekommen."

Scherzer steuerte eine Erinnerung an Adelsams Griechischunterricht bei, und er neckte Thomas, weil dieser den Glauben an die Demokratie im Parlament verloren habe. „Mich hat Adelsams Unterricht dagegen immunisiert", meinte er. Die beiden anderen schauten ihn erstaunt an, und Scherzer fuhr fort:

„Die athenische Demokratie, Mutter und Vorbild aller Demokratien, ihr erinnert euch. Auch unser Parlament bezieht sich ausschließlich auf die Antike – nun ja, das Gebäude jedenfalls, davon habe ich mich in den letzten Tagen wieder überzeugen können. Die demokratische Praxis vielleicht weniger, wie mir Thomas erklärt hat. Erinnert euch an den Prozeß des Sokrates! 501 Männer saßen über ihn zu Gericht – Frauen hatten ja damals politisch nichts zu reden. Und von den 501 Männern stimmten 281 mit ‚schuldig', 220 für ‚nicht schuldig'. Und im zweiten Durchgang, als es um Todesstrafe oder nicht ging, stimmten 300 für ‚Tod' und nur noch 201 für 'nicht Tod' – was, glaube ich, auf Verbannung aus Athen hinausgelaufen wäre. Das heißt, daß 19 Athener, die für ‚nicht schuldig' gestimmt hatten, für die Hinrichtung des Unschuldigen waren. So viel zum Thema Demokratie."

„Ja, aber dieser sture Hund hat sie dazu provoziert, vergiß das nicht", suchte Cornelia nach einer Rechtfertigung der Richter. „Hat Sokrates nicht als Reaktion auf den Schuldspruch als Strafe vorgeschlagen, daß man im Rathaus eine öffentliche Ausspeisung für ihn veranstaltet? Ein Staatsbankett für einen, der nach Ansicht der meisten die Jugend verdirbt, weil er die Götter nicht achtet?"

„Dann haben diese 19 Richter Sokrates wegen einer Provokation zum Tod verurteilt?" Thomas schüttelte heftig den Kopf. „Danke für diese Richter und diese Gerichtsbarkeit!"

„Seid ihr sicher, daß damals in Athen eine Demokratie war? War das zu der Zeit nicht eine Oligarchie?" Cornelia Weber wolle offenbar den Tod des Sokrates, schloß das Sommer-Christkindl diese Erörterungen mit richterlicher Autorität ab.

So hechelten sie ihre Lehrerinnen und Lehrer durch, dann kamen die Mitschulerinnen und Mitschüler an die Reihe. Mit mildem Erschrecken wurde ihnen bewußt, daß einige ihrer Schulkollegen bereits verstorben waren, daß mindstens einer längere Zeit hinter Gittern zugebracht hatte und daß einige beachtliche Karrieren gemacht hatten.

Die beiden Männer kamen vom kehligen Tiroler auf einen anderen Präfekten zu sprechen, an den sich Cornelia Weber nur mehr dunkel erinnern konnte. Scherzer und Thomas waren damals wohl in die vierte Klasse gegangen – oder war es die fünfte? –, als eines Abends die Klasse in helle Aufregung geriet. Ein Kollege, der im Rufe besonderer Naivität stand, erzählte von merkwürdigen Dingen, die jener Präfekt mit ihm gemacht habe. Sofort fanden sich etliche andere, die Ähnliches zu berichten wußten. Thomas und Scherzer maßen dem keine besondere Bedeutung bei, zumal die Sommerferien vor der Tür standen.

Den Präfekten aber sahen sie nie wieder. Am folgenden Tag war er verschwunden, buchstäblich über Nacht. Der Spiritual kam in ihre Klasse, erklärte ihnen, daß „schlimme Dinge" vorgefallen seien, die allerdings Gott sei Dank nur ihre Klasse und in dieser nur einige wenige Zöglinge betroffen hätten. Den Präfekten habe man „zur Buße" versetzt, und er verbiete ihnen, mit irgend jemandem darüber zu reden – nicht mit den Eltern, nicht mit Mitschülern in anderen Klassen, auch nicht untereinander. „Auch der Heiland hat einen Judas gehabt", sagte er mit brüchiger Stimme, und seine Mundwinkel zuckten.

„Erst viel später, nach der Matura, sind wir draufgekommen, daß unsere Klasse nicht die einzige betroffene war. Aber das strenge Verbot hat gehalten und uns gehindert, mit diesen Vorfällen ehrlich umzugehen – was für die Betroffenen mit Sicherheit besser gewesen wäre als dieses ohnmächtige Schweigen." Scherzer klang grimmig. „Das bringt mich auf eine Idee: Könnte die Malfatti-Geschichte am Ende auch in einem homosexuellen Zusammenhang plausibel sein?"

„Damit kann ich nicht dienen", distanzierte sich Cornelia Weber, „aber vielleicht kann dir ja Thomas helfen." „Nicht wirklich", wehrte der ab, „wenn es auch gelegentlich Gerüchte in diese Richtung gegeben hat. Aber Malfatti war ein beinahe amtlich anerkannter Frauenheld. Was natürlich nicht ausschließt, daß er bi war."

Die beiden Männer waren vom Bier zum Wein übergegangen, und dabei beteiligte sich nun auch ihre ehemalige Schulkollegin. „Du warst in jenen Jahren etwas wie ein Hoffnungsschimmer für uns“, bekannte Thomas. „Nicht wahr, Hans, ich darf da schon ‚uns‘ sagen. Wir hätten uns damals beinah um dich geprügelt, weil wir dich beide aus der Ferne angebetet haben. Wie heißt Dantes Muse – Beatrice? Ja, du warst unsere Beatrice.“

„Ich weiß“, bekannte Cornelia Weber gleichmütig, und erntete dafür ein verdattertes „Waaas?“ der beiden Männer.

„Ach kommt, eine Frau spürt das. Und ich hab' es genossen. Ihr wart ja auch nicht die einzigen.“

„Aber du hast dir nie etwas anmerken lassen.“

„Natürlich nicht. Es war mir ja angenehm so. Was hätte ich auch tun sollen? Hätte ich einen bevorzugt, hätte ich die Verehrung aller anderen verloren.“

„Ganz schön raffiniert für 16 Jahre“, meinte Scherzer anerkennend.

„Wenn ihr heute zurückdenkt: Was ist geblieben von diesen Jahren, von dieser Erziehung? Was ist dir geblieben, Sommer-Christkindl?“

„Es fällt mir schwer, da etwas zu nennen. Aber ich glaube, daß ich ohne alles das ein ganz anderer wäre. Wenn ihr mir das pathetische Wort erlaubt, möchte ich sagen: Diese Jahre haben meinen Charakter geformt – im Guten wie im Bösen. Und was auch geblieben ist, ist ein Gefühl, betrogen worden zu sein. Ich glaube, das hängt mit dieser Mißbrauchsgeschichte zusammen, über die wir vorhin gesprochen haben, mit der Art, wie die Leitung damit umgegangen ist, wie man uns belogen hat. Und ich spüre etwas wie eine stellvertretende Wut in mir hochkommen, wenn ich gerade an diese Geschichte denke und an die von uns, die damals zweimal zu Opfern wurden: das erste Mal durch den Präfekten, und dann noch einmal durch die Leitung.“

Cornelia blickte auf Thomas. „Und du, Odysseus, nach so vielen Jahren der Irrfahrt auf dem purpurnen Meer?“

„O rosenfingrige Eos, ich kann mich ohne weiteres diesem Edlen hier anschließen, der in der Weisheit an Nestor heranreicht, an Kraft Hektor übertrifft, im Mut sogar den göttlichen Achill, der sich in einem Mädchenpensionat versteckte", deklamierte Thomas. „Auch bei mir waren diese Jahre wegweisend für mein Leben, von der Wahl des Studiums bis zu dem, was mich heute beschäftigt. Und das sind immer noch die Fragen, die schon die jonischen Philosophen umgetrieben haben. Ich habe aus der Schulzeit eine Liebe zur Antike und dem dort versammelten Personal, dem historischen wie dem mythischen, in unsere prosaische, erinnerungslose Zeit gerettet..." Thomas verstummte, aber seine beiden Tischgenossen verstanden, daß er noch etwas sagen wollte.

„Wobei aus dieser Entfernung der Unterschied zwischen historischen und mythischen Figuren sich zusehends verwischt. Sie stehen mir gleich nah – oder gleich fern. Erinnert ihr Euch an Ovid? 6. Klasse. Aurea prima sata est aetas und so weiter. Vor ein paar Jahren habe ich mir den ganzen Ovid gekauft, in der teuren Tusculum-Ausgabe, und ich habe ihn gelesen – natürlich auf Deutsch, aber immer wieder habe ich auch einen Blick auf das Original geworfen. Ich finde, daß Ovid auf eine geradezu bestürzende Weise unser Zeitgenosse ist. Stellt euch das vor – rund 2000 Jahre später! Die Liebeskunst – da zwinkert dir jeder zu, natürlich. Aber die Metamorphosen – und die Heroides! Es hat mir bei der Lektüre den Atem verschlagen. Unglaublich! Ihr solltet das lesen!"

„Übrigens hat es mich auch aus meinem theologischen Blickwinkel interessiert", setzte Thomas nach einer neuerlichen Pause fort. „Ich habe mir das folgende Zitat aus den ‚Amores' gemerkt, es ist ein berühmtes – und wahres! – Wort: Nitimur in vetitum semper cupimusque negata. Wir sind geneigt zum Verbotenen, immer wollen wir das Untersagte – oder das Versagte, wie ihr wollt. Eine wahre Erkenntnis, nicht wahr? Es ist für mich frappant, daß sich bei Paulus, im Brief an die Römer, eine Stelle findet, die wie ein Plagiat klingt. Ich sag 's euch, zu Vergleichzwecken auch auf Lateinisch: Non enim quod volo bonum hoc facio, sed quod nolo malum hoc ago. Nicht was ich will, das Gute nämlich, tue ich, sondern was ich nicht will, das Böse. Klingt doch, als hätte Paulus seinen Ovid gekannt, oder? Nun, Paulus war zwar römischer Bürger, aus Tarsus – aber er war doch vor allem Rabbi, hatte also die pharisäische Ausbildung durchlaufen. Und da gehörte Ovid ganz sicher nicht zum Bildungskanon. Und doch – es gibt mehr Dinge zwischen Himmel und Erde, als unsre Schulweisheit sich träumen läßt.

Martin Luther hat übrigens, als junger Mensch, bei Ovid ‚Heilmittel gegen die Liebe' gesucht. Für unsere Zeit ist das alles so weit weg – Ovid und Paulus. Die Metamorphosen des Ovid und den Römerbrief des Paulus kann ein Mensch von heute nur noch mit Anleitung lesen. Ich glaube, wir sind die letzten unserer Art. Saurier des 21. Jahrhunderts."

Und jetzt intonierte Thomas, aber er tat es flüsternd: „Panem de coelo praestitisti eis." „Omne delectamentum in se habenten", gaben sie ebenso leise zur Antwort. „Das ist mir geblieben", sagte Thomas, „eine Sehnsuchtswunde in der Seele, die nicht aufhören will zu schmerzen. Manchmal, wenn es zu sehr schmerzt, singe ich das ‚Veni Creator Spiritus' – wenn ich sicher bin, daß niemand mich hören kann. – Pax vobiscum, Shalom!" Er hob sein Weinglas, sie stießen an und leerten ihre Gläser. Thomas schämte sich seiner sentimentalen Anwandlung. „Ihr müßt entschuldigen. Ich bin schon ziemlich müde, und der Wein –"

Es war schon deutlich nach Mitternacht, als sie aufbrachen. Scherzer kaperte ein zufällig vor dem Lokal geparktes Polizeiauto und ließ sich von den beiden verdutzten Beamten nach Hause kutschieren. Cornelia Weber war noch ganz aufgekratzt, und Thomas meinte, er würde gern noch ein Stück zu Fuß gehen, um „auszudampfen".

* * *

„Das war ein schöner Abend", befand Cornelia, „und er ist noch nicht zu Ende. Erinnerst du dich an unsere Studentenzeit? Als es in Wien nur wenige Lokale gegeben hat, die nach Mitternacht noch offen hatten. Und erinnerst du dich an das kleine Lokal in der Landesgerichtsstraße – ja, gleich da vorn! – ich glaube, es hat ‚Bückedich' geheißen, weil man über ein paar Stufen hinunter mußte und dabei die Gefahr bestand, daß man sich den Kopf angestoßen hat. Magst du mit mir schauen, ob es das noch gibt – vielleicht hat es ja auch noch offen."

So landeten Thomas und seine vor 40 Jahren im geheimen Angebetete in jenem kleinen Lokal, das die Jahre überdauert hatte. Thomas war inzwischen zu müde, um noch schlafen zu können, die Enge in seiner Kehle hatte sich längst gelöst, und er war neugierig, wohin ihn dieser Abend noch führen würde.

Das Lokal war aber nicht mehr die Studentenspelunke, als die sie es gekannt hatten, sondern hatte sich zu einem unauffälligen Nachtcafe entwickelt. Es war nur spärlich besetzt, und sie hatten kein Problem, einen etwas separierten Tisch zu bekommen. Thomas orderte zwei Glas Rotwein, nachdem er sich zunächst das Angebot darstellen hatte lassen, und Cornelia seinem Vorschlag zugestimmt hatte. Er merkte mit Unbehagen, daß er verlegen war und nicht recht wußte, wie er ein Gespräch beginnen sollte. So sagte er, mit einem Seufzer und ein wenig ungeschickt, ein einziges Wort: „Nausikaa."

„Ist es nicht schön, daß manche Dinge die Zeit überdauern?" Thomas war unsicher, ob sich Cornelias Frage auf den ganzen Abend bezog oder auf seine Bemerkung. Er wartete ab, ob noch ein erklärender Nachsatz folgen würde. Statt dessen kam der Kellner mit zwei langstieligen Gläsern und einer Karaffe, in der Rotwein funkelte. Der Kellner schenkte ein und zog sich zurück. Thomas griff sich ein Glas und hob es Cornelia entgegen. Abermals sagte er „Nausikaa". Sie lächelte schwach, hob ihr Glas und sagte „alter Odysseus", wie sie es Stunden früher im „Adam" gesagt hatte. „Ja, es ist schön, daß manche Dinge die Zeit überdauern", sagte jetzt er, und stellte damit den Satz in den Zusammenhang, den er wünschte. „Wenigstens eine gewisse Zeit. Mir ist heute, bei unserem Gespräch, bewußt geworden, wie viel sich seit damals verändert hat – wir auch. Besonders seit Venedig. Wir vor allem."

Er griff in die Innentasche seines Sakkos und förderte das Blatt mit dem Borges-Gedicht zutage, das ihn den ganzen Tag verfolgt hatte. Er schob es, die Geschichte kurz erklärend, Cornelia über den Tisch zu. Sie las es, während er ihre gerunzelte Stirn betrachtete. „Schön – und so traurig. Ich möchte nicht traurig sein, nicht jetzt. Ich habe genug traurige Dinge erlebt die letzten Jahre. Ich bin froh, daß das vorbei ist. Kannst du dir vorstellen, daß Malfattis Tod für mich ist, als hätte ich endlich und wirklich meine Freiheit gefunden? Was heißt froh – ich kann sagen, zum ersten Mal seit vielen Jahren, daß ich glücklich bin. Ach, man wird bescheiden mit den Jahren. – Und du, bist du glücklich?"

„Ich gäbe was drum, deine Frage beantworten zu können. Ich glaube, daß man für eine Antwort den zeitlichen Aspekt berücksichtigen muß." Er erschrak ein wenig über sich selbst. So geschraubt hatte er das nicht sagen wollen. „Entschuldige, ich rede so geschwollen daher. Dabei ist die Antwort so einfach: Ja, im Augenblick bin ich glücklich. Es ist gut hier zu sein, zusammen mit dir. Laß uns drei Hütten bauen: eine für dich, eine für mich und eine für den Proviant."

„Ich hatte nämlich schon beim Adam das Gefühl, als würde dich etwas bedrücken."

„Ich bin bloß ziemlich müde. Ich habe die letzte Nacht kaum geschlafen."

„Fehlt dir was? Bist du krank? Du siehst blaß aus."

So erzählte Thomas von der vergangenen Nacht bei Mira Valensky und den Theorien, die dort entwickelt worden waren. Er berichtete von dem Spaghetti-Test und wie es dazu gekommen war, vom Kongreß und seinen Teilnehmern, von der Verlegung des Symposions aus der Hofburg ins Parlament. Cornelia hörte aufmerksam zu, fragte gelegentlich nach, sodaß Thomas sich ein wenig wunderte, daß sie sich so interessierte.

„Ich verstehe gut, daß du über manche Dinge nicht reden wolltest, solang das Christkindl dabei war. Es ist ja nicht wegen Hans, der ist schwer in Ordnung, und ich freu mich, daß uns die Hofburg-Geschichte nach so vielen Jahren wieder zusammengebracht hat. Aber er ist immerhin ein Kieberer."

Conny wehrte ab: „Das ist es nicht, das ist mir ziemlich wurscht. Ich wollte nur unsere kostbare Zeit nicht damit vergeuden. Aber gestern Abend wäre ich gern dabei gewesen. Ich hätte zum Beispiel Michael Ochajon gern näher kennengelernt. Ich kenne ihn ja nur aus den Romanen von Batya Gur. Und auch die anderen. Vielleicht hätte ich ja auch eine Hypothese beisteuern können, wie Mira Valensky."

„Die hätte ich gern gehört!"

„Wenn du willst, kannst du sie jetzt hören."

„Sehr gern, aber zuvor stocken wir unsere Vorräte auf."

Was prompt geschah.

Kennst du das Gefühl, das einen jeden eines Tages überfällt, früher oder später? Es kann mitten am Tag geschehen, mitten in der Arbeit, umgeben von Menschen. Es kann ebensogut sein, daß du in der Nacht aus dem Schlaf auffährst mit der Frage: Ist das alles? Die Frage steht vor dir in einer kalten, kristallenen Klarheit. Du weißt, daß es die entscheidende Frage ist – und du weißt die Antwort nicht. Vielleicht weißt du auch eine Antwort, aber du willst es nicht zugeben: Ja, das ist es, mehr ist nicht. Es ist dein Leben. Es ist vielleicht großartig, manchmal. Es ist aber auch erbärmlich, denn es ist vor allem eins: durchschnittlich. Und das heißt: langweilig. Keine Überraschungen mehr. Zuerst erschrickst du, aber dann mußt du dir eingestehen, daß dein Erschrecken vor einer Überraschung noch größer wäre.

Oder du sagst dir, daß es nicht alles gewesen sein kann, daß es da noch etwas geben muß. Und du machst dich auf die Suche, du hältst Augen und Ohren und alle Sinne offen für die eine Überraschung, die nur darauf wartet, von dir entdeckt zu werden. Wie war das bei Borges – es gibt eine Straße in der Nachbarschaft, die meinen Schritten verboten ist? Nein, keine

Straße ist mir verboten, keine Tür ist versperrt. Und wenn ich von diesen Büchern keines mehr aufschlage, werde ich eben ein anderes, ein ganz neues aufschlagen.

Wie ist das bei dir, Thomas – nein, sag' nichts, laß es mich sagen: Du schaust zurück auf dein Leben, du hast viel erreicht. Du hast eine nette Familie. Der Job könnte mehr Spaß machen, natürlich – aber wärst du arbeitslos, würdest du den beneiden, der deinen Job macht. Also alles bestens. Du kannst zufrieden sein – sogar dankbar. Aber auch du liegst manchmal wach in der Nacht, und du fühlst eine namenlose Leere, und diese Leere macht dir angst. Ist es nicht so?

Aber das waren nur die Vorbemerkungen. Stell dir vor, eine junge Frau trifft einen Mann wie Malfatti – nicht den Malfatti der letzten Jahre, sondern den jungen, erfolgreichen, hungrigen Politiker. Er hat sogar etwas, was heute extrem selten ist, Charisma. Man kann es auch Charme nennen, es ist das gleiche Wort. Die glücklichste Ehe schützt nicht vor einer neuen Liebe. Die junge Frau weiß, daß sie auf gefährlichem Terrain unterwegs ist. Aber die Liebe hat immer recht, sie ist stärker als jedes Argument. So kommt es, wie es nicht kommen muß, wie es aber in den meisten Fällen kommt.

Die Familie zerbricht, der Mann beginnt zu trinken, heimlich zuerst, als es auffällt, ist es zu spät. Scheidung, die Kinder zerrissen zwischen dem Vater, dem sie nicht helfen können, und der Mutter, die sie nicht mehr erreichen. Bis Malfatti sie fallen läßt, wie er viele andere vorher fallen gelassen hat. Was heißt fallen gelassen – weggeworfen. Vielleicht auch nachher."

Thomas war sehr bald klar geworden, daß Cornelia ihr eigenes Schicksal schilderte. Er ließ sie reden – nicht, weil er überzeugt gewesen wäre, daß ihr das möglicherweise Erleichterung verschaffen konnte, sondern weil er unfähig war, irgend etwas zu sagen. Und sie hatte auf ihn einen strahlenden, glücklichen Eindruck gemacht!

Als hätte sie seine Gedanken erraten, fuhr sie fort: „Ich habe immer gewußt, wie wichtig der Schein ist. Nun, vielleicht nicht immer, aber ab der ersten Berührung mit der Politik, damals im

Handelsministerium. Ich habe sehr bald gemerkt, daß es sehr darauf ankommt, sich richtig zu präsentieren. Wie 's inwendig ausschaut, geht keinen was an. Sag' jetzt nicht, daß das Lüge ist. Heute zum Beispiel. Da hab' ich mich wirklich sehr gefreut, als ich euch zwei gesehen hab'. Und außerdem stimmt es, daß ich mich seit Carlos Tod freier fühle. Auch habe ich mein Leben in den Griff gekriegt, nachdem er mich weggeworfen hat. Auch mein Leben mit den Kindern. Nicht mit Manfred, nein, nicht mit Manfred. Dieser Schmerz bleibt – und diese Schuld.

Weshalb erzähle ich dir das alles, weshalb dir? Ach ja, ich habe ja angefangen, eine Hypothese über den Tod von Carlo Malfatti zu bilden. War ich bisher überzeugend?"

Thomas lief ein Schauer über den Rücken. Er spürte, wie sich die Haare auf seinen Unterarmen aufstellten. War das Spiel, oder war es Wirklichkeit? „Sehr", würgte er hervor.

„Dann kann ich ja weitermachen", fuhr sie fort. „Alles bisher war ja nur Vorbereitung, um die Hypothese plausibel zu machen. Aber verrat mich nicht an Scherzer, alter Odysses, dieses Christkindl könnt 's glauben." Wieder ihr schelmisches Lachen.

* * *

„Jetzt kommt eine wichtige Szene. Habe ich schon gesagt, daß unser Sohn, Michael, mit mir nach Wien gekommen ist? Er wollte Freunde von früher treffen und bei mir sein – in Frankfurt sehen wir uns ja auch nicht sehr viel. Er ist in der Schule, ich bin in der Bank. Paula ist vor kurzem ausgezogen, sie wohnt mit ihrem Freund zusammen.

Wir waren gerade ein paar Tage in Wien. Michael ging früh weg, er wollte ‚sich die Stadt reinziehen', wie er sich ausdrückte. Ich hatte mich für einen Vormittagskaffee mit einer alten Freundin in der Vorgartenstraße verabredet. Ich steige in die U1, man hatte mir eine Tageszeitung in die Hand gedrückt – „die Presse", die versuchen so neue Kunden zu werben. Selten war ich so froh über das Format dieser Zeitung – na ja, ist auch nicht mehr, was es einmal war, aber immerhin. Ich brauchte jeden Quadratzentimeter, mich dahinter zu verstecken. Denn rate, wen ich gesehen habe. Falsch geraten, nicht ihn, nicht Carlo. Sondern Michael und seinen Vater. Manfred habe ich gar nicht gleich erkannt, sodaß ich schon auf Michael zustürzen wollte. Aber gerade rechtzeitig habe ich gesehen, daß der Mann, mit dem Michael sich unterhielt, Manfred war."

Sie nippte an ihrem Rotwein, schaute Thomas lange an.

„Ich glaube, das waren die schlimmsten Augenblicke meines Lebens. Du kannst dir nicht vorstellen, wie Manfred aussah. Ich saß einige Reihen von den beiden entfernt – gerade nah genug, um sie beobachten zu können aus der Deckung meiner Zeitung heraus, gerade weit genug weg, um in der vollen U-Bahn nicht von ihnen gesehen zu werden. Sie hatten nur Augen für einander. Manfred war immer ein guter Vater gewesen, selbst noch, als er zu trinken begann. Und die Kinder haben ihn geliebt. Michael liebte ihn immer noch, davon konnte ich mich mit eigenen Augen überzeugen. Aber Manfred! Ein heruntergekommener Alkoholiker, ein Strotter, mit schmutziger, schmieriger Kleidung, mit einem verfilzten Vollbart und einer ebensolchen Mähne. Michael sagte etwas, Manfred hörte mit dem ganzen Körper hin. Dann sprach Manfred. Michael schien jedes Wort seines Vaters aufzusaugen. Er redete nicht auf ihn ein, es sah vielmehr so aus, als wollte er ihm einen guten Rat geben, einen Rat, den der Bub bei ihm gesucht hatte. Dann wieder Michael. Manfred kratzte sich am Kopf. Da sah ich seine Armbanduhr. Ich erkannte sie sofort wieder – es war die Uhr, die ich ihm zu unserem 10. Hochzeitstag geschenkt hatte. Er hatte sich nicht davon getrennt, in all seinem Elend und trotz all seiner Sucht nicht.

Ich konnte meine Augen nicht von den beiden nehmen. Prompt habe ich die Station Vorgartenstraße verpaßt. Die U-Bahn war nicht mehr so voll, die Gefahr stieg, daß die beiden mich entdecken. Station Donauinsel – unmöglich, unauffällig auszusteigen. Ich schaffte es bei der Station Kaisermühlen. Dort schwamm ich mit dem Strom der UNO-Beamten aus der U-Bahn. Wahrscheinlich bestand kaum Gefahr, daß die beiden mich entdeckten. Sie waren viel zu sehr miteinander beschäftigt.

So habe ich durch puren Zufall einen Eindruck davon bekommen, was Carlo und ich angerichtet haben."

Thomas wollte etwas sagen, aber Cornelia schnitt ihm mit einer knappen Handbewegung das Wort ab. „Ich komme jetzt bei meiner Hypothesenbildung zum letzten Akt. Was glaubst du, was ich danach getan habe? Ich habe mich gezwungen, diesen Tag und die folgenden Tage weiterzumachen, als ob nichts geschehen wäre – darin habe ich Übung, da bin ich ziemlich glaubwürdig. Die Fassadenpflege funktioniert ziemlich gut, nach so langer Übung. Du hast es ja erlebt.

Aber am Nachmittag habe ich Carlo angerufen. Ein Blick auf seine Homepage hat genügt, da ist jede Möglichkeit aufgelistet, wie man ihn erreichen kann. Wahrscheinlich muß das bei Politikern so sein. Sie müssen rund um die Uhr zur Verfügung stehen. Es gibt dafür ein Wort, das du dir denken kannst, ich sage es nicht. Also: ein Anruf – und Carlo persönlich hob ab.

„Hallo, Carlo, ich bin 's, Conny."

„Conny, ja –"

„Conny Weber."

„Ah ja, servus, wie geht 's dir?"

„Danke, mir ist es nie besser gegangen. Ich bin seit zwei Jahren in Frankfurt – interessanter Job, hervorragende Gage, und die Männer lassen mich in Ruhe. Du weißt schon: zu alt und abgenutzt."

„Nana, das nenn' ich fishing for compliments."

Darauf ich, knallharte Geschäftsfrau: „Carlo, du kannst den Schmus lassen, da läuft nichts. Ich wollte mit dir etwas Geschäftliches besprechen. Es geht um einen Haufen Geld."

„Geht 's auch ein wenig genauer?"

„Selbstverständlich. Aber nicht am Telefon."

„Dann treffen wir uns doch. Komm zu mir ins Büro, oder treffen wir uns in einem Hotel, zu einem Drink."

„Mir wär' dran gelegen, daß uns niemand zusammen sieht. Absolute Diskretion, du verstehst?"

„Klarologo."

„Was?"

„Klaro. Logo. Verstehe."

„Was schlägst du vor?"

Dieser alte Bock! Seine Stimme bekam diesen Tonfall, als würde er schon zu sabbern beginnen. Der Inbegriff des 'dirty old Man'. Und dann kam er mit einem Vorschlag heraus, wie ich ihn mir besser gar nicht hätte wünschen können.

„Du erinnerst dich vielleicht an das gute alte Möbeldepot. Das wäre doch was, oder? Sagen wir nächste Woche, gleich am Montagabend. Ist dir 22 Uhr recht? Oder 23 Uhr? Wir treffen uns beim Tor III, da gibt 's noch keine Elektronik, und verschwinden in der Unterwelt – ich Orpheus, du – na, sag schon, wie heißt die?"

„Eurydike. Und mir würde 23.30 Uhr noch besser passen."

„OK. Ich werde auf dich warten. In meinem Wagen. Ein Porsche Cayenne. Steht eh nur der eine dort."

„Abgemacht. Und komm nicht auf dumme Ideen. Dieses Geschäft ist zu ernst für mich. Todernst."

„Sure. Bye, bis Montag!"

Thomas war der Darstellung mit Betroffenheit und wachsendem Unbehagen gefolgt. Conny war in der Schule ein sehr gute Schauspielerin gewesen, im Schülertheater hatte sie stets „große" Rollen gespielt – aber das ging denn doch über Schauspielkunst hinaus. „Conny, du machst mir angst", sagte er deshalb, als sie ihre Darstellung des vorgeblichen Telefonats beendet hatte.

„Mein alter Odysseus, es wird noch besser", gab sie zurück und zwinkerte ihm zu. „Aber es dauert nicht mehr sehr lang – weder meine Geschichte noch das Leben Carlo Malfattis. In meiner Hypothese."

Sie trank einen Schluck, setzte das Glas ab. „Der ist gut, wirklich gut. – Also weiter in meiner Räuberpistole! Zwanzig Minuten vor Mitternacht war ich bei Tor III des Parlaments. Ich wollte nicht riskieren, daß ich auf ihn warten mußte. Anderseits konnte ich sicher sein, daß Carlo auf mich warten würde, wenn es um ‚einen Haufen Geld' ging. Sein Posche Cayenne – schwarz, mit aufgemalten roten Flammen an den Seiten und einem weiblichen Akt auf der Motorhaube – stand gegenüber Tor III. Kaum war ich angekommen, stieg er aus und kam auf mich zu. Wir begrüßten uns wie alte Freunde: Küßchen links, Küßchen rechts. Ich roch seine Alkoholfahne.

Er hatte den Schlüssel bereit. Wir gingen hinein, Carlo schloß von innen, ließ den Schlüsselbund in die linke Tasche seines Sakkos gleiten. Wir gingen in Richtung Möbeldepot, Carlo voran."

Cornelia schlug einen anderen, sachlichen Ton an, als sie Thomas fragte: „Du kannst es dir aussuchen, ob du eine dramatischere oder eine harmlosere Version hören willst. Und wenn du beide hören willst, welche zuerst."

„Beide, und zuerst die harmlosere."

„OK. Wir sind inzwischen im Möbeldepot angekommen. Carlo fläzt sich in einen der alten Bundesrats-Sessel, die dort stehen – du merkst, ich kenn' mich aus. Beweis, daß ich dort war. Carlo möchte gleich zur Sache kommen:

„Wieviel und wie?"

„Carlo, es gibt kein Geld, das war nur das Mittel, dich hierher zu locken. Ich muß mit dir reden."

„Waaas?"

„Kein Geld. Ein Trick."

„Bist deppert, du Schlampe?"

„Ich hab Manfred und Michael gesehen. Zufällig, in der U-Bahn."

„Was geht mich das an!"

„Du und ich – wir beide sind schuld, daß Manfred –"

„Schleich dich, bevor ich mich vergeß' und – na halt! Wenns d' schon einmal da bist, hier, wo wir so schöne Stunden miteinander verbracht haben – was hätts d' denn gern?"

„Carlo! Bitte!"

„Aber gern! Bist zwar schon a bißl überwuzelt, aber sonst noch ganz OK. Also: Von hinten? Oder willst mir lieber einen blasen?"

„Er legte das Sakko ab", sprach Cornelia jetzt stockend weiter. „Er kam auf mich zu, den Gürtel lockernd, den Zipp nach unten ziehend. Er faßte nach seinem Schwanz, zog ihn heraus. Ich war zurückgewichen und stand mit dem Rücken zu einem Regal. Er faßte mich an den Schultern, wollte mich küssen. Ich schlug zu, mit aller Kraft, in sein Gesicht. Er schlug zurück. ‚Spinnst?‘ Das war sein letztes Wort. Sein Schlag ließ mich taumeln. Ich suchte mit den Händen Halt. In dem Regal war eine Lade, einfach nur so hingestellt. In diese Lade griff ich mit meiner rechten Hand, im Versuch, einen Sturz abzufangen. Ich spürte Metall. Carlo kam wieder näher, blöd grinsend. Ich fühlte: ein Messer. Ich tastete nach dem Griff, griff ihn – so – , und als er mich wieder umarmen wollte, stieß ich zu – so –, er riß die Augen auf, irgendwie erstaunt, völlig perplex. Er gab keinen Ton von sich, nur eine Art Seufzen. Er drohte auf mich zu fallen, ich stieß ihn weg, er fiel seitlich in diesen Bundesrats-Sessel, zuckte ein wenig – aus. Er bot keinen besonders attraktiven Anblick. Heute weiß ich: Das war ein glücklicher Augenblick in meinem Leben.“

Cornelia wartete auf eine Reaktion, doch Thomas schwieg. Er starrte sie nur ungläubig an.

„Ich fischte den Schlüsselbund aus seinem Sakko, löste den Parlamentsschlüssel vom Bund, den ich wieder in die Sakkotasche steckte, und machte mich auf den Weg. Eurydike auf dem Weg aus der Unterwelt, und dieses Mal blieb Orpheus zurück. Es war kurz nach Mitternacht auf der Uhr des Rathauses, als ich durch den dunklen Park in Richtung Uni ging. Eine Straßenbahn schien mir besser als ein Taxi. Ende der Hypothese.“

„Wenn das die harmlosere Fassung sein soll, dann fürcht’ ich mich vor der schärferen“, bekannte Thomas.

Cornelia lachte. „So viel schlimmer ist sie auch nicht. Es ist der Unterschied zwischen Notwehr und vorsätzlichem Mord. In der zweiten Version habe ich mir das Messer vorher besorgt, in der Küche des Parlamentsrestaurants. Vielleicht habe ich es früher einmal dort mitgehen lassen – ist nicht so wichtig. In dieser Variante gehe ich auf Carlos Vorschlag eines Schäferstündchens modo historico ein, lehne ihn gegen das Regal, in dessen Lade ich vorher das Messer deponiert habe, mache ihm von hinten den Hosenschlitz auf – laß deine Phantasie ein wenig spielen, Tom! Er fängt schon an zu stöhnen. Ich greif mir das Messer und stoße ihm die Klinge hinein – so! In dieser Version dreht er sich halb um, sagt erst jetzt sein letztes Wort, identisch mit Version 1, sinkt in den nämlichen Bundesrats-Feuteuil, exitus nach ein paar Zuckungen. Rest wie oben."

Der geschäftsmäßige Ton ihrer Erzählung erleichterte Thomas seine Suche nach Worten. Gleichwohl fand er nur ein einziges, das aber nach Connys Schilderung keine schlechte Wahl war: „Wahnsinn!" Er hörte das Blut in seinen Ohren rauschen; auch die Enge in seinem Kehlkopf war wieder da, aber sie war von anderer Qualität als zu Beginn dieses Abends.

„Morgen, oder richtig: Heute Mittag geht unser Flug nach Frankfurt. Ich habe Michael nicht erzählt, daß ich ihn mit Manfred gesehen habe. Ich habe natürlich auch nicht versucht, mit Manfred Kontakt aufzunehmen. Das alles werde ich in Frankfurt, von Frankfurt aus tun. Ich hole mir Manfred zurück. Ich weiß, daß es mir gelingen wird. Ich weiß es mit absoluter Sicherheit, seit ich in der U-Bahn seine Uhr gesehen habe."

„Eine Frage habe ich schon", sagte Thomas, als er sich ein wenig gefangen hatte. „Hättest du diese Geschichte – ich meine: diese Hypothese auch bei Mira Valensky erzählt?"

Sie lächelte ihr Nausikaa-Lächeln. „Mein alter, armer Odysseus! Du hast dich immer, immer selbst unterschätzt." Als sie ihn zum Abschied wie eine Schwester küßte, hauchte sie ihm ins Ohr: „Uns bleibt immer noch Venedig."

Freitag

Das Lächeln der Mona Lisa

Thomas Frau war verschnupft. „Du bist ja überhaupt nicht mehr zu Hause. Ich muß bloß noch herausfinden, ob ich geschieden oder verwitwet bin", beklagte sie sich beim üblich spartanischen Frühstück. „Was wäre dir denn lieber", versuchte Thomas einen müden Scherz, und seine Frau nahm den Ball auf: „Eine Beamtenpension ist nicht zu verachten, und Anwalts- und Gerichtskosten fallen dabei auch nicht an. Außerdem besteht nicht die Gefahr eines Comebacks." Thomas erzählte knapp über sein Treffen mit Scherzer und „der Weber", wie er seine Jugendliebe gegenüber seiner Frau zu nennen vorzog. Auf ihre Frage, ob denn „der Adam" so lang geöffnet habe, meinte er ausweichend und ohne zu spezifizieren, sie seien noch in einem anderen Lokal gewesen.

Natürlich würde es auch heute spät werden, wahrscheinlich sehr spät, kündigte Thomas an. Es würde ein größeres „Chill-Out" geben, aus der Erleichterung über den gut gemeisterten Kongreß, er könne nicht sagen, wie lang es dauern werde, und er freue sich schon sehr auf das Wochenende.

Alles nahm seinen alltäglichen Lauf, Thomas war bemüht, keinen Fingerbreit von der täglichen Routine abzuweichen. Er begleitete seine Frau zur U-Bahn, wie er das häufig tat. Und wie sie es hielten, wenn ihre Zeit es zuließ, tranken sie einen raschen Stehkaffee. Küßte er seine Frau inniger, als sie sich verabschiedeten? Anders als sonst bestieg er nicht die Straßenbahn in Richtung Parlament, sondern kehrte in die Wohnung zurück. Er setzte sich an seinen Schreibtisch, fuhr den Computer hoch, löschte ein paar Dateien. Er ging seine Papiere durch, plazierte sein vor kurzem aktualisiertes Testament gut sichtbar in der obersten Lade, nahm einige Dinge an sich und machte sich auf den Weg ins Parlament.

Er genoß den Weg, den er so oft gegangen war. Selbst das Denkmal für die Shoa auf dem Judenplatz, das in seinen Augen die Harmonie und das Gleichgewicht des Platzes empfindlich störte, konnte heute seiner inneren Ruhe nichts anhaben. Wahrscheinlich war das ja genau die Absicht: Verstörung – wenn sie auch nicht mehr sein konnte als ein schwacher

Widerschein der Verstörung, die von der Shoa ausging. In Gedanken korrigierte sich Thomas: ausgehen sollte. Denn wo vielleicht einmal Verstörung und in die letzten Tiefen reichende Erschütterung gewesen war bei denen, die dessen überhaupt fähig waren, hatte sich längst etwas wie eine Art lästiger und daher ziemlich heuchlerischer Pflichterfüllung etabliert.

Thomas querte den Platz am Hof diagonal. Die Kirche zu den Neun Chören der Engel verteidigte, mit der Marienstatue als vorgeschobenem Posten und, unpassenderweise, einer Bank an der Flanke, eine noch im Versinken wirkende Vergangenheit gegen den Fortschritt der Feuerwehr und der Elektrizitätswirtschaft vis a vis. Wie oft hatte er sich vorgenommen, seinen täglichen Weg in die Arbeit einmal in seinen historisch bedeutenden Stationen genau nachzuzeichnen! Hier war die Residenz der Babenberger gewesen, erst die Habsburger verlegten ihren Sitz in die Hofburg. Hier hatten die Jesuiten in der Gegenreformation gewirkt, und hier hatte Joseph II. einen Pius-Papst – erinnerte er sich richtig, daß es der Sechste dieses Namens war? – abblitzen lassen. Der Kaiser wich nicht vom Weg seines aufklärerischen Projekts, und der Papst zog unverrichteter Dinge wieder ab. Immerhin kamen die Wiener in Scharen Papst-Schauen.

Beim letzten Zusammentreffen zwischen kirchlicher und weltlicher Macht hatten Kaiser und Papst einander wenig zu sagen. Zu verschieden waren die Welten, in denen sie lebten: Hier der Mann, der als Stellvertreter Christi Maßnahmen gegen die Juden ins Werk setzte, kaum daß er den Thron bestiegen hatte, der alle Ideen der Aufklärung, wie sie in der Erklärung der Menschenrechte komprimiert waren, bekämpfte und verdammte; da der Mann, der eben diese Ideen, wenn auch in einer dem imperialen Selbstverständnis zuträglichen Form, zu verwirklichen trachtete. Toleranz war nie Sache der Kirche gewesen. Das bittere Wort Friedrich Hebbels kam ihm in den Sinn, daß ein guter Papst von jeher notgedrungen ein schlechter Christ sein mußte.

Hier, auf der Loggia der Kirche am Hof, wurde 1806 das Ende des Imperium Romanorum verkündet. Es war nicht mehr als eine Tatsachenfeststellung, Folge der napoleonischen Gewalttaten und Ausfluß der habsburgischen Ordnungsliebe.

Aber sonst, was war Thomas darüber hinaus bewußt über die Tiefenschichten des Bodens, über den er ging? Über den Heidenschuß zur Freyung, die Schottenkirche vor Augen. Die Babenberger hatten irische Mönche nach Wien gerufen. Das Schottengymnasium war immer noch bemüht, die Tradition in eine neue Zeit zu tragen. Seit einiger Zeit wurden auch weibliche Wesen als würdig erachtet, Trägerinnen der Tradition zu werden. Durch die Teinfaltstraße ging Thomas in Richtung Burgtheater, querte den Ring und nahm den Weg durch den Rathauspark, den er in den letzten Jahren so oft gegangen war und an dem er den aktuellen Stand der Jahreszeiten ablesen konnte.

* * *

Als er zum Neunerhaus kam, hörte er den ebenfalls gerade eintreffenden Franz Ferdinand Schwarzenberger dem Leiter des Internationalen Dienstes ein fröhliches „Lex mihi ars!" zurufen. „Sie mich auch", antwortete Schratt und strebte dem Einserhaus zu. Schwarzenberger legte seine demonstrative Fröhlichkeit ab, sobald Schratt außer Sichtweite war. „Die Polizei will mich heute noch einmal einvernehmen", bekannte er im Aufzug. „Die wollen es ganz genau wissen. Und das, obwohl die Russenmafia-Version zur Zeit die plausibelste Theorie zu sein scheint. Sie paßt auch am besten zu unserer nationalen Xenophobie." „Mach dir keine Sorgen, Scherzer hält dich nicht für den Täter", versuchte Thomas seinen Kollegen, halb im Ernst halb scherzhaft, zu beruhigen, ehe er im vierten Stock den Aufzug verließ.

Tamara Tilly hatte keine Neuigkeiten für ihn an diesem Freitagmorgen, und Thomas dankte ihr ausdrücklich dafür. Das gab ihm Zeit, seine schöpferische Arbeit des Ordnungschaffens fortzuführen. Er löschte einige Dateien von seinem PC, übergab ein paar Seiten dem Schredder, darunter die

Papiere, die er von zu Hause mitgebracht hatte. Wie er es unzählige Male in den letzten Jahren getan hatte, sagte er seiner „Frau Sakristeidirektor", er gehe „hinüber", sein Handy habe er diesmal mit, für dringende Fälle.

* * *

Die Caféteria war nur spärlich besetzt zu dieser frühen Stunde, vor allem von Hausarbeitern, deren Tag sehr früh begann, und die schon beim zweiten Frühstück waren. Thomas war nicht wenig erstaunt, Wachtmeister Studer allein an einem Tisch zu sehen und setzte sich nach dessen Aufforderung zu ihm. „Ich freu mich doch, wenn Sie mir altem Mann Gesellschaft leisten", meinte er lächelnd. „Danke, aber gegen den alten Mann muß ich Protest einlegen", gab Thomas zurück. „Sie haben doch den Vorteil aller Figuren der Literatur, daß sie nicht altern können."

„Das ist gewiß ein Vorteil, verglichen mit den anderen Sterblichen, und erst recht mit dem unsterblichen Herrn Tithonos."

„Sollte ich den Herrn kennen?"

„Wahrscheinlich kennen sie seine Frau, eine gewisse Eos, oder auch Aurora – wie das Schiff in St. Petersburg, von dem das Signal zur Oktoberrevolution gegeben wurde. Rhodadaktylos Eos, die rosenfingrige Eos – Sie haben doch Ihren Homer gelesen!"

„Schon, aber ein Herr Tithonos kommt in meiner Erinnerung nicht vor."

„Er war ein Prinz – ein Sterblicher, in den die Göttin der Morgenröte sich unsterblich verliebte. Sie bat Zeus, ihrem Geliebten Unsterblichkeit zu verleihen. Der erfüllte den Wunsch. Nur daß Eos vergessen hatte, auch ewige Jugend für ihn zu erbitten. Und so wurde Tithonos immer älter und älter, und die ewig junge Göttin hatte einen uralten Mann als Bettgefährten. Der Mythos weiß, daß sie ihn in eine Zikade verwandelt hat. So kann er sich jährlich häuten, und sie kann sich wenigstens an seinem Gesang erfreuen."

„Wie so oft bei den Griechen ist das Schöne nur des Schrecklichen Anfang."

„Nicht nur bei den Griechen, mein Lieber. Ich glaube fast, daß dies der einzige Satz ist, den ich in den Duineser Elegien verstanden habe."

„Sie haben dem Tithonos voraus, daß Sie nicht altern. Friedrich Glauser hat sie als Wachtmeister in die Welt gesetzt, und so bleiben sie für alle Zeit – allenfalls mit dem Gesicht von Heinrich Gretler aus der Verfilmung irgendwann vor dem Krieg, unter der Regie von Leopold Lindtberg. Wie ist das übrigens, das Gefühl, nicht zu altern und auch nicht sterben zu können?"

„Ich bezweifle, daß wir uns darüber sinnvoll unterhalten können. Es gibt keinen Pfad zwischen dem Reich der Unsterblichen und dem Land der Sterblichen. So ähnlich steht es sogar in der Bibel, wenn ich mich recht erinnere. Wer unsterblich ist, kann keinen Begriff von Sterblichkeit und Tod entwickeln, wer sterblich ist nicht von Unsterblichkeit. Wir brauchen aber Begriffe und Vorstellungen, um ein Gespräch zu führen. Michael Köhlmeier hat in einem seiner Romane sogar die Olympier zu einem Symposion zum Thema Sterblichkeit versammelt. Es gab kein Ergebnis."

„Ja, und der Anlaß dafür war die Liebe – die Liebe des Odysseus zu seiner Penelope, die so stark war, daß er sogar das Angebot der Nymphe ausschlug, ihn unsterblich zu machen."

„Vielleicht hatte er das Los des Tithonos vor Augen?"

„Viele Menschen, wahrscheinlich alle, schreckt der Tod. Oder auch das Sterben, was ja wieder etwas anderes ist. Aber der Gedanke, daß es niemals endet, ist für mich noch schrecklicher – die ewige Wiederkehr des Gleichen, das Rad der Wiedergeburt, das Samsara."

„Ja, da wird die Vorstellung des Auslöschens zu einer Vorstellung von Erlösung. Das Nichts als Gnade. Wir sind, denke ich, alle auf diesem Weg. Manche brauchen nur etwas länger als andere. Ich bin zum Beispiel, verglichen mit ihnen, schon lange unterwegs. Aber nur kurz, wenn ich an Adam und Eva denke, oder an Gilgamesch, oder an den vorhin genannten Kollegen Odysseus."

„Von denen wir allerdings nicht wissen, ob sie Menschen aus Fleisch und Blut waren oder schon als papierene Helden das Licht der Welt erblickten."

„Macht das einen Unterschied?"

„Lieber Wachtmeister, vielleicht ist da auch so eine unübersteigbare Grenze. Ich schätze Sie hoch und möchte Sie nicht kränken – aber Sie sind nicht Fleisch und Bein, in Ihren Adern fließt nicht heißes Blut, und den Schmerz, den sie empfinden, fühlen sie nur, weil Friedrich Glauser oder ein anderer Autor es so will."

„Und doch sind wir wirklich, wir alle, die Sie genannt haben, und viele, viele, die Sie nicht genannt haben. Anna Karenina und Werther, Hamlet und Ophelia, Don Quixote und Fürst Myschkin. Denn was ist die Wirklichkeit? Die ganze Wirklichkeit ist unter der Schädeldecke, von den Göttern bis zu den Viren."

„Esse est percipi, wie Berkely sagt."

„Vel percipere."

„Wie übersetzen sie das, Herr Studer?"

„Sein ist Wahrgenommenwerden – oder Wahrnehmen."

„Wahrscheinlich ist beides richtig."

„Sie sind also Empiriker?"

„Keiner Schule verpflichtet, aber allen dankbar."

„Eine weise Einstellung. Aber was meinen Sie, Herr Thomas: Sind Götter tot, an die niemand mehr glaubt? Oder haben sie ein Sein – ich vermeide das Wort Existenz – unabhängig von Glaubensakten anderer Wesen?"

„Können wir unseren menschlichen Horizont übersteigen? Ich habe da meine Zweifel. Ich befinde mich in einer Aporie. Denn was macht einen Gott zum Gott? Unter anderem doch, daß er unsere Vorstellungen radikal übersteigt, in Weiten, die uns verschlossen bleiben. Theos katalambenomenos ouk estin theos, habe ich einmal gelernt. Ein Gott, der faßbar ist, ist kein Gott. Wenn ich ihn aber nicht zu fassen kriege, wenn er unfaßbar bleibt und unfaßlich – was geht er mich dann an?"

„Werfen sie nicht die Flinte zu früh ins Korn? Ist nicht vieles unfaßbar für den Menschen, und doch machen wir damit Erfahrungen. Oder sollte, nur zum Beispiel, Liebe gänzlich faßbar sein?“

„Auch die spielt sich unter der Schädeldecke ab, wie Sie sich ausdrücken, Herr Studer, oder? Obgleich ich die Lokalität nicht so eng sehen möchte. Herz und Nieren usw. spielen schon auch mit.“

„Ein Punkt für Sie.“ Studer schwieg nachdenklich und nippte an seinem Kaffee. Nach einer Weile setzte er fort: „Ich weiß nicht, ob das nicht nur die eine Seite ist, wenn Sie sagen, daß ein Gott Sie nichts angeht, wenn Sie ihn nicht zu fassen kriegen. Es könnte ja auch sein, daß er – oder sie, wer könnte es sagen! – Sie zu fassen kriegt. Die Geschichte ist voll solcher Ereignisse. Und ich kann mir nicht vorstellen, daß Ihnen solche Erfahrungen verwehrt geblieben sein sollten.“

„Solche Erfahrungen – welche meinen Sie?“

„Zum Beispiel die Erfahrung der Liebe. Sie kann einen Menschen von einem Tag, was heißt: von einer Stunde auf die andere verwandeln. Sie kann verwirren, sie kann in unvorstellbare Höhen führen, aber auch zu Boden schmettern und vernichten. Sie macht unendlich glücklich. Sie verursacht namenlose Qual.“ Studer lächelte verschmitzt. „Glauser hat mir ja derlei nicht gegönnt. Ich habe es mir angelesen – in meiner Freizeit, wenn Glauser mich nicht im Einsatz hatte.“

Versonnen blickte Studer in seinen Kaffee. „Soll ich Ihnen sagen, welche drei Liebespaare es mir besonders angetan haben?“ Thomas nickte stumm, und Studer fuhr fort: „Odysseus und Penelope. Man stelle sich vor: Zwanzig Jahre war er von zu Hause weg, zehn Jahre Krieg und zehn Jahre Irrfahrt auf dem Meer – na ja, die meiste Zeit der zweiten Dekade verbrachte er ja auf Ogygia, bei Kalypso, wir haben vorhin schon darüber gesprochen. Zwanzig Jahre zu warten, nicht zu wissen, ob er noch am Leben ist – und dennoch zu warten. Was für eine Frau!“

„Und das zweite Paar?“ Thomas fragte sich insgeheim, ob er auch drei Paare nennen könnte. Ein flüchtig bekanntes Paar kam ihm in den Sinn. Der Mann saß seit mehr als drei Jahrzehnten im Rollstuhl, aber sie blieb bei ihm, mit der größten Selbstverständlichkeit und mit ruhiger Gelassenheit. Es war ihr so bestimmt gewesen, und gemeinsam trugen sie es. Sie war größer als Penelope. Sie blieb ohne Hoffnung auf ein Comeback.

„Das zweite sind Abaelard und Heloise. Haben Sie den Briefwechsel der beiden gelesen?“ Als Thomas verneinte, fuhr der Wachtmeister fort: „Abaelard war eine Art Popstar seiner Zeit, wir schreiben das 12. Jahrhundert. Ein weithin berühmter Professor in Paris – aber auch Autor von Hits, wie man heute sagen würde, die von den jungen Leuten in den Straßen gesungen wurden. Ein gewisser Fulbert, ein Kanonikus, engagierte ihn als Hauslehrer für seine Nichte Heloise. Der Lehrer und seine überaus begabte Schülerin verliebten sich, wobei Abaelards Initiative auf mehr Entgegenstürzen denn Widerstand stieß. Die Liebe blieb nicht ohne Folgen. Flucht, geheime Heirat, Geburt – sehr gotisch. Fulbert tobte. Er ließ Abaelard von gekauften Schergen auflauern und beim Schein einer Kienspanfunzel entmannen.“

„Jetzt, da Sie es erzählen, erinnere ich mich wieder. Ich habe vor langer Zeit auch die Geschichte seiner Kalamitäten gelesen.“

„Dann wissen Sie auch, wie es weitergeht. Beide landen im Kloster. Und sie schreiben einander Briefe. Abaelard distanziert-pastoral, Heloise blutvoll und leidenschaftlich. Ihre Liebe erlosch nicht, sie loderte unter dem Habit der Nonne weiter.“

„Mir fällt auf, daß Sie den beiden Frauen mehr Sympathie entgegenbringen als Odysseus und Abaelard. Jetzt bin ich gespannt auf das dritte Paar.“

„Orpheus und Eurydike. Er geht für sie sogar in den Tod – denn was sonst wäre das Reich des Hades, das seine Frau festhält? So groß ist seine Sehnsucht nach ihr, daß er es nicht erwarten kann, sich umzudrehen nach ihr. Typisch Mann – kein Talent zum Lustaufschub. Übrigens ist das nur in den von Vergil und Ovid überlieferten Versionen so. In älteren Überlieferungen scheint die Entführung gelungen zu sein. Einerlei, wir bleiben dabei, daß er seine Frau verloren hat. Darauf zog er sich aus der Welt zurück, vor allem von den Frauen – auch von jenen, mit denen er in Trakien dionysische Feste gefeiert hatte. Die waren darüber ergrimmt, und so, raunt der Mythos, zerrissen ihn die rasenden Bacchantinnen, als sie sich um ihn stritten. Seinen Kopf hätten sie an die Leier genagelt und in den Hebros geworfen, heißt es, und von da sei er ins Meer gespült worden. Im Dahinrollen im Fluß, im Hin-und-Her-Rollen am Strand von Lesbos sei die Leier erklungen und habe dieser Kopf nicht aufgehört, um Eurydike zu weinen und zu singen."

„Sie überraschen mich mit ihrer Kenntnis der alten Mythen." Thomas brachte einen sachlichen Ton in ihre Unterhaltung. „Glauben Sie persönlich, daß die Liebe stärker sein kann als der Tod?"

„Sie kann den Tod überdauern. Ist sie dann nicht stärker?" Studer sagte es als Frage, aber es war eine abschließende Feststellung.

„Ich weiß nicht, ob man sich solche Erfahrungen wünschen oder ob man sie fürchten soll", versuchte Thomas das Thema noch weiterzuführen, doch Studer wandte sich profaneren Themen zu, fragte nach dem Stand der Ermittlungen in der Causa Malfatti und kündigte an, einen Workshop zu besuchen, für den er sich angemeldet hatte. Er wollte dort auch Maigret und Allan Wilton treffen. „Da geht es um ein offenbar hoch aktuelles Thema, wie man schon der Sprache anmerkt: Profiling. Wir alte Knacker sind schon ganz gespannt. Ein hiesiger Profiler leitet den Arbeitskreis. Er soll ja ein ganz toller Bursche sein. Soweit ich mitbekommen habe, weiß er immer ganz genau, warum es nur der gewesen sein kann, den man als Täter gefaßt hat, und jedes Mal war er ihm ganz hart auf der Spur. Ich bin jedenfalls schon sehr neugierig", sagte Studer, schon im Aufstehen, als ihm einfiel, daß er seine Konsumation noch nicht bezahlt hatte. Ein verschmitztes Lächeln huschte über sein Gesicht, als er sich Thomas noch einmal zuwandte: „Nachdem ich nicht aus Fleisch und Bein bin, war wohl der Kaffee auch nur aus Papier. Seien Sie doch so nett und übernehmen Sie die Rechnung für mich." Sprach 's und entschwand, Thomas einigermaßen verdattert zurücklassend.

* * *

In der Tür stieß Studer mit einem der beiden in Tunika und Toga gekleideten Römer zusammen. Thomas konnte nicht erkennen, welcher der beiden es war, der Zeitgenosse Ciceros und Cäsars oder jener aus der Kaiserzeit. Die Zahl der Hausarbeiter in der Cafeteria hatte sich in der letzten halben Stunde verringert, war aber durch hereinströmende Beamte mehr als ausgeglichen worden. Kaum ein Platz war frei, und der Römer sondierte lange, ehe er den nach Studers Abgang frei gewordenen Sessel erblickte. Er steuerte auf Thomas zu, grüßte artig mit „Salve!" und ließ sich mit einem Geräusch nieder, das an die Druckluftbremse eines LKW erinnerte. „Sie müssen schon entschuldigen, ich gewöhne mich einfach nicht an diesen stinkenden Rauch", sagte er und fächelte die Luft vor seinem Gesicht mit der rechten Hand.

Unauffällig schielte Thomas nach dem Namensschild und las: Decius Caecilius Metellus Minor. Es war John Maddox Roberts Geschöpf, der Zeitgenosse Ciceros. „Wo haben Sie Ihren Kollegen aus der Kaiserzeit gelassen?" erkundigte sich Thomas.

„Dreimal dürfen sie raten. Der besichtigt die Hofburg. Oder die Kapuzinergruft. Oder er ist nach Schönbrunn gefahren – was weiß ich, er suchte imperiales Ambiente. Ich hingegen bin und bleibe ein Mann der Republik, yessir, und da ist mir das republikanische Parlament allemal näher."

„Die römische Republik und unsere Republik Österreich haben wohl außer der Bezeichnung Republik nicht sehr viel gemeinsam."

„Da haben sie schon recht, junger Mann." Junger Mann? Thomas war irritiert. Sein Tischnachbar war an die dreißig, also etwa halb so alt wie er. Anderseits hatte der Römer runde zwei Jahrtausende auf dem Buckel. Allerdings hatte er das Licht der Welt, dank John Maddox Roberts, Ende des 20. Jahrhunderts erblickt. Wie alt war also Metellus Minor? Er war viel älter und zugleich viel jünger als Thomas. Das Leben besteht aus Paradoxen, dachte Thomas. Das schien ihm ein guter Anknüpfungspunkt für ein Gespräch.

„Wie geht es Ihnen eigentlich hier? Ich meine: Wie kommen sie mit den vielen Dingen hier zurecht, die es im Rom Ihrer Tage nicht gegeben hat?“

„Der einzige Unterschied besteht in den Gerüchen.“

Thomas schaute den Römer verdattert an. „Ja?“

„Der Verkehr im Rom am Ende der Republik ist dichter, nur die Verkehrsmittel sind andere: Pferde, Esel, Sänften, die eigenen Beine. Das ergibt eine andere Mischung von Düften als die Ausdünstungen eurer Autos. In Rom kommen dazu die Düfte aus den vielen Garküchen und der Gestank aus den Latrinen der Seitengassen. Meiner Nase ist mein Rom angenehmer.“

„In den Büchern von Roberts habe ich Sie als republikanisch gesinnten Menschen kennengelernt. Wie ergeht es Ihnen, wenn sie jetzt zugleich vom Ende der römischen Republik wissen und unsere demokratische Republik erleben?“

„Wie soll 's mir schon gehen? Unsere Republik hatte sich überlebt. Sie war nicht mehr zeitgemäß. Unser gesamtes System, die verschiedenen Versammlungen und Kurien, die Ämter bis hinauf zu den Konsuln – das war etwas für die Stadt Rom und ein wenig Umland. Aber das ging nicht mehr in einem Weltreich. Die centurianische Versammlung war ursprünglich eine Art militärischer Appell. Da waren alle Bürger da, da konnte man über aktuelle Probleme diskutieren und Entscheidungen treffen. Die Bürger waren Bauern und Handwerker. Es gab weder die reichen Müßiggänger noch viele Sklaven – das eine hängt ja am anderen. Natürlich verklärt der Blick in die Vergangenheit. Die gute alte Zeit hat es so auch nicht gegeben, aber man neigt dazu, sich das Gute eher zu merken – dem Gott sei Dank dafür.“

„Bei der Aufklärung der Catilina-Verschwörung haben sie eng mit Cicero zusammengearbeitet. Der war ja bis zu seinem Ende einer der engagiertesten Verteidiger der Republik.“

„Ja, und das hat ihn auch den Kopf gekostet, im wortwörtlichen Sinn. Cicero war ein Träumer. Er hat in der falschen Zeit gelebt. Der Mann der Stunde war Cäsar. Er ist nicht Träumen nachgelaufen, er hat gehandelt. Immer hat er seine Gegner überrascht. Er kannte keine Tabus. Im Winter wird nicht Krieg geführt? Cäsar hat es getan. Die Senatoren haben sich in ihre Tuniken gemacht, als er den Rubikon überschritt und auf Rom zog. Hals über Kopf sind sie geflohen, unter Führung des Pompeius. Sogar den Staatsschatz haben sie in Rom zurückgelassen, zur Freude Cäsars."

Decius Caecilius Gesicht verdüsterte sich. „Aber ich verzeihe ihm nicht, daß er die große Bibliothek von Alexandria vernichtet hat. Und das nur wegen seiner Leidenschaft für Cleopatra." Theatralisch fügte er nach einer kurzen Kunstpause hinzu: „Unvergängliches gab er für Vergängliches, Geist opferte er für Fleisch." Der Römer brach in lautes Gelächter aus. „Ich habe den divus Julius schon besucht und ihm auf der Parlamentsrampe ein wenig Gesellschaft geleistet. Ich habe auch gesehen, daß er auf der Homepage des Parlaments gewürdigt wird. Der Liquidator der römischen Republik – das trifft es ziemlich gut. Sein Adoptivsohn hat das Werk dann vollendet. Princeps, erster der Bürger – wenn ich das nur höre! Wenn sie so anfangen zu reden, per erster Bürger, Kollege, servus servorum, erster Sekretär sind stets höchste Vorsicht und äußerstes Mißtrauen angebracht. Die Macht tarnt sich, absolute Macht tarnt sich absolut."

„Was hätte Cäsar Ihrer Meinung an den Iden des März denn tun sollen?"

„Das fragen Sie? Er hätte dem Senat fernbleiben sollen! Es gab genug Warnungen. Damit meine ich gar nicht die Träume seiner Frau. Da waren die Wahrsager. Da waren Andeutungen aus Kreisen, die ihm und den Verschwörern nahe waren. Ich weiß nicht, ob sie nicht sogar von Brutus selbst stammten. Sein Supervisor und Coach hat ihn gewarnt."

„Der große Cäsar ließ sich coachen?"

„Schon seit seiner Zeit in Gallien, spätestens. Dem Coach – er stammt übrigens hier aus der Gegend, glaube ich – und seiner Frau war es sogar gelungen, daß er die Sitzung des Senats absagte. Aber einer der Verschwörer hat ihn wieder umgestimmt. Und so ging er, natürlich wie immer ohne Leibwache, in den Senat. Dauernde Bewachung sei ein Zeichen ständiger Furcht, sagte er."

„Es war ein Pyrrhussieg für die Verschwörer."

„Sie sagen es. Sie haben damit die Republik nicht gerettet, sondern ihren Untergang beschleunigt. Außerdem wäre Cäsar wohl der einzige gewesen, der das Problem im Osten hätte lösen können."

„Die Partherfrage."

„Richtig. Ich sehe, Sie haben im Unterricht aufgepaßt. Bei der Sitzung des Senats sollten die letzten Anordnungen Cäsars bestätigt werden. Die Verschwörer, und das ist das Schlimmste, wollten nicht, daß Cäsar die Parther besiegt und die Feldzeichen zurückholt, die Crassus bei Carrhae verloren hat."

„Warum denn das?"

„Sie fürchteten Cäsars Erfolg sogar. Als Sieger über den Erbfeind im Osten wäre ihm die Königswürde per Akklamation aufgenötigt worden."

„Und so war die Republik perdu."

„Naja, sie war es in Wahrheit schon vorher. In den Senat kam, wer genug Geld dafür hatte – nicht, wer dem Vaterland am besten diente. Unsere militärischen Operationen strebten mehr nach Beute denn nach dem Schutz Roms. Rom war bei den Nachbarn nicht als Verbündeter geschätzt, sondern als erpresserischer und räuberischer Nachbar gefürchtet und verhaßt. Die Tage der Republik waren gezählt, so oder so."

„Und unsere Republik – welchen Eindruck haben Sie von unserem Gemeinwesen?"

„Die entscheidende Frage ist, ob es überhaupt noch so etwas gibt wie eine res publica, der sich alle verpflichtet fühlen – und ob die Verantwortlichen sich so verhalten, daß dieses Gefühl möglich ist." Der Römer wirkte nachdenklich und in seiner antiken Robe feierlich, fast liturgisch. „Ich habe heute früh ein wenig in der Politeia geblättert. Plato scheint mir ja nicht weniger ein Träumer als unsere Erbsennase, und in der Politik ist er ja dramatisch gescheitert. Die sizilianischen Abenteuer sind ja nicht gerade sein ruhmreichstes Kapitel, fast hätte er seine Tage als Sklave beendet. Aber ihn zu lesen ist selbst heute noch spannend. Und da schreibt er, gleich im ersten Buch der Politeia, alle Regierenden dürften nicht an das denken, was ihnen zuträglich ist, sondern müßten an das denken, was für die von ihnen Regierten nützlich ist. – Sie müssen mir verzeihen, wenn ich sage, daß ich bisher nicht den Eindruck gewinnen konnte, diese Forderung Platos wäre in ihrem schönen Land vollkommen erfüllt."

Thomas wurde jäh bewußt, daß sein Handy all die Zeit stumm geblieben war. Er holte es aus seiner Hosentasche und fand die wenig überraschende Erklärung: Er hatte es nicht eingeschaltet. Der Römer schaute ihm sorgfältig zu, als er es einschaltete, seinen Pin-Code eingab und das Display auf versäumte Anrufe untersuchte. Zu seiner Erleichterung, aber auch Verwunderung hatte ihn niemand angerufen. „Hätten wir das gehabt, würden wir noch heute die Welt beherrschen", sagte sein Tischgefährte, auf das Handy deutend. „Ich glaube, wir waren das erste Volk, das die Bedeutung der Kommunikation umfassend erkannt hat."

„Wenn sie wüßten, wozu es heute vornehmlich verwendet wird", seufzte Thomas und winkte Herrn Rudi herbei, um die eigene Konsumation und die seiner beiden sukzessiven Tischgenossen zu bezahlen. „Ich werde noch ein wenig in einem Workshop schnuppern", verabschiedete sich der Lateiner: „Vale, carissime!"

* * *

Thomas wollte es dem Römer gleichtun. Doch kaum aus der Cafeteria auf den Gang getreten, lief er dem vorüberstaksenden Vizedirektor Sigisbert Schauer und dessen Trabanten Zwirner in die Arme. Schauer hatte seinen leutseligen Tag: „Gut, daß ich Sie treff', Kollega! Dann brauch ich Sie nicht anzurufen und kann Ihnen gleich hier sagen, daß wir sehr zufrieden sind, der Kongreß ist bis jetzt gut über die Bühne gegangen."

Thomas erschrak. Lob war im Parlament eine extrem seltene Blume, und meistens blühte in ihrem Schatten ein „Aber“. Er wartete auf die Schattenpflanze, doch stattdessen hob sein Vor-Vorgesetzter, unter beifällig-gönnerhaftem Grinsen Zwirners, das Lob sogar noch auf eine höhere Stufe: „Der Präsident hat sich sehr zufrieden geäußert.“ Sollte Thomas anfangen, wieder an Wunder zu glauben? „Jetzt müssen wir nur noch die große Schlußveranstaltung gut hinter uns bringen, dann können wir unser Wochenende genießen, Kollega. Schau'n S' halt, daß der alte Saal halbwegs voll ist. Sie wissen ja, daß der Präsident nicht vor leeren Reihen reden mag.“

Da war sie ja, die Schattenpflanze. „Ich habe beobachtet, daß schon viele Teilnehmer abgereist oder jedenfalls nicht mehr ins Haus gekommen sind. Können Sie mir einen Rat geben, wie ich die leeren Reihen füllen soll?“

Zwirner zwinkerte Thomas hinter Schauers Rücken zu und verformte den Mund zu einem Wort in der Erwartung, daß Thomas es von seinen Lippen ablesen könne. Sicherheit? Was konnte Zwirner meinen? „Das ist mir völlig wurscht, nur vor einem halbleeren Reichsratssitzungssaal darf der Schwärzlich nicht reden, sonst reißt er uns allen den Kopf ab.“

Thomas beschloß, das Zwirnersche Signal doch als „Sicherheit“ zu deuten und kühn auszubauen. „Herr Vizedirektor, ich habe mit Herrn Scherzer von der Polizei engen Kontakt gehabt während der letzten Tage. Kollege Zwirner hier weiß auch, daß der Vorfall in der Hofburg noch nicht geklärt ist und allen Sicherheitsverantwortlichen große Sorge macht. Ich schlage daher vor, daß wir die Schlußveranstaltung kurzfristig in einen anderen Raum verlegen. In den Sitzungssaal des Bundesrats oder, noch besser, in das Abgeordnetensprechzimmer, das ist gleich über den Gang. Wir sperren den Reichsratssitzungssaal eine halbe Stunde vor Beginn der Schlußveranstaltung ab, stellen eine Hinweistafel auf und fertig – und der Präsident hat einen vollen Saal.“

Thomas hatte Zwirners Mundbewegungen richtig gedeutet, denn dieser sprang ihm begeistert bei: „Mit dem Sicherheitsargument landen wir sogar extrem gut beim Präsidenten, vor allem seit dem Mord an Malfatti."

„Burschen, ihr seids super, so machen wir 's." Parlamentsvizedirektor Sigisbert Schauer hatte wirklich seinen leutseligen Tag.

Das Wochenende sei offenbar bereits ausgebrochen, meinte Tamara Tilly, als Thomas sein Büro wieder betrat, außer Schwarzenberger habe niemand angerufen, und der werde sich später wieder melden. Kaum hatte sich Thomas an seinen Schreibtisch gesetzt, hörte er im Vorzimmer die Stimme Scherzers. „Ja, er ist grad gekommen", hörte er seine „Sakristeidirektorin" antworten, „gehen Sie nur gleich weiter."

Scherzer war gekommen, um seinen wiedergefundenen Freund über die letzten Entwicklungen zu informieren. Die Erhebungen im Parlament seien so gut wie abgeschlossen, auch die Unterredung mit „dem Thronfolger", wie er Schwarzenberger nannte, habe keine neuen Erkenntnisse und vor allem keine belastenden Momente gebracht. Man werde zwar noch mit dessen Freundin reden, aber es sei so gut wie auszuschließen, daß der Täter oder die Täterin aus dem Haus stamme. Hingegen hätten die Erhebungen über Malfattis Beziehungen zur Russenmafia konkrete Anhaltspunkte ergeben, man werde die Untersuchungen in diese Richtung intensivieren.

„Heute Nachmittag ist auch der Kongreß vorüber, das Parlament damit nicht länger mein Arbeitsplatz. Ich hoffe aber, daß wir uns hin und wieder sehen werden. Ich würde mich jedenfalls drüber freuen. Vielleicht vertragen sich ja auch unsere Frauen miteinander."

Man werde sich wohl noch bei der Schlußveranstaltung sehen, meinte Thomas und weihte Scherzer in die geplante Verlegung in das Abgeordnetensprechzimmer ein. Er erschrak, weil er auf dem kurzen Weg vom Haupthaus ins Neunerhaus vergessen hatte, die nötigen Aufträge zu geben. Unverzüglich holte er das, noch in Anwesenheit Scherzers, nach: Die Hausdruckerei mußte Hinweisschilder anfertigen, die es auch rechtzeitig aufzustellen galt, die Bestuhlung mußte arrangiert, Blumenschmuck besorgt, die Mikrofonanlage überprüft werden – die Zeit begann knapp zu werden, denn die Mittagsruhe war für Hausarbeiter heilig, und die Schlußveranstaltung sollte um 14 Uhr beginnen.

Scherzer verabschiedete sich. Seine Schritte waren noch nicht verhallt, als Schwarzenberger anrief, um sich nach Thomas Lunchplänen zu erkundigen.

Das spätsommerliche Wetter hatte den Pächter des Parlamentsrestaurants veranlaßt, die Tische unter den Arkaden zu decken, und Schwarzenberger und Thomas ließen sich dort nieder, zumal die schwarze Tafel geröstete Leber als Menü anpries.

„Du kannst dir nicht vorstellen, wie froh ich bin", begann Schwarzenberger, noch ehe er Platz genommen hatte. „Ich bin –„

„– aus dem Kreis der unmittelbar Verdächtigen ausgeschieden, ich weiß", fiel ihm Thomas ins Wort. Der Pressereferent starrte ihn entgeistert an. „Scherzer war eben bei mir und hat es mir erzählt", erklärte Thomas. „Jetzt kannst du mir 's ja sagen: Warst du es?"

„Natürlich. Und die beiden Kennedys und den Martin Luther King habe ich auch erschossen, Julius Cäsar erdolcht, die Monroe vergiftet und Elvis Presley auch. Und wenn du weiter so blöd daherredest, kommt noch ein Mord dazu." Schwarzenberger vergewisserte sich mit einem raschen Blick, daß die nächstgelegenen Tische noch nicht besetzt waren und niemand sein Geständnis und seine Ankündigung mitgehört hatte. „Mir haben die letzten Tage gereicht, das kannst du mir glauben. Und ich bin froh, wenn ich in drei Stunden im Zug sitze."

„Du hast mir ja gar nicht erzählt, daß du verreist!"

„15.30 ab Wien mit EuroCity Allegro Stradivari, Umsteigen in Udine, 22.56 an Trieste Centrale", leierte Schwarzenberger herunter, dabei zwei Tickets aus dem über die Sessellehne gehängten Sakko fingernd, mit denen er Thomas vor der Nase wedelte.

Die Bemerkung Thomas, daß möglicherweise auch Kommissar Proteo Laurenti mit diesem Zug heimreisen werde, wehrte Schwarzenberger mit gespieltem Entsetzen ab. „Ich möchte nicht einmal entfernt an diese Woche erinnert werden. Ich werde daher weder Laurenti sehen noch einen Heinichen-Krimi lesen. Basta."

„Dann reiten wir lieber dein Steckenpferd." Schwarzenberger löffelte schweigend seine Griesnockerlsuppe. Als sein Teller leer war, seufzte er resignierend. „Ich geb' s auf. Es hat keinen Sinn. Außerdem bin ich es überdrüssig, ständig den grammatikalischen Beckmesser zu spielen. Die Orthographie ist tot, es lebe die Anarchie. Wenn jedes zweite ‚oder' in einem Text eigentlich ein ‚und' sein müßte, und diese Tatsache absolut niemandem mehr auffällt, wenn jedes zweite englische Wort in einem Text keine Berechtigung hat, weil es ein mindestens so passendes deutsches Wort gibt – siehe backbone statt Rückgrat – und wenn die Betonung nur noch willkürlich erfolgt – ich werde nicht länger den Don Quixote spielen, der gegen Windmühlen kämpft."

Schwarzenberger wirkte müde und resigniert. Thomas wußte allerdings das einfache Rezept, den Geist seines Kollegen zu wecken. „Ich verwehre mich gegen deine leichtfertige Kapitulation vor der Masse", rief er leicht theatralisch. Schwarzenberger verschluckte sich an seinem Bier. Er stellte das Glas ab, wischte sich mit dem Handrücken den Mund, warf einen leidenden Blick auf Thomas und sagte nur: „Brutus, auch du?"

Unschuldig gab Thomas zurück: „Was hab' ich denn jetzt schon wieder angestellt?"

„Du verwehrst dich? Du! Verwehrst! Dich! Apage, Satanas!"

„Ist es nicht leichtfertige Kapitulation, wenn du jetzt, nach jahrelangem Kampf, aufgibst?"

„Ich fasse es nicht! Es heißt verwahren! Verwaaahren, nicht verwehren, du illiterater Sohn der grammatikalischen Verderbnis!"

„Was willst du verwahren?“ trieb Thomas sein grausames Spiel noch weiter.

„Ich verwahre mich gegen den Tort, den du unserer Sprache antust. Und ich verwehre dir die Anerkennung als Gesprächspartner in Fragen jeglicher Kultur, denn du verwehrst der Sprache was ihr zusteht! Aber ich werde mich dessen zu erwehren wissen, und nötigenfalls wird man dich im Schuldturm der Sprache verwahren, so wahr mir Konrad Duden helfe!“

„Dagegen möchte ich mich verwahren!“

„Über einen reuigen Sünder, der zurückkehrt, ist mehr Freude denn über 99 Rechtschreiber, die der Bekehrung nicht bedürfen. Ich bezweifle allerdings, daß sich im ganzen Land auch nur fünf Gerechte finden.“

Thomas und Schwarzenberger widmeten sich ihrem Essen, der eine mit bewußtem Genuß, der andere mechanisch. „Entschuldige, in Gedanken bin ich schon in Triest. Solltest du auch einmal machen. Ich fahre zum fünften Mal hin. Frag’ doch einmal die Marga!“

„Never dip your pen in company’s ink!“

„Ach bist du tugendhaft!”

„Klugheit ist in der Tat eine Tugend.”

Vom Nachbartisch winkte Erlendur Sveinsson Thomas zu. Schwarzenberger und Thomas luden ihn ein, an ihren Tisch zu kommen. Thomas machte die beiden Männer miteinander bekannt und war nicht überrascht, daß Schwarzenberger über den Isländer Bescheid wußte. Arnaldur Indridason hatte gute Arbeit geleistet, Schwarzenberger hatte alle Bücher gelesen, die auf Deutsch – „das, was die Übersetzerin für Deutsch hält“, wie der „Thronfolger“ sich auszudrücken pflegte – erschienen waren. Erlendur war bereits im Aufbruch begriffen und bestellte nur einen Kaffee. Thomas sah im Geist schon den Präsidenten wegen eines halbleeren Abgeordnetensprechzimmers toben.

„Du wolltest noch die Geschichte zu Ende erzählen“, wandte Erlendur sich an Thomas. Schwarzenberger verabschiedete sich in Richtung Triest, und Thomas versuchte sich zu erinnern, welche Geschichte der Isländer meinen könnte. „Die Tote im Laugarvatn", half Erlendur ihm aus der Erinnerungslücke. „Die Polizei hatte zunächst nur eine Regenjacke gefunden, die ans Ufer geschwemmt worden war, und ein Boot, das die Strömung angetrieben hatte. Der Mann, den wir in Rekyavik verhört hatten, war offenbar dein Freund Richard."

„Ja, er hat von der Einvernahme erzählt, und davon, daß er noch am gleichen Tag wieder freikam. Sweet Sue war zu diesem Zeitpunkt verschwunden, ihre Leiche fischte man erst Tage später aus dem See."

„Für uns war die Sache eindeutig: kein Fremdverschulden. Es war ein Unfall oder ein Freitod."

„So hat es sich für die Polizei dargestellt, und jedes Gericht der Welt würde es vermutlich auch so sehen. Für Richard aber war es Mord, und er war der Mörder."

Erlendur schaute Thomas fragend an. „Aber er –"

„Er hat sie nicht getötet. Sie hat sich das Leben genommen – seinetwegen. Richard weiß es, und er trägt schwer daran. Bis heute."

„Könnte es nicht sein, daß er sich da was einbildet?"

„Nein. Er war etwa zwei Wochen in Wien, als er einen Brief von ihr bekommen hat. Aus Island, auf dem Papier des Hotels. Er hat ihn mir gezeigt. Es war ein kurzer Brief, und ich kann ihn auswendig:

My love,
it was You, my dear one, always You.
It was You in life,
And it is You in death.
It's You forever now.
Waiting for You, and loving You.
Yours forever – Sue

Verstehst du? Er kann die Vorstellung nicht aus dem Kopf kriegen, daß er sie umgebracht hat. In Wien hat er nichts gesagt, in Laugarvatn hat er sie gemieden. Er hat ihr das Herz gebrochen, sagt er. Wenn sie auch im See ertrunken ist, gestorben ist sie an ihrem gebrochenen Herzen. Sie ist an meiner Kälte erfroren, hat er gesagt – leg seine Metaphern nicht auf die Goldwaage, Erlendur, er fühlt sich einfach schuldig. Immer noch, bis auf den heutigen Tag."

„Ich fürchte, daß es sehr viele Schuldige gibt, wenn wir es so betrachten."

„Ja, aber die meisten wissen es nicht, und die wenigsten tragen so schwer dran wie Richard."

„Vielleicht macht Arnaldur doch etwas aus der Geschichte. Ich werde sie ihm erzählen, wenn du es erlaubst. – Jetzt muß ich aber los. Vielleicht sehen wir uns ja einmal wieder. Bye!"

Thomas schien heute darauf abonniert, die Kaffeekonsumation anderer zu bezahlen.

* * *

Im Abgeordnetensprechzimmer, dessen Sesselreihen ausreichend dicht für Schwärzlichs Geschmack gefüllt waren, setzte Thomas sich neben Kostas Charitos. Der Athener Kommissar hatte Thomas und seine Thesen beim Empfang vor zwei Tagen nicht vergessen. Er begrüßte ihn mit den Worten: „Syngignoskein gegen ignoscere – eins zu null."

„Ich freue mich, daß Sie von ihrer Schußverletzung wieder vollständig genesen und auf Ihrem Posten sind."

„Ja, das verdanke ich Petros Markaris. Ihm verdanke ich ja überhaupt alles, meine Existenz, meine Frau Adriani, meine Tochter Katerina, ihren Freund Fanis, meine Verwundung und meine Genesung."

„Herr Charitos, halten Sie einen Selbstmord wie den von Loukas Stefanakos für möglich?"

„Ich versehe nicht ganz, was Sie meinen."

„Petros Markaris beschreibt ihn so, daß der Abgeordnete an der Rückseite seiner Bürotür drei spitze Messerklingen und an den Seiten zwei Metallgriffe angebracht hatte. Stefanakos hätte sich dann an den Griffen festgehalten und mit aller Wucht in die Klingen gestürzt."

„Ah ja, ich weiß, was Sie meinen. Ich muß zugeben, daß auch mir diese drei Selbstmorde nicht ganz plausibel erschienen sind. Weshalb mit aller Gewalt in der Öffentlichkeit? Zuerst der Unternehmer, der sich live vor den Augen der Talkmasterin – ist das nicht ein wunderbares Wort: Talkmasterin? – erschießt, daß sein Gehirn in die Kulissen spritzt. Dann der Abgeordnete, der sich gegen eine messerbewehrte Tür wirft. Schließlich der Starjournalist Apostolos Vakirtsis, der sich mit Benzin übergießt und in Brand setzt – sinnigerweise bei einer Grillparty."

„Markaris mußte Sie nach ihrer schweren Verletzung am Schluß der Nachtfalter-Geschichte ja erst langsam wieder rehabilitieren, da waren diese Selbstmord-Storys vielleicht gerade recht. Aber mich interessiert vor allem Loukas Stefanakos."

„Ach, wissen Sie, auf welch abwegige Ideen Menschen kommen, die fest entschlossen sind, in den Tod zu gehen? Wir hätten gar nicht die Zeit, sie alle durchzugehen. Besonders populär ist nach wie vor der Strick, in gewissen Kreisen natürlich die Schußwaffe, dazu die Chemie, der man fälschlicherweise nachsagt, schmerzlos zu sein, das Wasser, die Rasierklinge für die Pulsadern. Feuer scheint mir heute weniger beliebt. Dazu kommen die langsameren Formen mit Messer und Gabel, Nikotin und Alkohol. Schließlich gibt es ungezählte Kombinationsmöglichkeiten. Man schluckt Gift, legt sich einen Strick um den Hals und jagt sich eine Kugel in den Kopf."

„Ich frage mich ganz generell, wie es ein Mensch fertigbringt, seinem Leben ein Ende zu machen. Ich meine, die animalische Natur des Menschen, ein fundamentaler Selbsterhaltungstrieb, müßte doch stärker sein."

„Müßte, ist es aber nicht. Loukas Stefanakos hat bloß eine eher seltene Art des Freitods gewählt. Es gibt wohl auch Fälle von Freitod, die moralisch als Mord zu qualifizieren wären – moralisch, nicht juristisch. Und vielleicht gibt es auch Fälle, daß ein Mensch einen Mord vortäuscht, um einen Selbstmord zu vertuschen."

„Aus Rache vielleicht, um jemanden zu belasten?"

„Zum Beispiel, aber auch da gibt es viele Möglichkeiten und Motive." Das halblaute Gemurmel im Saal erstarb, als Antonius Schwärzlich den Raum betrat und dem Rednerpult zustrebte, wie immer begleitet von seinen Trabanten. Just als er das Podest erklimmen wollte, begann das Streichquartett zu spielen. Mit rotem Kopf wandte sich Schwärzlich um und setzte sich auf den für ihn vorgesehenen Platz.

„Oder um jemanden zu entlasten?" bot Thomas eine zusätzliche Möglichkeit an.

„Wird auch schon vorgekommen sein", antwortete Kostas Charitos und gab sich der Musik hin. Aber Thomas entließ den Griechen noch nicht. „Was wir gerade hören, haben wir eigens für Sie ausgesucht, Kommissar Charitos, obwohl es wegen seiner Länge ja kaum geeignet ist." Er erntete einen verwirrten, fragenden Blick. „Für mich?" „Ja, es ist der dritte Satz des Streichquartetts Nr. 15 von Beethoven: Heiliger Dankgesang eines Genesenen an die Gottheit."

„Evcharisto", sagte Kostas Charitos.

* * *

Thomas lauschte der Musik und schloß dabei die Augen. Er hörte den Griechen neben ihm atmen. „Meister Platon hat diese Art Musik in seiner Politeia verboten. Er nennt sie eine ‚klägliche' – nicht geeignet in der Erziehung der Wächter, Krieger und Staatslenker." Thomas blinzelte – war er am Ende eingenickt? Der Mann neben ihm war nicht Kostas Charitos, sondern Herakles Pontor, der Dechiffrierer und Rätseldeuter, der Zeitgenosse Platons. Er hörte die Stimme seines Sitznachbarn, aber sie klang im Inneren von Thomas' Kopf, ohne daß Herakles seine Lippen bewegte. Auch er konnte mit dem Griechen kommunizieren, ohne seine Gedanken aussprechen zu müssen. Es genügte, sie klar zu denken.

„Ich muß die Gelegenheit nützen und Sie etwas fragen, Herakles Pontor", dachte Thomas, und sein Nachbar schaute ihn aufmerksam an. „Die Götterbilder der alten Hellenen tragen stets einen stoischen, gleichmütigen Gesichtsausdruck zur Schau. Sie vermitteln uns Spätgeborenen den Eindruck, als stünden sie über den Dingen."

„Tun sie das denn nicht? Es ist leicht, gleichmütig sein, wenn man keine Angst vor dem Tod haben muß. Aber ich, der sterbliche Herakles Pontor, sehe in dieser Gleichmut auch etwas wie Langeweile. Die Ataraxia, die Zenon und seine Schüler so hoch halten, die Seelenruhe nach dem Bild der Ruhe des von keinem Windhauch bewegten Meeres, hat doch etwas Langweiliges an sich, finden Sie nicht?"

„Die seligen Götter – sind sie am Ende gar nicht selig?"

„Wie könnte das ein Sterblicher wissen!"

„Es gibt aber auch Bilder, einige davon aus sehr frühen Zeiten, da tragen die Gesichter den Anflug eines Lächelns. In Olympia habe ich einen Kopf gesehen – angeblich gehörte er der Hera –, dessen Mundwinkel zu einem kaum merklichen Lächeln verzogen sind. Und auch die Sphinx in Delphi lächelt. Warum lächeln sie?"

„Hat dieses kaum merkliche Lächeln nicht einen Zug von Melancholie? Als wären die Götter ein wenig traurig darüber, daß ihnen der Tod ein Rätsel bleibt. Kennen Sie die Geschichte von Kleobis und Biton?"

Thomas erinnerte sich an zwei große, dunkle, ägyptisch anmutende Statuen, die er in Delphi gesehen hatte. Auch sie schienen zu lächeln. Aber die Geschichte hatte er fast vergessen. „Waren das nicht die beiden Brüder, die ihre Mutter, die Priesterin der Hera, zum Opferaltar zogen, weil das Ochsengespann ausblieb?"

„Ja, die beiden prächtigen jungen Männer zogen den Karren der Priesterin die vollen acht Kilometer. So konnte rechtzeitig mit dem Opfer begonnen werden. Die Mutter war mächtig stolz auf ihre beiden Söhne. Sie bat die Göttin um das, was das Beste wäre in ihrem Leben. Nach dem Opfermahl schliefen die beiden jungen Männer im Tempel ein, um nie wieder aufzuwachen. Der Athener Solon nennt sie die Glücklichsten aller Sterblichen. Ein Glück, das den Olympischen versagt bleibt. Aber Ihre Frage muß ja anders gestellt werden: Warum denken die Schöpfer der Bildnisse, daß eine Göttin lächelt?"

„Sie sind der Löser von Rätseln! Was denken Sie?"

„Vielleicht, weil sie, seit es das Menschengeschlecht gibt auf diesem Planeten, immer aufs Neue die Mühen der Sterblichen sehen. Sie sehen, wie sie geboren werden, wie sie voll von Hoffnung sind, wie sie verzweifeln, wie sie lieben und hassen, wie sie sich bekriegen und betrügen, wie sie immer nur auf der Jagd sind nach irgend etwas, wie sie glauben, Meister ihres Schicksals zu sein – und wie doch alles vergeblich ist. Niemand kann seinem Schicksal entgehen."

„Wie Ödipus?"

„Wie Ödipus! Ist es nicht von einer ebenso dramatischen wie bestürzenden Lächerlichkeit, wie sich sein Schicksal erfüllt gerade dadurch, daß er und die Seinen ihm zu entkommen versuchen? Alles menschliche Bemühen ist nicht nur ohne Aussicht auf Erfolg, sondern geschieht ohne Ausnahme, ja ohne die Möglichkeit einer Ausnahme, in der Erfüllung der Moira. Meine beiden Kollegen aus Rom nennen das die conditio humana."

„Ist also alles Bestimmung, und kann man gar nichts tun?"

„Wie leben im Als-ob. Wer klug ist und die Kraft dazu hat, soll sein Leben so leben, als ob alles von ihm abhinge."

„Der leicht angehobene rechte Mundwinkel der Hera, das kaum merkliche Lächeln der Sphinx – ein Lächeln über die Unausweichlichkeit des Todes aller Sterblichen und über die Vergeblichkeit menschlichen Mühens? Erst wer sich fügt, kann an diesem sphingischen Lächeln teilhaben – ist es das?"

„Zumindest ist es eine Möglichkeit."

„Leonardo hat vielleicht dieses Lächeln zitiert. Es ist das Lächeln der Mona Lisa. Sie lächelt aus ihrem Wissen um Vergeblichkeit. Es wäre ein Thema für einen Essay. Einerlei – wahrscheinlich ist er ja längst geschrieben. Aber da ist noch etwas, was ich Sie fragen möchte."

„Fragen Sie! Fragen ist das Los der Sterblichen."

„Auf Ihrem Weg in diesen Raum sind Sie an einer Reihe von Statuen der olympischen Götter vorbeigekommen. Sie erinnern sich? Unter ihnen Hera... Und sie, die unsterbliche Olympierin, steht mit einer Opferschale da, sie bringt offensichtlich ein Libationsopfer dar, ein Trankopfer, nach der Neigung der Schale zu schließen."

„Ja, ich habe sie gesehen. Eine ähnliche Statue der Hera steht in den Museen des Vatikans. Aber was wollen Sie damit sagen?"

„Wie kann eine Göttin ein Opfer darbringen? Oder anders gefragt: Wem opfert eine Unsterbliche?"

„Haben Sie eine Vermutung?"

„Das ausgegossene Trankopfer versickert im Boden. Es ist also ein Opfer für die Unterwelt. Sollten selbst die Himmlischen die Macht der Unterwelt anerkennen? Ich erinnere mich, im Museum von Delphi eine Schale gesehen zu haben, auf dem der Himmelsgott Apollon dargestellt ist, wie er ein Trankopfer darbringt. Zollen die Olympier, trotz ihrer Unsterblichkeit, der Vergänglichkeit ihren Tribut? Anerkennen sie am Ende, daß die Unterwelt, das Totenreich, das Reich des Vergessens, selbst über sie Macht hat? Ist die Unsterblichkeit nichts als eine Schimäre?"

„Und wenn das so wäre – hätte dann dieses angedeutete Lächeln vielleicht eine andere Bedeutung?"

„Am Ende ein melancholisches Lächeln aus dem Wissen, daß alles vergänglich ist – selbst die Götter?"

„Das mag so sein. Aber das Opfer der Götter und ihr Lächeln haben immer nur eine Bedeutung: Jene, die Sie ihnen geben."

„Grüßen Sie Meister Platon, wenn Sie in Ihr Jahrhundert zurückkehren. Es ist Zeit, Abschied zu nehmen", sagte Thomas, aber Herakles Pontor war nicht mehr zu sehen. Und Kostas Charitos, der neben Thomas saß, war eingenickt. Thomas hörte ihn leise schnarchen.

* * *

Es ist ein schöner Sommertag, der Himmel trägt leichtes Gewölk zur Bedeckung seiner blauen Blöße. Thomas steht auf der Aussichtsrampe des Wiener Flughafens und schaut einem Flugzeug der Loftleidir zu, das gemächlich zur Startbahn rollt.

Mit jeder Sekunde nimmt die Entfernung zu seiner ersten großen Liebe zu. Ob sie den Brief schon entdeckt hat, den er ihr kurz vor der Paßkontrolle unbemerkt ins Täschchen gesteckt hat? Ob sie ihn schon gelesen hat? All die Monate, die er sie angebetet hatte, brachte er kein Wort über die Lippen. Er wußte, daß sie für ihn verloren war, für ihn war Amerika unerreichbar.

Auch der Brief wäre besser ungeschrieben geblieben, sagt er sich jetzt. Zu spät, für alles zu spät. Die Maschine ist bereits auf der Startbahn. Die Turbinen heulen auf, das Flugzeug setzt sich in Bewegung, wird schneller. Ob sie wohl aus dem Fenster schaut und ihn hier stehen sieht, ob sie sein wundes Herz ahnt? Das Flugzeug löst sich von der Startbahn, geht sogleich in eine leichte Linkskurve, ist hinter dem dunklen Schleier des verbrannten Treibstoffs halb verborgen, wird kleiner und kleiner. Thomas weiß nicht, ob der Punkt, den er durch seine Tränen hindurch am leicht bewölkten Himmel fixiert, noch das Flugzeug oder schon seine Einbildung ist. Wie betäubt bleibt er stehen, starrt dann auf das Rollfeld, sieht die leeren Gepäckwägen zurückkommen, hört ihr Klappern, als sie unmittelbar unter der Tribüne vorbeifahren, sieht und hört, ohne zu sehen und zu hören. Aber die Bilder und Geräusche brennen sich in seine leere Seele ein, werden zum Symbol des Abschieds.

Er fährt zurück in die Stadt, nimmt nichts wahr von allem, was um ihn vorgeht. Auf dem kleinen Tisch in seinem Studentenzimmer steht noch die grüne Vase mit der roten Rose. Als er die Tür öffnet, fegt ein Windstoß die Vase um, Wasser fließt zu Boden, tropft dann weiter, er wischt das Wasser auf, räumt die Scherben der Vase weg, gibt die Rose, ihre Rose, in ein Trinkglas, wäre am liebsten tot und will doch leben. Mechanisch nimmt er sein Tagebuch, liest ohne zu begreifen ein paar Zeilen aus einem Gedicht: Horizont ohne Schiffe. Nichts mehr zu bewahren. Hinter dem Berg Soldaten. Patroullieren. O Erlösung – uns beiden, dir und mir. Liest die gleichen Zeilen immer und immer wieder o Erlösung. Dann beginnt er zu schreiben, schreibt wie besessen, schreibt sich seinen Schmerz von der

Seele, bis ihm das Herz leichter wird nach vielen Seiten. Meine Liebe vielleicht die mich ändert wie Salzwasser. O Erlösung.

* * *

Schwärzlich hatte längst seine Rede begonnen, als Thomas wieder zu sich kam. Er hörte die wohlfeilen Sätze über die „gerade heute" so wichtige Verantwortung des Staates für die Sicherheit seiner Bürger, über Österreich als geradezu leidenschaftlichen Gastgeber, dessen „brückenbauende" Rolle nicht mit dem Kalten Krieg geendet habe, sondern in der großen EU-Familie „umso wichtiger" sei – er konnte es nicht mehr hören. Schwärzlichs Reden hatten sich von Ansprachen zu Predigten entwickelt, und Thomas hatte seinen persönlichen Standby-Modus so abgestimmt, daß er automatisch aus seinem jeweiligen Traumland zurückkehren konnte, sobald Schwärzlich mit „Und daher ist es unsere feste Überzeugung ..." dem Ende zusteuerte. Aber noch war es nicht soweit.

Thomas versuchte sich vorzustellen, wie er die nächsten Stunden zubringen würde. Der Kongreß war so gut wie zu Ende, die meisten Teilnehmer waren schon abgereist oder nutzten die Zeit für andere Dinge, die ihnen wichtiger waren. Er würde danach in sein Büro gehen, sich von Tamara Tilly über alles inzwischen Vorgefallene informieren lassen. Er würde erledigen, was ihm noch sinnvoll erschien. Ja, er würde seine „Frau Sakristeidirektor" ins Sluka einladen, falls sie es nicht vorzog, ins Wochenende abzutauchen, er würde durch den Rathauspark spazieren in der einsetzenden Abendkühle. Dann würde er sich an seinen Schreibtisch setzen und ein wenig in Mark Aurels Selbstbetrachtungen blättern. Als er sie vor Jahren zum ersten Mal gelesen hatte, war ihm eine ferne Verwandtschaft mit dem Philosophen-Kaiser aufgefallen, weil er sein persönliches Lebensmotto in dem Buch wieder fand. Weder Herr noch Knecht hatte er sein wollen, nec dominus nec servus. Mete tyrannos mete doulos hieß das bei Mark Aurel, wie Thomas dank Google herausgefunden hatte.

Oder er würde Kurt Tucholskys Frage nachsinnen, was die Birken tun. Auch ihm fehlte ein Wort, und wahrscheinlich würde auch er ins Grab sinken, ohne es gefunden zu haben. Andere Bäume rauschten im Wind, Birken nicht. Sie flirrten nicht, sie schauerten nicht, darin war er sich mit Tucholsky einig. Vor wenigen Tagen erst hatte er das Gefühl gehabt, dem Wort nahe zu sein, als der Wind durch eine Reihe Birken nahe dem Haus seiner Eltern strich. Sie rauschten nicht, aber sie „räuschelten", sie „listerten" und sie flüsterten. Aber nein, auch das war es nicht.

Die Schlußveranstaltung des Kongresses der Kriminalisten und Kriminologen ging dem Ende zu. Das Streichquartett spielte den fünften Satz aus Beethovens Opus 132: Allegro appassionato.

Freitag Nacht

Alles ist gut

Nur noch kurze Zeit. Früher wäre jetzt der Mann von der Feuerwache gekommen. Er würde erstaunt fragen: „Herr Doktor, so spät noch? Und das am Freitag?“ Und er würde drauf sagen: „Ich mach gleich Schluß. Ich hab nur noch was fertig gemacht. Ich geh gleich – und ich sperr dann auch die Tür ab, Sie müssen nicht auf mich warten.“ „Danke“, würde der Mann antworten, „ich geh' dann.“ Die Feuerwache macht im Neunerhaus keine Rundgänge mehr. Technische Einrichtungen haben die Menschen ersetzt. Für Thomas Vorhaben ist diese Innovation ein Vorteil. Sie gibt ihm Zeit.

Er schaltet seinen Computer ab, fährt ihn ordnungsgemäß herunter. Dreht den Drucker ab. Wie immer. Reine Routine. Seine Zimmerpflanzen hat er bereits gegossen. Er greift nach dem Messer, das er seit kurzem in seinem Schreibtisch verwahrt. Prüft kurz Schärfe und Spitze, streckt es vorsichtig in seine Aktentasche. Er löscht das Licht. Es ist Zeit zu gehen.

Das Haus ist ruhig. Das Wochenende hat längst begonnen. Er schließt die Tür zu den Büroräumen. Vor dem Aufzug lauscht er angestrengt. Im Treppenhaus ist nichts zu hören. Das rote Licht oberhalb der beiden Aufzüge zeigt das vertraute Bild: Ein Aufzug steht im Erdgeschoß, der zweite im 3. Stock.

Langsam geht er ein Stockwerk tiefer. Er drückt auf den aufwärts weisenden Pfeil. Die Aufzugtür gleitet zur Seite. Er betritt den Aufzug, drückt auf die vier. Die Tür gleitet zu. Der Aufzug ruckt, setzt sich in Bewegung. Im vierten Stock öffnet sich die Tür; er steigt aus, um sich im Treppenhaus noch einmal zu vergewissern, daß er allein im Haus ist, steigt wieder in den Aufzug, noch ehe die Tür zugleitet.

Rasch nimmt er das Messer aus seiner Tasche, stellt die Tasche in die Aufzugtür. Er drückt auf die Eins. Die Tasche verhindert, daß die Tür des Aufzugs sich schließt. Sorgfältig wischt er das Messer ab. Er vergewissert sich, daß auf der Klinge kein Fingerabdruck zu sehen ist; der Griff ist rauh, da würde man nichts feststellen können. Er stellt sich mit dem Gesicht zur Schalttafel, sodaß er mit einem Arm bequem die Stockwahl erreichen kann. Mit dem anderen Arm führt er das Messer hinter dem Rücken in die Höhe, den Griff in die Rille zwischen den Holzpanelen, die Spitze zu seinem Körper.

Er blickt in den Spiegel an der Rückwand des Aufzugs. So müßte es passen, das sollte die Höhe des Herzens sein. Mit dem rechten Fuß schiebt er die Tasche in den Aufzug, die Tür gleitet zu, der Aufzug setzt sich in Bewegung. Jetzt darf er keine Zeit mehr verlieren. Schade um das Sakko – aber das würde er ohnedies nicht mehr brauchen. Die Stockwerkanzeige zeigt bereits zwei. Es ist Zeit. Zeit für den Aufbruch in das Reich der Schatten. Thomas lächelt. Er ist zufrieden. Er hat gut gewählt. Das Messer hat eine lange Klinge. Jetzt –

Ein stechender Schmerz durchzuckt ihn, jagt sein Rückenmark hinauf wie kochendes Eis. Er fühlt das Eisen in seinem Fleisch, weiß, daß es tief in ihm ist, nicht tief genug, nicht tief genug. Er beugt sich vor, läßt sich zurückfallen, gegen die Wand, das Messer dringt tiefer ein, sollte jetzt nicht der Film seines Lebens ablaufen, all die Bilder, die ihm wichtig waren? Von oben fällt Nacht herab, schwarz, nachtschwarz und still, unendlich still, er fühlt eine wachsende Verwunderung über diese Stille, er bricht nieder, stürzt der Tür des Aufzugs entgegen, die zur Seite gleitet, der erste Stock ist erreicht, er ist am Ziel, am Himmel ein verschwimmender Punkt, ein leerer Gepäckwagen klappert über den Flughafen, er stürzt, schon auf den Knien, mit dem Oberkörper aus der Aufzugskabine, seltsam, er sieht sich stürzen, in seiner Nase der Duft von Chanel No. 5, das Gesicht kommt, ein wenig seitwärts gedreht, auf den kalten Fliesen zur Ruhe, verzerrt wie zu einem Lächeln, es gibt eine Verszeile von Verlaine –

alles ist gut.